KB237355

사막의 장미

사막의 장미

유혜자 수필집

사막의 장미

1판 1쇄 발행 | 2009년 4월 10일
1판 2쇄 발행 | 2009년 5월 20일

지은이　|　유혜자
발행인　|　이선우
펴낸곳　|　도서출판 선우미디어

등록　|　1997. 8. 7　제300-1997-148호
110-070 서울시 종로구 내수동 75 용비어천가 1435호
☎ 2272-3351, 3352 팩스: 2272-5540
sunwoome@hanmail.net
Printed in Korea ⓒ 2009. 유혜자

값 10,000원

※ 잘못된 책은 바꿔 드립니다.
※ 저자와의 협의하에 인지 생략합니다.

ISBN 89-5658-214-9 03810

사막의 장미

유혜자 수필집

선우미디어

사막에서 장미를

가는 곳이, 가야할 곳이 어디인지도 모르면서 삶이 사막을 걷는 것처럼 고달프다고 생각한 적이 많았다. 행운도 만나지 못했다고 불평도 했다. 어느 순간 그것이 다음에 올 더 큰 행운에 길을 비켜주었던 것임을 느낄 수 있는 나이가 되었다.

바람이 부는 낮이나, 안개가 머무는 밤에도 이상과 미래, 나아가 문학적인 향취가 있는 글을 만날 수 있을까, 신앙처럼 사막의 장미를 그리워했다. 사막이 황막하다 해도 큰비에 새우가 튀어 오르듯 사랑이 있으면 녹지로도 가꿔질 수 있는 것, 그 소중함을 바늘귀만큼씩 담은 글들이다.

2002년, 수필집 『자유의 금빛날개』 이후 2004년과 2007년에 음악 에세이를 내느라 수필집 출간이 미루어졌다. 분량이 많아서 7부로 나눴는데 1, 3, 6부는 별다르게 의미를 구분할 수 없는 수필들이고,

2부는 국내외 여행낙수, 4부는 <한국수필>에 쓴 칼럼들이다. 5부는 문단의 원로와 작고문인, 스승, 친구에 대한 글, 7부는 자연친화적인 것을 모았다.

혹시라도 사막에서 장미를 만나듯 좋은 글을 만나기를 기대하는 이들에게 실망을 드릴까 염려되어 머리를 조아리는 심정이다.

2009년　3월　3일

지석芝石 유柳 혜惠 자子

차례

3

6

7

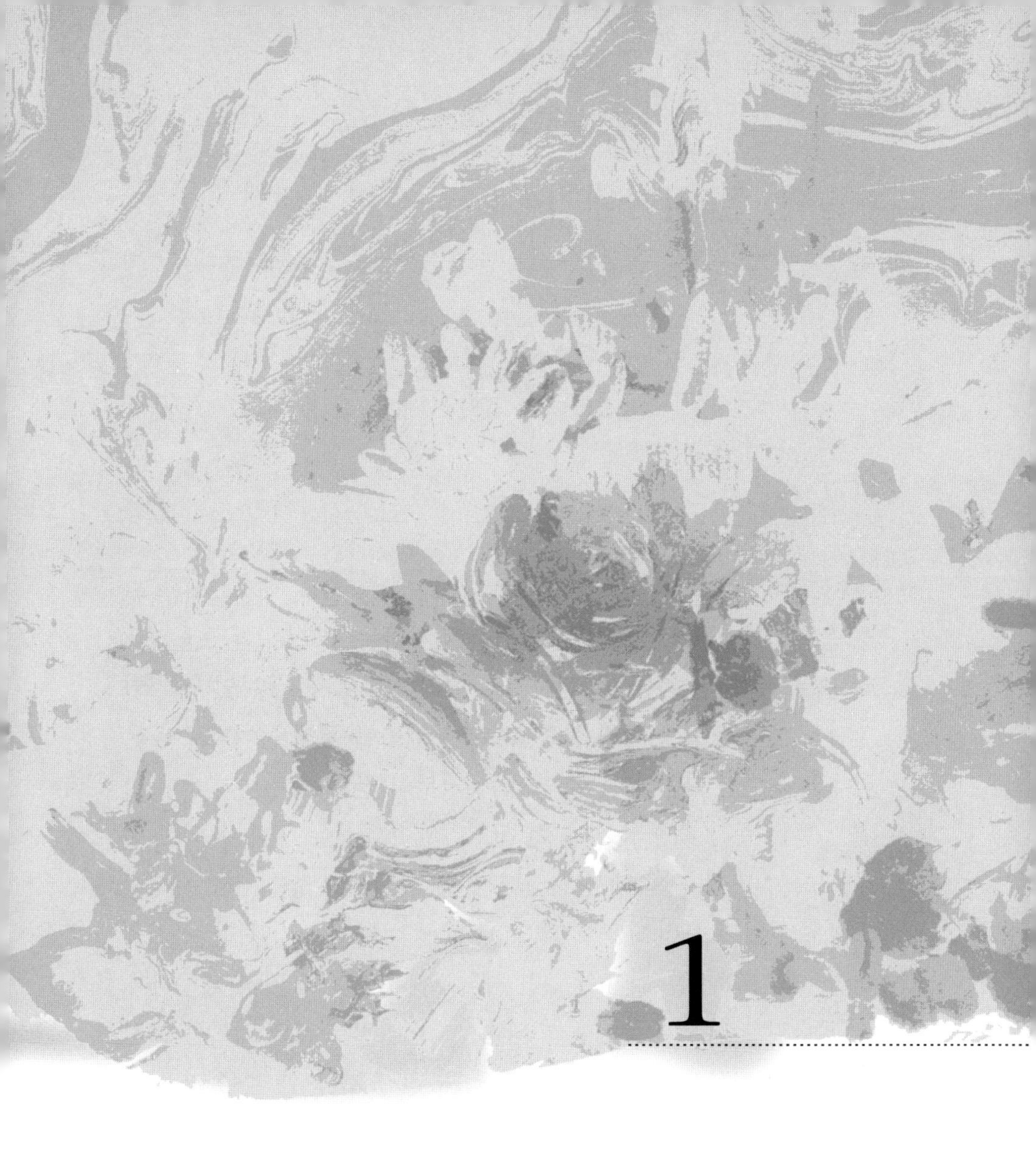

1

숨은 별 찾아내기

안과에서 일 년에 한 번씩 시야검사를 한다. 시야검사는 눈을 움직이지 않고 볼 수 있는 범위를 검사하는 것으로, 최근엔 컴퓨터 프로그램화된 자동시야검사기로 편리하게 검사할 수 있다. 기기 앞면에 이마와 턱을 바싹 붙인 후 작은 렌즈를 통해 들여다보면 은하계같이 뿌연 화면의 가장자리 쪽에서부터 반짝 별이 나타난다. 이 별이 돋는 순간 재빨리 손에 쥔 신호기의 버튼을 누른다. 눈의 초점을 모으고 바깥, 안쪽에서 나타나는 별 하나라도 놓칠세라 눈에선 뜨거운 눈물이 흘러 내려도 닦을 새 없이 버튼을 눌러야 한다. 별을 식별해냈어도 버튼을 안 누르면 검사표에 표시되지 않기 때문이다.

나는 얼마 전 시야검사를 하면서 여행이야말로 삶의 시야를 넓히는 것이란 생각을 하게 되었다. 책상 위 전기스탠드에 불을 켜면 좁은 둘레만 환하다. 어느 날 천장의 전등 촉수를 높이고 환하고 넓은 공간을 누리듯, 자기만의 테두리 안에서 안주하는 것은 아닌가 돌아보고 일상적인 삶에서 벗어나 먼 곳, 넓은 세계를 찾아 떠날 꿈을 꾸는 것이다. 주어진 삶에서 벗어나려는 정신적인 사치가 아니라 안

일하게 어떤 일을 기다릴 수 없는 조바심으로 여행을 기도하기도
한다.

어린 시절엔 그야말로 자기가 사는 땅이 세상의 전부인 줄 알았
다. 그러나 성장하면서 고향에 흐르는 강물이 어디로 흘러가고 멀리
보랏빛 산맥은 어디로부터 시작되었는지 궁금했다. 그 무렵 내게 처
음 여행이라는 기회가 왔다. 교과서에서 배운 백제멸망의 역사, 그
현장이었던 부여에 가기 전에 나는 얼마나 설렜는지 모른다. 나당
연합군이 쳐들어 왔을 때 삼천 궁녀가 치마를 둘러쓰고 뛰어내렸다
는 낙화암, 고란사와 조룡대 바위의 전설이 서려있는 부소산에 간다
는 설렘으로 잠을 설쳤다. 그러나 장마가 지난 뒤여서 푸르다는 백
마강은 황토 빛 누런 물이 넘실거렸고 부소산은 부서진 기왓장 더
미가 소나무 밑에 쌓여 있을 뿐이었다. 고란사의 규모는 상상한 것
보다 얼마나 작던지.

이 후에도 여행을 떠나기 전에는 언제나 설레었고 돌아올 땐 허
전하기 일쑤여서 한때는 여행하기를 망설였다 그러나 후일 가슴 설
렘도 나의 몫이지만 허전함도 내 것이라 소중해졌다. 기대와 설렘이
있었기에 허전함도 당연한 것, 이 반복적인 행위에 후회가 없게 되
었다.

우리는 무언가 변화가 없으면 견디지 못한다. 새로운 것, 창조적
인 삶을 바라기도 한다. 일상적 삶이 돌아가지 않고 거대한 늪처럼
침체해 있을 때 여행은 새로운 공간을 찾아보려는 열망에서 비롯된
다. 우리 삶의 형태는 별다름이 없으리라. 그리고 바라는 실상도 거
창한 이념이나 가치에 있는 것이 아니고 사소하지만 소중한 일상적

삶의 규범을 따름에 있다. 삶의 골격은 비슷비슷하나 피부, 즉 삶의 질을 이루는 데는 개인차가 있을 것이다. 삶의 질을 가꿈에 있어서 반드시 경제적인 것에 좌우되지는 않는다. 짐작할 수 없는 미지의 세계로의 발걸음, 독창적인 취미나 사고의 전환으로 가꿔 가는 살결이 있을 것이다. 짐작할 수 없는 미지의 세계에서 나그네가 되어 얻어지는 소중한 추억이나 은밀한 기쁨은 윤기나는 살결을 유지하게 할 것이다.

내가 가보고 싶은 곳은 먼 미지의 땅, 남극이거나 북극 또 아니면 지도상에 표시되지 않은 아름다운 배경이 아니다. 목적지가 어디이든지 가슴속에 간직해두고 싶은 또 하나의 동경이 자리잡고 있어서 넘치는 기대나 상상으로 우선 행복해질 수 있다. 어쩌면 이 세상은 어느 곳에나 보이지 않는 비밀과 신비가 가득 차 있는 경이로운 것이다. 풀 포기만 더부룩한 어느 문명의 유적지나 잘 보존된 문화유산이 빛나는 나라, 모래와 낙타초만이 띄엄띄엄 있는 사막의 어느 모서리에도 시원한 수로가 있고 허물어져 가는 빈 집 어딘가에 국보급 보물이 감춰져 있을지 모른다.

우리는 『야간비행』의 생떽쥐뻬리처럼 지상에서 먼 곳을 비행하며 따뜻한 불빛을 그리워하는 나그네이기도 하다. 여행지에서 색다르고 기쁜 소득이 없었다 해도 내가 두고 온 것들의 소중함을 깨닫게 되고 내 자신을 멀리서 객관적으로 관찰할 수 있는 기회를 얻을 수 있다. 내가 보고 들었던 사물들과 만나는 사람들, 그리고 나의 의식이나 기억 속에서 발굴해내기를 기다리는 존재들을 발견할 수도 있었다. 나와 이웃과의 사이에 있었던 관심과 애정, 그것들의 소중

함도 깨닫고

같은 강물일지라도 청명한 가을날엔 투명한 물빛이 가슴을 싸악 씻어준다. 그 물빛에 짙고 고요한 정신의 내면을 비춰볼 수 있을 것이다. 세월이 갈수록 엷어지는 감동, 어느 여행 때는 경이롭게 보았던 풍물도 마음가짐에 따라 평범해 보일 수 있다. 나 자신과 주변 인물들에 대해 염증이 나면 도피성 여행을 떠나기도 했다. 그러나 대자연 속에서 우리 인간은 그 일부에 지나지 않는 미미한 존재임을 확인했고 인간을 초월하는 대자연의 에너지에 압도되어 돌아왔다.

다양한 방향으로 삶의 통로를 열어놔야 할 것이다. 여행을 통한 다양한 시선의 관찰과 사색으로 가꾸는 삶의 질. 자기가 처해 있는 곳에서라면 무심하게 보아 넘길 수 있던 바위 하나가 여행지에서라면 기묘하게 여겨지면서 영원한 아름다움으로 입력되기도 한다. 내가 선의의 눈빛으로 보면 의미가 부여될 수 있는 풍경과 정물, 그것들이 기억속에 남아 꺼지지 않고 빛나는 별이 되리라.

자동시야검사기에 별빛이 나타나도 내가 식별해내지 못하면 나의 시야범위는 넓지 못하다. 신체적인 결함의 시야는 넓을 수 없을지라도 나의 여행지도는 넓게 그려보고 싶다. 경이롭고 신비한 만남에서 빛났던 별들로 여행지도를 넓게 그려보고 싶은 나의 욕심이다.

(2003.)

어머니의 강물

　시내에 나갔다 돌아올 때면 지하철 2호선을 타고 당산역에서 내려 버스를 갈아타는 코스를 자주 이용한다. 버스로 한 번에 오는 노선도 있지만 당산철교에서 바라보는 한강이 아름답고 시원해서이다. 합정역을 지나 열차가 지하를 벗어날 때쯤이면 나는 미리 자리에서 일어선다. 열차가 당산철교에 오르면 눈앞에 펼쳐지는 시원한 한강, 작은 섬 건너 옛날 양화나루가 있었다는 아름다운 경치의 오른쪽을 보다가 왼쪽으로 고개를 돌리면, 치렁한 한강물에 뿌리를 담그고 있는 듯한 국회의사당의 뒷모습, 석양빛에 물든 하얀 새의 날개가 샛강으로 접어드는 모습도 어쩌다 만날 수 있기 때문이다.

　강물이 있는 곳에서 태어나고 자란 때문인지 강물을 보면 친근하다. 강물의 흐름을 보고 있으면 아득히 흘러가버린 시간들과 만나게 된다. 강물이 처음부터 친숙한 것은 아니었다. 꿈이 아니면서 꿈같이 아련하게 내게 각인된 강물의 영상은 슬픈 것이었다. 두 살 때쯤 배를 타고 가던 막막한 시간을 생각한다. 작고 답답한 공간에 갇혀 있던 것 같은 목선의 객실, 그때 무슨 일로 어머니는 나를 업고 가족의 배웅도 없이 강 건너 친척 댁에 가셨을까. 뱃머리는 친척 댁이 있는 곳으로 향하고 있었다. 물길도 보이지 않는 어둑한 객실에서 나는 하늘이 보이는 환기통을 쳐다보며 계속 울었었다. 부드럽게 얼르고 달래는 대신 말없이 엄숙하며 뭔가 슬픔을 안고 있는 것 같은 어머니의 기색에 더욱 겁이 나서 울었던 것 같다. 배에서 내려 친척 댁이 있는 마을까지의 거리는 왜 그렇게 멀었던지. 울음을 그치지 않는 내게 달래는 건지 위협인지 "저것 봐라, 저것"하며 어머니가 가리키던 시퍼렇게 출렁이던 강물을 잊을 수 없다.

지금도 무언가 먼 것을 갈망하면 이따금 꿈에서 보게 된다. 살면서 이유를 알 수 없는 외로움의 수렁에 빠졌을 때 나도 모르게 그 시간이 되살아난다. 끝내 알 수 없었지만 그때 어머니의 가출에 감춰진 슬픔의 빛깔이 감지되었기 때문이다.

어느 날 나는 강물에 깃광목을 빨아 강둑에서 바래는 어머니를 따라 나갔다. 방망이로 두들겨 빨아 푸르른 강둑에 펼쳐 널어놓았다. 그 위로 팔랑팔랑 하얀 나비가 달콤한 향기의 풀꽃을 찾아 날아다녔다. 평소 살갑기보다 엄했던 어머니도 물가에서는 찰랑찰랑한 내 기분을 맞춰주었으나 이따금 강물 따라 멀리 보내던 외로운 시선을 느꼈었다.

그 후로 물이 파랗게 강둑까지 치렁하게 채워져 있으면 가슴이 철렁했고 물이 빠져 둑 밑의 돌멩이와 풀잎이 드러나면 마음이 편안해졌다. 내게 채워져야 할 것이 많음을 느꼈던가. 꿈이란 현실과 거리가 있어서 이뤄지기 어렵지만 빠져나갔던 강물이 다시 채워지듯 꿈도 이뤄질 듯 짐작되었던 강가.

강물 앞에 서면 어디론가 떠나고 싶었던 사춘기, 강물 앞에서 흔들리는 내면을 바라보기도 했다. 중학교 1학년 때 전학 가서 어머니와 떨어져 살면서 불가항력적인 구속에서 벗어나 조금은 후련하고 아프면서, 다듬어지고 힘을 얻었다. 내적인 힘으로 고통의 시련과 괴로움을 끌어안는 동안 가슴속으로 흐르던 세찬 강물소리.

언젠가 어머니에게 그때의 가출이유를 물었으나 "세상엔 건널 수 없는 강도 많다. 크면 안다"는 모호한 대답에 당황했었다. 그러나 강물이야말로 바닥이나 그 안에 있는 것을 다 보여주지는 않아도 분명 존재함을 알듯이 대충 느낄 수 있었다.

지하철 옆자리에서 즐겁게 대화하며 가는 모녀를 보며 부럽다가도 침묵과 생략으로도 소통이 되었던 우리 시대의 모정을 생각한다. 그 모정처럼 강물과 우리는 철저한 침묵으로 하나 되고 희망을 안고 흐르는 것으로 보게 된다. 파도라는 겁을 주지 않고 유유하게 흐르는 강물.

어떤 암초나 장애물도 비켜서, 험한 세계의 복판도 뚫고 달려가고 너른 평야도 가로질러 물길은 바다에 닿는다. 자신의 어떤 불행도 인내로 이겨내면 물길이 바다에 이르듯 최선의 경지에 이른다는 것을 아셨을까. 강물은 그냥 무작정 흘러가는, 단순하게 밀려서 흘러가는 것이 아닐 것이다. 강물이 밑바닥에서 알 수 없는 뜨거운 기운이 올라온 물로 역동적이 되는 것처럼 어머니도 신앙의 힘으로 출렁거림을 다스렸다.

어렸을 때는 응석 받아주기에 인색했던 어머니가 자식에겐 수동적으로 살지 않도록 자주적인 능력을 키워주려고 서울로의 진학을 적극적으로 추진해주었다. 새로운 세계를 찾아 뻗어나가려는 나를 뒷받침해 주려던 배려를 깨우쳐 주기라도 하듯 반짝이는 강물.

탯줄로 함께 했던 처음의 이어짐처럼 오래 전 세상 떠난 어머니와 나는 강물로 진정하게 맞닿아 있다. 겉으로 엄격하고 이성적이었지만 넓은 세계로 이끌어 주려던 그 이중적 구조 속에 숨겨놓은 메시지는 무엇이었을까. 수면 위로 떠오르는 자질구레한 보살핌보다 강 밑바닥에서 맑고 세차게 흐를 수 있도록 물길을 터놓으려던 어머니의 바람이 가슴을 오래도록 울리는 것이다. 나는 어디쯤 흐르고 있을까. 무의미한 삶을 되돌아보며 강물 저쪽에서 제시하고 있을 무엇이라도 찾아질 것처럼 강물을 내려다보는 때도 있다.

떨림과 깊이를 알 수 없는 강, 무력감에 휩싸이지 않고 출렁이며 휘돌아가는 물줄기를 따라가고 싶다. 사랑과 역동적인 움직임으로 출렁이고 싶다.

(2006.)

괜찮다

해외여행 마지막 밤, 음습한 날씨 때문인지 잠이 오지 않아 뒤척였다. 새벽이 가까워 잠이 들었는데 내내 꿈이 산란했다. 어수선하고 심란한 내게 돌아가신 할머니가 갑자기 나타나 손목을 꼭 쥐어주며 '괜찮다' 하고는 사라졌다. 놀라 깨어나니 창문이 부연 게 새벽이었다. 옆자리의 친구도 다른 날과 달리 일찍 깨었기에 새벽산책을 하기로 하고 준비를 서둘렀다.

그런데 샤워를 마치고 화장을 하려던 친구가 무엇을 찾더니 이내 우는소리로 바뀐다. 콘택트렌즈를 떨어트렸는데 없다는 것이었다. 놀라서 친구와 함께 베개 밑이며 침대시트를 살피고 털어 보며 바닥도 더듬어 찾아보노라 한 시간 이상 소요되어서 산책도 못하고 떠나야 했다.

가방을 들고 호텔카운터에 계산하러 가면서도 종내 못 찾은 렌즈가 내 나쁜 꿈땜인가 싶어 발걸음이 무거웠다. 꿈에서 거두절미하고 '괜찮다'던 말이 주변사람은 좋지 않지만 나만은 괜찮다는 것인가. 경황없어 하는 친구에게 내 어수선한 꿈 얘기를 들려줄 여유도 없

었다. 별세한 이가 꿈에 나타나면 좋은 일이 생긴다거나 그 반대라
는 말들을 하는데 어떤 정의를 못 내리고 있던 내게 한번 시험해보
자는 생각이 드는 것이었다. 나는 친구를 끌고 계산을 끝낸 방에 가
서 다시 한 번 찾아보자고 서둘렀다.

둘이서 샅샅이 찾았어도 보이지 않던 투명한 렌즈가 하얀 침대시
트 위에서 반짝하고 눈길을 끌 줄이야. 나는 순간 내 꿈을 '괜찮다'
에 긍정의 무게를 싣고, 꿈에 돌아간 이가 나타나면 괜찮은 것으로
여겨야겠구나 생각하기로 했다.

할머니는 생시에 어린 내가 아플 때 '낼모레면 나으니까 걱정 말라'
고 위로해 주고 주사 맞기를 겁내면 '괜찮다'고 안심시켜 주었었다.

여행 다녀온 후, 이국의 낭만과 흥분의 여운으로 일상을 지내면
서 그 꿈을 까맣게 잊고 지냈다. 그런데 뜻밖에도 가족이 중병으로
소생이 불가능하다는 진단결과가 나왔을 때 꿈 생각이 났다. 잘 치
료하면 예외도 있으니까 잘 되겠지 하고 한 구석에서 '괜찮다'는 꿈
에 의지하고픈 마음이 생기는 것이었다.

그러나 좋다는 약도 써보고 용한 의사의 치료도 받았으나 의사의
예견대로 환자는 6개월 만에 숨진 후 남겨진 아이들을 보며 떠오르
는 생각이 있었다. 간 사람은 갔지만 아이들이 저만큼 컸으니 앞으로
는 괜찮겠지 하고 체념 후의 긍정적인 희망을 찾게 되는 것이었다.

그것이 벌써 16년 전의 일이다.

미당 서정주의 시 「내리는 눈발 속에서는」에 이런 구절이 있다.

울고

웃고

수구리고

새파라니 일어서

운명들이 모두다 안끼어 드는 소리. …

큰놈에겐 큰 눈물 자국, 작은놈에겐 작은 웃음 흔적,

큰 이야기 작은 아야기들이 오부룩이 도란거리며 안끼어 오는 소리. …

괜찮다, …

괜찮다, …

괜찮다, …

괜찮다, …

살아가면서 괴롭거나 아픔이 눈발처럼 몰려와도 삶이란 그 때문에 망가지지는 않는 것, 절망하지 않고 살 만한 것이라고 위로하고 다독거려주는 어른의 마음이 담겨 있는 이 시를 좋아했다. 네 번씩이나 반복한 이 '괜찮다'가 인상적으로 남아 있어서 꿈에도 나왔을까.

매사에 긍정적이고 적극적인 사고방식으로 살라는 현대이론은 몰랐을 터인데도 '괜찮다'는 한 마디로 안심시키고 위안을 주던 것이 옛사람들의 지혜가 아닌가 생각된다.

"나는 눈은 어둡지만 하나님이 마음의 빛을 주었다"고 한 맹인 테너 가수 안드레아 보첼리는 다른 성악가들처럼 정식으로 성악공부를 하지도 않았지만, 강퍅한 현대인들의 마음에 위안을 주는 성공한 가수이다. 눈이 보이지 않는 그에게 '괜찮다'고 용기를 준 것은 하나님이었다.

종교인들은 어떤 일을 당해서도 '괜찮다'고 여기는데 자신이 섬기는 신에 대한 믿음 때문일 것이다. 믿음은 사람에게 뿐만 아니라 동물에게도 있는 것 같다. 동물 쇼를 보면 가장자리에 불이 활활 타는 원 속을 통과하는 개들이 있다. 그 개들은 오랜 훈련을 받은 결과이지만, 그 원 속을 겁내지 않고 들어가는 것은 개가 불을 두려워하지 않아서가 아니라 주인이 시키는 것이니까 위험하지 않을 것이라고 믿고 뛰어든다는 것이다. 주인이 시키는 것이니까 괜찮으리라고 생각하는 믿음.

할머니의 꿈도 있고, 하나님에 대한 믿음으로 나도 지레 염려하고 안달하던 젊은 날에 비해 막연하게 '괜찮겠지' 하고 안심하는 마음이 많아진 것은 사실이다.

그런데 경쟁사회에서 보다 나은 삶을 추구하기 위해 하루하루를 치열하게 살아도 어려운 처지에 어떤 상황에서도 겁내지 않고 괜찮다고 생각하며 사는 것은 소극적이고 나태하게 사는 것에 대한 변명이 아닌가 생각될 때도 있다. 근본적인 문제해결이나 열심히 해서 좋은 결과를 내려는 노력보다도 막연하게 낙관하려는 나약함의 자세인 것 같아 부끄러워지기도 한다.

(2007.)

신의 입술

방송사에 있을 때, 어느 우체국에서 손님들에게 들려줄 효과음(效果音)을 부탁해온 일이 있었다. 그때 새소리와 시원한 계곡물 소리, 속이 시원하게 트이는 듯한 파도소리, 소나기 소리, 그리고 초원에 들어선 느낌이 들도록 풀벌레 소리를 녹음해 주었다.

지금은 TV드라마도 동시녹음 시대여서 효과음을 많이 쓰지 않지만 아직도 라디오 드라마에선 효과음을 쓰기 때문에 필요한 소리는 출장 나가 녹음해온다. 재직시절엔 효과음으로 제작된 파도 소리, 바람소리에 익숙해져서 실제로 바닷가에 가서 듣는 소리가 그만 못하고 바람소리도 약하게 생각되었었다. 갈색으로 물든 플라타너스 잎새들이 노란 은행 이파리와 휩쓸려 다닐 때 우수수 하고 소리가 나야 할 것 같은데 안 들려서 이상하게 생각되기도 했다.

효과음 제작자들에 의하면 현장인 바닷가나 폭포수 가까이에서 녹음해도 우리 귀에 들리는 소리 전부가 녹음기에 흡수되는 것이 아니라고 한다. 그래서 그 특징만을 극대화시켜 흡수될 수 있도록 수건으로 마이크를 싸서 다른 소리가 들어가는 것을 막는다든가 특

탯줄로 함께 했던 처음의 이어짐처럼 오래 전 세상 떠난 어머니와 나는 강물로 진정
하게 맞닿아 있다. 겉으로 엄격하고 이성적이었지만 넓은 세계로 이끌어 주려던 그 이
중적 구조 속에 숨겨놓은 메시지는 무엇이었을까. 수면 위로 떠오르는 자질구레한 보살
핌보다 강 밑바닥에서 맑고 세차게 흐를 수 있도록 물길을 터놓으려던 어머니의 바람이
가슴을 오래도록 울리는 것이다. 나는 어디쯤 흐르고 있을까.

— 어머니의 강물 중에서

수장치를 부착시키는 등 온갖 시도를 하여 녹음을 한다고 한다.

자연의 효과음은 특수장치나 다른 것을 첨가해서 실제 소리보다 좋은 소리를 얻을 수 있으나, 사람들의 말소리에는 감정과 성격이 들어 있어서 전화상으로도 숨길 수 없이 드러난다. 얼굴은 꾸미고 가장할 수 있으나 희로애락을 숨길 수 없는 말소리. 한때 전화상으로 말소리만 듣고 운명을 점치는 이가 인기를 끈 적도 있다. 그렇게 전문가적은 아니라 해도 목소리가 건방져서 딸과 교제중인 청년을 만나보지도 않고 결혼을 반대한 부모도 있고, 신입사원 채용면접에서 말소리가 품격이 없이 경박해서 떨어진 이도 있다. 맑고 탁하거나 가늘고 굵은 목소리는 타고 나야 하는 것이지만, 마음가짐과 노력에 따라 부드럽고 따뜻하게 표현할 수 있고 진중하고 품위 있게 말할 수 있어서 희망을 갖는다.

무엇보다도 여운이 남는 소리가 아쉽다. 좋은 소리를 내려고 노력하지도 않고 누구의 관심의 대상이 되려고 꾸미지 않으면서도 가슴 깊은 곳에서 울려나오는 신뢰감을 주는 말소리, 즐겁고 사랑스러운 말소리에 마음이 열리지 않을까. 환한 빛을 지닌 노래 소리 같은 말소리는 걱정과 근심도 물리치고, 격정이나 격렬함이 없이 온건하면서 진실이 담긴 그윽한 소리는 오래 가슴에 남을 것이다.

오래 전, 친자매처럼 지낸 이웃집 여대생이 졸업을 앞두고 자살을 해서 충격을 받았었다. 출근하는 내 등 뒤에서 작은 소리로 "언니 잘 다녀오세요."가 마지막 들은 목소리다. 성격도 밝고 가정환경, 친구관계도 자살할 만한 이유가 없었고, 며칠 동안이라도 우울한 것을 못 느꼈었다. 평소에 나는 사람들의 목소리 구분을 잘한다고 우쭐했었는데 왜 그 마지막 말소리에서 죽음의 낌새를 못 느꼈을까, 목소리를 작게 낸 것만으로도 조금은 눈치를 챘어야 했다. 범인인 나로서야 죽음을 예감할 수 있는 인간심리의 전율스러운 깊이는 몰랐겠지만 그래도 마지막 말 속에 감정의 미세한 떨림이나, 절망스러운 비애, 이런 것에서 벗어나려고 죽어버려야겠다는 결연한 의지가 담겼을 텐데 알아채서 막을 수 있었다면 얼마나 좋았을까. 오랫동안 자책감에 시달렸다.

맑고 환한 가을볕 아래 연약한 연분홍 빛깔의 메꽃이 곱다. 줄기가 가늘고 길어서 다른 것에 감겨 올라가며 꽃잎이 아침에 피었다가 저녁이면 시드는 꽃, 강렬하고 화사한 능소화 같은 꽃에선 찬탄이 나오지만 메꽃은 연약해 보여서 보호본능을 자극한다. 옆집 여대생도 여리고 약한 심성을 가졌던 것 같다. 가족이나 주변사람들이 연한 줄기를 감아 올라갈만한 버팀목이 되었었더라면 자살까지는 안했을 텐데.

꽃은 알맞은 햇볕과 수분을 받으면서 꽃을 피우며 기쁜 순간도 누리고 그 향기로 사람들의 선망도 받으며 벌, 나비도 가까이 했으리라. 꽃이 시들기 시작하자 가까운 화단에서 약한 풀벌레 울음소리가 들려온다. 자신과는 관계가 없지만 지는 꽃들의 한살이를 아쉬워함인가. 그 우는 소리가 너무 약하다. 소리가 약할 때는 여럿이 힘차게 울어대는 효과음으로 대신 듣고 싶던 생각이 난다.

계절이 바뀌자 내용은 모르지만 듣기 좋은 소리들이 주변에 많아진다. 지난 계절 푸르렀던 나무들의 수액이 다하는 것이 아쉬워서 풀벌레들은 그들의 생기 있는 숨소리를 들려주고 있을까. 맑고 향그러운 소리, 여운 있는 말소리가 그리운 내게 풀벌레의 울음이 신의 입술에서 내는 소리로 다가오는 계절이다.

활력이나 열성이 느껴지고 생동감을 전해줘서 듣는 이에게 도움 되고 좋은 기억으로 오래 남을 수 있는 말소리, 듣기만 해도 가슴이 설레고 향기가 전해질 수 있는 좋은 내용을 말하고 싶은 것은 과욕일지 모른다. 이제는 남의 말소리에서 속내를 읽어내고 도와줘야 할 때가 아닌가.

(2008.)

창밖의 행복

　우리 집 작은 방의 창 밖 문턱에는 비둘기들이 자주 날아와 쉰다. 친구들은 그 분비물이 독해서 건물도 상하고 나쁜 냄새도 풍기니 쫓아버리라고 한다. 하지만 나는 비둘기 서너 마리가 함께 비를 피하기도 하고 구루룩 구루룩 불분명하지만 대화의 장소로 삼고 있는 듯하여 아직도 그냥 두고 있다. 그 비둘기들이 친구사이인지 가족인지는 몰라도 내가 수고나 대접을 하지 않아도 가족적인 분위기로 정답게 대화를 나누는 것이 좋아 보여서이다.

　직장이나 소규모의 집단이 '가족적인 분위기'라면 부럽고 이상적인 곳으로 여긴다. 그것은 사랑과 신뢰가 있고 기쁨과 슬픔을 함께 나누는 가정과 같은 화락이 있을 것이기 때문이다.

　어렸을 때는 어른들이 가족이라는 단어보다도 식구라는 말을 많이 썼다. "너희 가족이 몇이냐" 대신 "식구가 몇이냐"고 물었었다. 왜 가족과 식구가 같은 의미로 통했는지 이유를 짐작해본다. 어렸을 때 어느 오후 혼곤하게 자다가 눈을 떠보니 방안엔 전등불이 환하게 켜져 있고 대청마루에선 가족들이 둥그런 식탁에 둘러앉아 식사를 하고 있었다. 김이 무럭무럭 나는 들통에서 구수한 아욱국을 떠서 도란도란 얘기를 나누며 밥을 먹고 있는 모습이 여간 정다워 보이는 것이 아니었다. 사실 내가 너무 곤하게 자고 있어서 깨우지 않은 배려였는데도 그 화기애애한 분위기에서 나만 소외되어 섭섭했던 기억을 지금껏 갖고 있다.

흩어졌던 가족들이 그날 있었던 일들을 얘기하고, 서로 위로하거나 반성하게 해서 에너지를 높여주는 자리, 끈끈한 정이 물씬 묻어나서 더 나은 내일을 기약할 수 있는 자리는 식탁이었다. 거기서 육신의 기운이 될 음식을 매개로 식구끼리 정을 나누니 더욱 결속이 될 수 있다. 그래서 가족이라고 하기보다 친근한 어휘인 식구라고 했던 것 같다.

부부를 중심으로 자녀들과 한 가정을 이루는 좁은 의미의 가족, 그것은 식구로도 통용되었지만, 다른 가족에 대해서 한 집안의 친족이 되는 사람들을 가리키는 가족의 의미일 때는 식구라는 말을 안 썼다.

나의 경우 식구에 해당하는 가족은 없다. 오랜 직장생활로 특별하게 결혼에 대한 회의도 없었으면서 미혼인 채로 있다. 그런데 이따금 자기 소개서를 쓸 때 가족란에 남 동생네 가족을 적어 넣었었다. 어느 날 호적등본을 떼어보니 우리 부모님에게는 장녀인 내 주민등록번호가 남동생보다 늦은 것은 물론이고 어린 조카들보다도 뒤 차례인 것이 아닌가. 나는 동생네 가족과는 따로 살고 별개의 식구라는 것을 절실하게 깨달은 뒤 가족란은 공란으로 남겨둔다. 가족은 부부를 기초로 해서 한 가정을 이룬 사람들인 것이다.

영국민요 「즐거운 우리 집」(Home Sweet Home)의 작사자 존 하워드 페인(1791~1852 영국)은 배우로 출발하여 오페라 대본도 썼는데, 한 평생 아내와 집도 없이 방랑생활을 했다. 40대 중반쯤에, 뉴욕에 있었는데 번화한 거리를 걷던 그가 서민들의 단란한 집들이 모여 있는 동네에 이르렀을 때 작은 집에서 울려나오는 노래를 듣고 발걸음을 멈췄다. 그것은 자신이 작사한 「즐거운 우리 집」의 노래로 가족들이 정답게 부르고 있었다.

> 즐거운 곳에서는 날 오라 하여도 내 쉴 곳은 작은 집 내 집뿐이리
> 내 나라 내 기쁨 길이 쉴 곳도 꽃 피고 새 우는 내 집뿐이네
> ― 하략 ―

온 세계의 가족들이 그가 지은 노래를 즐겨 부르는 것을 알게 되자 가족이 없는 자신이 너무 초라했고 그 나이까지 방랑하는 것이 비참하게 생각되었다. 쉰이 넘어서야 지중해 연안 튜니스의 영사관에서 근무하며 생활의 안정을 얻은 그는 죽기 전해에 친구에게 편지를 보냈다. "남들에게 가정의 기쁨을 자랑스럽게 노래하게 한 나 자신은 아직껏 '내 집'이라는 맛을 모르고 지냈으며 앞으로도 모를 것"이라는 내용의 편지를 보냈는데 그 이듬해에 세상을 떠났다고 한다.

그렇지만 가족이 있고 집이 있다고 해서 다 행복한 가정이 이루어지는 것은 아니다. 가족이 있어도 공기와 물의 고마움을 잊듯이 소중하게 생각하지 않고 사랑이 없으면 국가와 사회의 기본단위인 좋은 가정을 이루지 못할 것이다. 가족끼리 화목하고 단란할 때 국가의 큰 힘이 되고 국가의 장래를 좌우하게 될 것이다.

　서양의 가족제도를 따라 우리나라도 대가족에서 핵가족으로 바뀐 지 오래, 삼강오륜(三綱五倫)이 좋은 가족으로서 사회인으로서의 덕목이던 것도 옛말이다. 엄한 아버지와 인자한 어머니의 사랑, 부모에게 효도하는 자녀와 형제끼리 우애가 있는 가족이 행복한 가정을 이룬다고 하면 너무 보수적일까.

　국가는 없어진다 해도 가족이라는 끈끈한 집단은 더욱 결속이 되는 존재이다. 영화에서 나치의 유태인 학살 때 자기의 희생으로 가족을 살리려던 이들의 용기와 사랑에 감동의 눈물을 흘리기도 했다.

　그러나 이제는 세계가 하나의 단위로 '지구촌 가족'이란 말이 통용될 정도로 가족의 의미가 넓어졌다. 혈통적인 내 가족만 가족이 아닌 세상에 살고 있는 것이다.

　부모는 '무분별하게 자유를 구가하는 자녀'를 무조건 사랑만 해서 부족감을 느끼지 않게 양육하지 않아야 한다. 이기적이지 않고 타인과의 조화를 이루면서 자신의 성취를 이뤄내고 희망을 갖게 해야 하리라. 가정은 작은 사회라고 하지 않는가. 나아가서는 지구촌 가족의 훌륭한 일원(一員)이 되도록 해야 한다.

　「홈 스위트 홈」의 작사자 존 하워드 페인은 돈 한 푼 없는 초라하기 그지없던 처지에서 정이 넘치고 단란한 가정을 노래하는 가사를 썼다니 얼마나 역설적인가.

　행복한 대화를 나누려고 비둘기들이 우리 집 창밖 문턱에 모여드는 것인지도 몰라 나는 이따금 TV와 라디오의 볼륨을 낮추고 창밖에 귀를 기울이기도 한다.

(2004.)

다행인 걸요

비가 추적추적 내리는 저녁, 기다리는 버스가 좀처럼 오지 않는다. 길가의 꽃 장사는 우비의 모자를 내려쓴 채 바삐 손을 놀려 수레 가장자리의 꽃들이 비 맞을까봐 안쪽으로 겹치지 않게 옮겨 놓고 있다.

수레 옆으로 다가가니 머리에 쓴 우비를 젖히며 안경 쓴 청년이 활짝 웃는데 해맑은 인상이다. 활짝 핀 빨간 장미 옆에 분홍 장미도 수줍은 봉오리로 다발 지어 있고 우아한 노랑 장미가 길목을 환하게 해준다.

"비오는데 꽃이 많이 남아서 어쩌죠?" 하고 묻자 청년은 웃으며 말한다.

"괜찮아요. 못 팔면 다음 날 팔면 되죠. 이런 거 걱정하면 장사 못 해요. 그래도 오늘은 3분의 2나 팔아서 다행인 걸요."

낮엔 2천 원 하던 노랑 장미 한 다발을 천5백 원씩에 줘서 두 다발을 샀다. 그냥 장미만 꽂을 거냐고 묻는 청년이 가위로 무성한 이파리와 가시를 척척 훑어낸다. 꽃병에 물만 붓고 바로 꽂을 수 있도록 손질하는 가위질 솜씨가 날렵하기 그지없다. 꽂꽂이 솜씨도 좋을 것 같다고 하니 예쁘게는 못 하지만 꽃이 잘 숨 쉬게는 한다고 한다. 마침 버스가 와서 꽃을 받아 허겁지겁 달려가는 내 등 뒤에 대고
"얼음물에 꽂으세요"
하고 외쳐준다.

버스에 올라 자리에 앉으니 바깥 궂은 날씨와는 달리 마음이 화창해지며 하얀 뭉게구름이 피어나는 것 같다. 얼굴이 햇볕에 그을리긴 했지만 지적인 인상이어서 막일보다 컴퓨터 앞에서 연구보고서나 계획서를 작성하는 것이 어울릴 듯했다.

그의 마음바탕엔 근심 걱정을 다 흡수해버리는 해면(海綿)이라도 깔려 있는 걸까. 꽃 파는 일을 고달프게 여기지 않고 덜 팔린다고 근심하거나 위축되지 않는 여유로운 모습이라니. 비 오는데 조금이라도 팔아주면 도움이 되리라는 얄팍한 동정심을 가졌던 내가 왜소하게 여겨진다.

오늘 낮에 나는 조그만 일에 실망을 했다. 평소에 어렵지 않게 도와주던 친구가 웬일인지 부탁했던 것을 깜빡 잊어버려서 나를 헛걸음하게 한 것이다. 요즈음 사람들이 자기 일에만 열중하며 친구와 이웃에게 무관심해져 가는 것을 함께 안타까워하던 친구이다. 나는 실망을 누르며 돌아오는 길에 비까지 내려서 더욱 기분이 초라했었다.

순조롭던 일들은 까맣게 잊어버리고 조금만 여건이 나빠지면 조바심하고 근심하는 내게 꽃 파는 청년의 "3분의 2나 팔아서 다행인걸요." 한 말이 나를 부끄럽게 했다. 친구네 집에 갔었기에 그 길목

에서 청년 꽃장사를 만날 수 있어서 얼마나 다행인지.

향기 있는 마음은 뜻밖에 언제 어디서라도 만날 수 있다는 희망을, 노랑 장미와 함께 안고 가는데 운전기사가 때마침 흘러나오는 노래 '백만 송이 장미'의 볼륨을 높이고 있다.

(2003.)

샤갈의 천사

오랜만에 멜로디가 울리는 보석 상자의 태엽을 감았다. 뚜껑을 여니 「희망의 속삭임」의 멜로디가 울려서 "거룩한 천사의 음성 내 귀를 두드리네…" 하고 노래를 따라 불러본다.

천사의 음성은 주일학교 시절, 성경 이야기에 자주 나왔었다. 여호와의 전령으로 아브라함과 야곱 등에게 예언을 전해주고 예수 탄생을 알려주는 천사의 음성이었다.

직장에 처음 들어갔을 때, 월부로 산 명화전집 중 샤갈(Chagall, Marc 1887~1985)의 그림은 마음을 사로잡았다. 『성서 메시지』 연작의 하나인 「아브라함과 세 천사」는 붉은 색 바탕에 세 천사가 식탁에 앉아 있고 서 있는 아브라함, 왼쪽에 음식 그릇을 든 사라가 있다. 천사들은 99세의 아브라함에게 아들을 낳으리라고 했다. 창세기 18장의 내용인데 희망의 메시지가 담겨 있다.

그밖에 「꿈」「굿모닝 파리」「일몰」 등의 밝은 색채는 천지창조 때의 태고를 생각나게 했다. 순수하고 순진한 세계, 동물과 풍경, 물체는 사실적인 재현을 넘어 유년과 고향이 어우러지는 서정의 세계

이고 과거와 현재를 아우른 그림을 그렸다. 「수탉」 「가족」엔 자신이
기르던 닭과 염소, 당나귀 등을 그려 넣고 「나의 마을」 등엔 동물의
얼굴을 그려 넣은 자화상도 있다. 「도시 위에서」와 「산책」 「파란 풍
경 속의 부부」의 하늘에 둥둥 뜨는 환상적인 그림들은 우리가 생각
했어도 표현하지 못했던 것을 실현해준 듯했다. 그의 상상의 세계는
초월적인 힘을 담고 있었다.

  샤갈은 러시아의 비테프스크 마을에서 태어난 유태인이었다. 그
는 1, 2차 대전을 겪고 나치 박해와 유태인들이 대량 학살을 당한
시대에 살았다. 그런데도 그의 색채는 화려한 것이 많다. 노란 색은
구원의 색으로, 빨강은 러시아에 대한 향수와 유태인에 대한 형제애
의 표현, 성서의 강한 메시지를 전달할 때 썼다. 파란색은 평화와 자
유의 상징으로 유태인의 신을 경배하는 숭배의 색이어서 많이 사용
했다고 한다. 미국으로의 망명과 프랑스로 귀화, 이민족으로서의 외
로움을 겪었는데도 그는 현실을 벗어난 세상을 노래해서 우리에게
도 희망을 꿈꿀 수 있게 한다.

  90년대 초, 박상우의 『샤갈의 마을에 내리는 눈』이 화제의 소설이
었다. 제목에서 샤갈 그림에 대한 나의 느낌과 공통점이 있을까 궁
금했다. '1970, 80년대의 어두운 정치적 현실을 강박적으로 의식하는
젊은이'들을 그려서 1차적으로는 나의 기대와 다른 내용이었다. 폭
설이 퍼붓는 80년대 말 제야에 젊은이들이 술을 마시다가 두 사람
만이 남아 카페에서 만난 여인의 작은 화실을 찾는다. "이들의 몽롱
한 시야에 붉은 태양과 하얀 염소, 한 다발의 꽃과 두 여인, 옹기종
기 모여 있는 눈 덮인 마을과 겨울나무가 있다. 아주 오래 전부터

우리 모두의 기억 속에서 잠자고 있던 그런 풍경인 것 같았다.” 그 화실의 주인인 노처녀가 “누가 그에게 전화를 걸어 줄 수 없나요. 내가 그를 기다린다고 샤갈의 눈 내리는 마을에서 아직도 그를 기다리고 있다고…” 처절하게 말한다. 출구가 없이 절망의 혼미한 기류만 흐르는 것으로 소설은 끝난다.

그러나 다시 생각해 보면 출구가 없다는 결미는 현실에 대한 초월의 의지를 끝없이 갖고 있는 작가의 숨은 뜻이 있지 않을까. 샤갈의 그림들도 외로움과 아픔을 그리면서 현실을 뛰어넘는 꿈을 꾸었다. ‘그림은 내가 또 다른 세계를 향해 날아가도록 해주는 창’이라고 샤갈은 밝히고 있다.

또한 “우리 인생에서 의미를 주는 단 하나의 색은 사랑의 색깔이다”고 한 샤갈은 「도시 위에서」와 몇 개의 그림에서 하늘을 날아갈 것 같은 사랑의 감정을 이입했다. 그림을 보고만 있어도 인식하지 않은 곳으로 끌려갈 듯하다. 그만의 색다른 은유와 상징이 담긴 「검은 마을」「녹색의 집」「붉은 말」 등은 시적인 공간들이다. 많은 이야기를 응축한 듯하다. 사랑과 꿈, 현실을 벗어나 자유로운 세상을 사는 꿈, 향수와 유태인의 전통과 자전적인 내용들이 색채와 형태에서 초현실주의적 특성을 띠기도 했다.

성서그림에는 성서의 내용을 그대로 묘사만 하지 않았다. 독특한 상상력으로 꽃 동물 연인 등을 그려 넣어서 성경을 처음 보듯 새롭고 경이롭게 해준다. 성서에 대해서 다시금 마음의 문을 열게 만든다. 다른 색채와 형상으로 태어나 더욱 진지한 신앙의 영매(靈媒)가 될 것 같다.

20세기를 살다간 샤갈, 그가 살던 시대와 소설 「샤갈의 마을에 내리는 눈」 때의 상황과는 다르지만 어려운 경제, 낙관적일 수 없는 암울한 현실에서 '부드럽게 속삭이는 앞날의 그 희망…'노래를 부르고 싶다. 신앙과 고향을 향한 집착, 원초적 그리움을 주제로 삼았던 샤갈, 그는 성경을 읽으면서 빛과 미래를 보았다. 그 빛으로 형상을 창출해서 우리에게도 빛을 전달한다.

그는 고갈된 시대에 신앙이 있었기에 누구보다 자유로웠으며 누구도 범할 수 없는 독특한 세계를 이룰 수 있었다. 명실공이 20세기 회화를 대표하는 거장으로 확고한 지위를 굳힌 것은 「아브라함과 세 천사」의 아브라함처럼 신앙 깊은 그에게 "기존의 방식에 구애받지 말고 자유롭게 독특한 세계를 맘껏 펼쳐 보라"는 천사의 속삭임이라도 있었던 것일까.

그래서인지 샤갈이 천사처럼 전하는 메시지는 시공을 넘어 우리에게 현존한다. 붓끝으로 탄생시킨 생명들이 우리에게 영적인 메시지를 전달해준다. 내 영혼 안에 뿌리를 내려 나로 하여금 끝없는 꿈을 꾸게 하고 현실 너머의 세계를 누리게 해줄 것이다.

(2005.)

쌍 가면

사람들의 표정에는 마음이 드러난다. 선하고 밝은 표정은 내면에 있는 좋은 삶의 원천에서 빚어질 것이다.

얼마 전 입원한 친지를 찾았다. 절망적이라는 의사의 통고와 면회사절임을 다른 가족에게서 이미 들은 처지였다. 정작 이 사실을 모르는 부인은 환자가 전날보다 나아졌다며, 출입이 통제된 중환자실로 가는 컴컴한 미로로 우리를 안내했다. 아직 젊은 나이의 환자는 얼굴과 몸이 퉁퉁 붓고 의식도 없어 문외한에게도 소생 가망이 없어 보였지만 부인 앞에서 놀라는 기색을 보일 수 없었다. 나는 환자나 부인의 얼굴을 정면으로 못 보고 간단히 신유의 은사를 기도하고 나왔다.

빨리 쾌차하기 바란다며 작별하고 병동 앞에서 셔틀버스를 기다리는데 젊은 엄마가 호랑이 가면을 쓴 어린이의 손을 잡고 걸어간다. 나도 가면처럼 표정을 감출 수 있었더라면, 환자 부인에게 밝고 환한 얼굴로 확실하게 희망을 줄 수도 있었을 텐데 하는 생각이 들었다. 그리고 고양시에 있는 중남미 박물관에서 본 쌍 가면이 생각났다. 그곳에는 토기, 석기, 조각품 외 토착 인디오문화의 유품들이 많았는데, 그 중에도 가면 전시실이 이색적이었다.

가면이라면 우리 탈춤에 쓰는 하회탈, 양주탈 등 우스꽝스런 지역 탈들만 봤는데 그곳의 축제와 의식에 쓰인 온갖 동물 가면들은 야단스러운 축제와 신기한 풍물을 연상케 했다. 죽음, 귀족, 정복자 등 제목의 인물 가면과 온갖 동물얼굴을 그리거나 새겨서 붙인 가면, 그리고 얼굴이 세 개나 겹쳐진 삼겹 가면도 있고 얼굴이 두 개인 쌍 가면도 많았다. 나는 그 중 '젊음과 죽음'의 쌍 가면에 마음이 끌렸다. 한 쪽엔 둥그런 눈과 복스러운 뺨에 뭔가 말하는 표정이고, 한 편 얼굴은 눈이 뻥 뚫린 데다 이빨이 가지런한 해골이었다. 젊은 중환자를 보고 나와서 그 쌍 가면을 생각하는 것이 송구스러우면서도 생각이 꼬리를 물어 이어졌다.

젊음과 죽음의 쌍 가면은 어떤 의식이나 축제에서 쓰였을까. 쌍 가면을 만든 이는 그것을 만들면서 어떤 염원과 기대가 있었을까 궁금한 채로 돌아왔었다. 멕시코 원주민들은 상징적인 가면들을 새로운 영혼과의 교류 혹은 현실탈피의 수단으로 표현했다는 간단한 설명이 붙어 있었다. 특히 토토나카 원주민들은 가면으로 얼굴을 덮음으로써 잠시 자신의 정체와 영혼으로부터 해방되어 새로운 영혼과 만나게 된다고 믿었다고 한다. '젊음과 죽음'도 그런 상징적인 가면의 하나였을까.

쌍 가면에서 죽음 쪽 얼굴은 젊음의 얼굴에 겹쳐져 있었다. 젊은 얼굴의 볼에 붙여서 죽음 얼굴의 코가 우뚝하게 솟아 있었다. 그러다 보니 죽음의 얼굴의 왼쪽 눈은 젊은 얼굴의 오른쪽 눈썹과 눈꺼

풀 사이를 뚫어 놓은 것이었다. 중남미 사람들도 인도인처럼 삶과 죽음을 하나로 보고 죽음은 삶과 떨어질 수 없는 것임을 표현하려 한 것이었을까.

가면은 동서양을 막론하고 의식이나 축제 때 거짓으로 꾸미는 가장(假裝)과 가식(假飾)의 도구였다. 그러나 가면을 쓰는 것으로 자기 자신의 표정을 숨기는 단순한 것을 넘어, 현재 살고 있는 삶과 다른 삶을 꿈꾸어 볼 수도 있을 것이다.

기다리던 셔틀버스에 올랐더니 버스 앞자리에 좀전에 지나갔던 호랑이 가면 쓴 어린이가 잠들어 있었다. 나는 엉뚱하게도 내게 젊음의 가면을 준다면 어떨까하고 생각해 보았다. 우선 주변에서 병고나 죽음 소식을 덜 들을 수 있겠고 자신도 위축된 처지에서 벗어나 좀 더 많은 일을 할 수 있을까. 나아가 어떤 새로운 영혼과 교류하며 미래를 꿈꾸고 내적인 성장과 관조의 세계를 이뤄볼 수 있을는지.

그런 이상적인 생각을 하다가 영안실 간판을 보니 쌍 가면 '젊음과 죽음'은 유한한 삶을 헛되이 보내지 말라는 교훈적인 것으로 생각되었다. 지난 시절에는 죽음이 나에게서 뚝 떨어져 있는 것처럼 느꼈으나 사실은 뒤돌아보면 곁에 있었던 것처럼 젊음의 곁에 있다는 것을 시사한 듯이 여겨졌다.

하나의 창을 통해 흐드러지게 피어난 꽃과 너른 세계를 보고, 다시 꽃 떨어짐과 미래도 보듯이 시간의 유한함과 미래, 일시적인 현란함보다 영원한 것을 지향하라고 하는지 모르겠다.

사실 젊은 시절엔 그 젊음의 무게 때문에 하고 싶은 일의 절반도 못했다. 뭔가 열심히 하는 것같이 쫓기면서도 진정 해야 할 것을 찾지 못했기에 채워지지 않는 갈증도 있었다.

젊음과 죽음의 쌍 가면을 종교적인 입장에서 본다면 젊음의 분방함이 지나치면 죽음이나 파멸이 온다고 해석할 수도 있을 것이다. 욕심이 지나칠 때 죽음을 기억하라고 경고메시지를 주고 있는 것이라고.

그런 생각이 굳혀지면서 이제야말로 욕심을 실천하기 위해 커다란 가면을 써보고 싶다고 순간 생각했다. 가면으로 나를 감춘 채 세상의 감춰진 진실을 파헤쳐도 보고 큰소리로 세상을 웃어보고도 싶다.

셔틀버스가 산당화가 흐드러진 병원의 뜨락을 지나는데 가면 쓴 아이를 보니 어느새 가면을 벗고 잠든 아이의 표정이 좋은 꿈을 꾸는 듯이 보였다. 나도 복잡한 쌍 가면에 대한 생각을 멈추고 싶었다. 아이에게 좋은 꿈을 가져다 준 것처럼 꿈을 꾸게 하는 가면은 없을까. 자기 방어나 위장보다 잠자는 영혼을 깨워주는 역할의 가면.

대지가 아름다운 봄날, 고통과 불안에 떨며 젊은 가족의 죽음을 대비하는 이들에게 훗날에라도 행복과 사랑의 메시지를 전할 얼굴이 꽃나무 뒤에 숨겨진 것 같아 차창 밖을 열심히 내다보며 돌아왔다.

(2003.)

운악산의 산수국처럼

숲에서 태어나는 모든 것은 아름답다. 숲 입구의 작은 나무에 얹힌 고운 메꽃은 어디서 날아온 씨앗이 덩굴을 올려 꽃을 피웠을까. 풋풋한 나무 곁에 서면 육신의 가지에 새잎이 돋을 것 같아 팔을 벌리고 나무에 기대어본다. 꽃과 덩굴, 나무도 어느 필요와 부름에 따라 의미 있는 존재로 태어날 텐데. 나는 팔을 거두고 숲 해설자의 목소리가 들려오는 쪽으로 향했다.

숲은 언어로 설명하지 않고 리듬 있는 음악처럼 나무들이 흔들릴 뿐이다. 흔들리면서 우리 영혼을 고양시키고 느릿하게 휘어지면서 생의 본질을 생각하게 한다. 태양과 물의 힘으로 꽃 피우고, 바람과 벌 나비의 도움으로 번식하여 끊임없이 숲을 가꾸는 초목들 의무의 경건함을 생각하며 걷는데 저만치 새하얀 꽃이 퍼뜩 눈에 들어온다. 검푸른 잎새 사이의 하얀 꽃이 신기해서 일행들이 모두 해설자에게 정체를 물었다. 그것은 개다래나무로 하얀 것은 꽃이 아니라 이파리가 꽃처럼 변색한 것이라는 말에 의아했다. 개다래나무 꽃이 너무

작아 벌이 그냥 지나칠까봐 주변의 이파리가 꽃처럼 변색하여 벌을 유인한다는 것이었다. 아, 언젠가 본 청보라 빛 산수국도 화사한 꽃 같은 헛꽃(무성화)이 수수알 만한 참꽃(유성화)을 둘러싸고 피어나서 벌을 유인하고, 가루받이가 끝나면 이파리가 땅으로 젖혀서 시든다는 사실을 들었었다.

질곡에 빠져 낙담하다가도 숲의 중심에 다다르면 그 아늑함으로 가슴이 편안해지던 것도 공생과 상생, 이렇게 도우면서 살아가는 식물들의 생태 때문이었던가. 모든 생명이 잉태되고 자라는 숲은 초목들의 아늑한 고향이며 또 우리의 고향이라고 여기며 운악산 기슭을 다 내려왔는데, 산장 가까이 화단에서 반갑게도 산수국 한 포기가 우리를 기다리고 있었다.

숲의 아늑함보다도 우리의 가슴에는 따뜻한 피가 흐르고 있어서, 산수국의 헛꽃처럼 사랑을 베풀 수 있지 않을까. 자신의 아름다운 꽃잎은 가루받이가 끝나면 밑으로 향해서 스러지며 남을 돕는 귀한 존재. 운악산 기슭에서 바라본 수국의 헛꽃은 또 한 번 진실한 사랑을 일깨우고 있었다.

(2008.)

그윽하다

한밤중 싱싱한 오렌지를 먹으면서 향긋한 내음을 즐긴다. 그런데 껍질을 버리고 나니 오렌지의 향긋함은 이내 사라지고 책상 위에서 그윽한 매화 향기가 책갈피 사이로 다가온다. 매화의 그윽한 향기는 이 고요한 시간에 나의 메마른 영혼에 스며들 것 같다. 낮 동안의 번잡한 고뇌에서 벗어나 두통도 사라지게 하고 심성 또한 맑아지게 할 것이다.

현란하여 쉽게 이끌리는 외래어보다 깊은 의미의 우리말이 많아서 뿌듯하다. 그 중의 하나가 '그윽하다'로 이 말은 세 가지 뜻으로 쓰인다. 첫 번째는 이은상님의 「성불사의 밤」에 나오는 "성불사 깊은 밤에 그윽한 풍경소리…"처럼 '깊숙하고 으늑하며 고요하다'는 뜻으로 정취(情趣)를 나타내는 경우이다. 두 번째는 뜻과 생각이 깊은 심성을 나타내는 그윽함이다. 셋째는 장미처럼 진하고 화사하거나 허브처럼 맵싸한 것이 아니고 느낌이 은근한 매화향기 같은 것을 표현하는 그윽함이다.

'그윽하다'라는 몇 자 안 되는 한 마디에는 위의 세 가지 뿐만 아니라 많은 뜻이 함축되어 있어서 연관되는 많은 것을 연상하게 한다. 안개 속 같은 은밀함과 꽃 너울 아래에서의 아늑함, 그리고 꿈과 동경으로의 면면한 통로가 이어지고, 순간이 아닌 영원으로 길이길이 이어질 것 같다.

그윽한 둥우리 속은 생명이 잉태되거나 딱딱한 껍질을 깨고 나오게 하는 신비함도 있다. 봄날 대지에서 삐약거리는 병아리들이 탄생한 곳이 그윽한 둥우리가 아니었던가.

세상이 혼돈에 휩싸여 있을 때 더욱 귀하게 여겨지는 말이기도 하다.

"내 영혼의 그윽히 깊은 데서 맑은 가락이 울려나네. 하늘 곡조가 언제나 흘러나와 내 영혼을 고이 싸네"의 찬송가 구절처럼 참된 평화를 일깨워주는 그윽함의 의미를 더욱 소중하게 여긴다.

그윽한 상념에 잠긴 얼굴에 마음이 흔들리고, 사랑을 머금은 그윽한 눈길, 그 눈길은 활활 타오르는 모닥불 같은 눈길보다 사람을 끌어당기리라.

수다스러운 말로 그윽함의 본뜻을 더 이상 흐려놓지 말아야겠다.

(2004.)

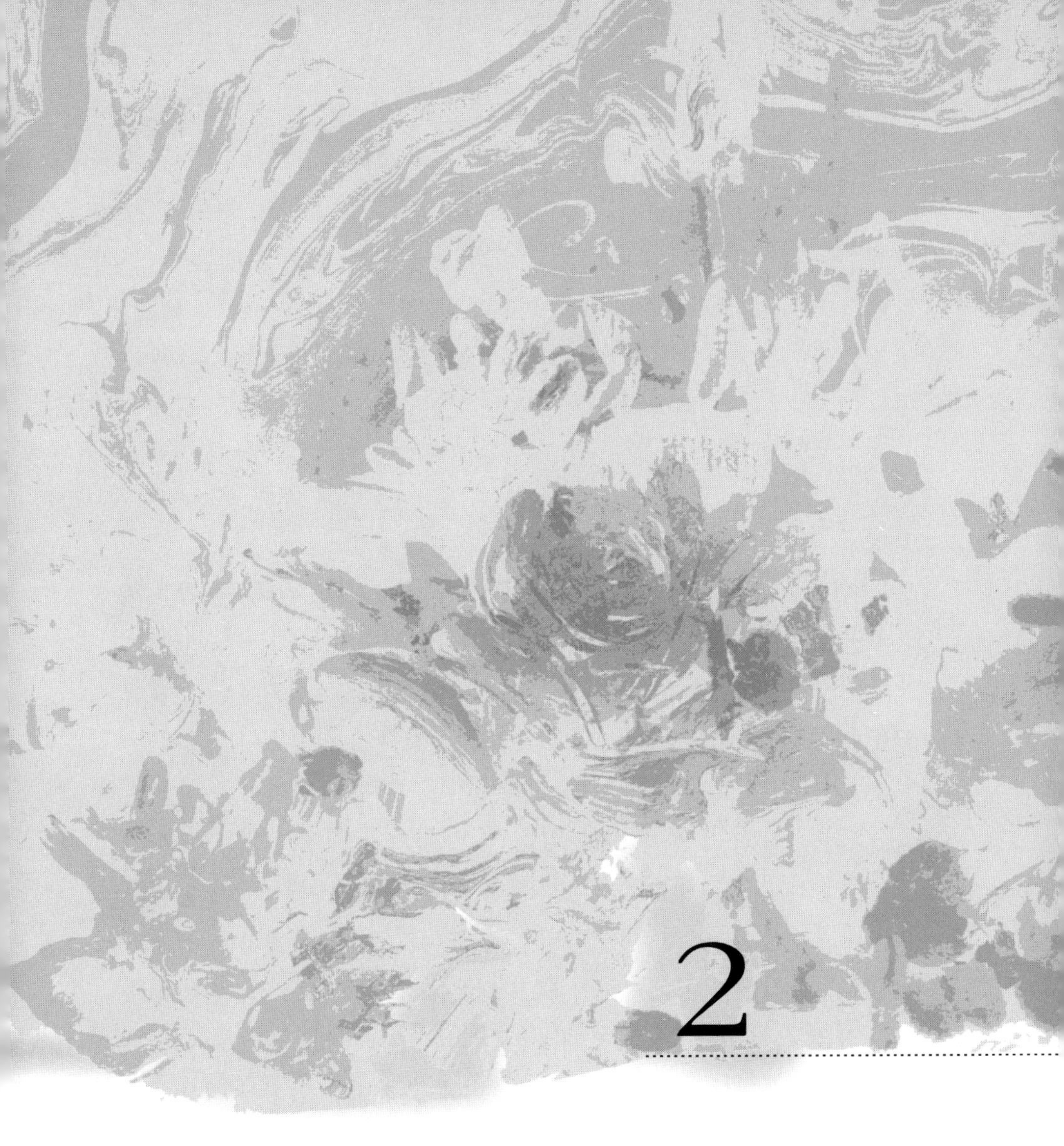

2

라이프치히의 참나무

유럽의 가을은 우리보다 한 달이나 빨랐다. 지난 10월, 독일에 갔을 때 베를린의 브란덴부르크 광장이나 뮌헨의 가도에는 갈색과 노란 이파리들이 바람에 쓸려 다녔고, 고성(古城)으로 기어오르는 담쟁이덩굴의 선홍단풍은 훈장처럼 찬연한 빛깔을 자랑했다.

라이프치히에 도착한 날은 가을비가 추적추적 내려서 이방인의 우수를 자아냈다. 이 도시에 있는 성 토마스 교회에서 바흐가 28년 동안 성가대장으로 종교음악을 작곡, 봉직했기에 여러 군데에 세워진 바흐 동상의 어깨 위에도 낙엽이 얹혀 있었다. 음울한 날인데도 반가웠던 것은 라이프치히의 크고 작은 교회에서 오르간 연주 등으로 작은 음악회를 자주 연다는 것이었다.

마침 숙소에서 멀지 않은 야곱 교회에 음악회가 있어서 찾아가니 키 큰 참나무가 작은 교회 앞에 서 있었다. 교회 앞의 참나무는 어울리지 않는다고 생각하며 음악회시간이 조금 남았는데도 비를 피해 교회로 들어갔다. 크고 이름 높은 교회처럼 화려하지는 않았으나 오색의 스테인드글라스와 고풍스러운 강단, 성화와 성경구절 액자 등

고색이 창연한 실내를 둘러보노라니 초등학생들 20여 명이 교사와 함께 들어왔다. 교사의 지시로 도화지에 무언가를 열심히 적은 아이들은, 교회 안에서 이것저것을 돌아보았다. 다른 사람들에게 방해가 되지 않으려고 소리도 크게 내지 않고 조심하는 모습들이어서 대견하게 보였다. 공중도덕을 지키는 어린 영혼들의 모습을 보며 나는 성급하게도 독일교육의 바람직한 일면을 보는 것같이 여겼었다.

현장학습을 나온 2학년 학생들이 선생님께 받아 적은 과제는 다섯 가지 항목이었다. 첫째 이 교회에 방문한 적이 있는가. 두 번째는 의자 몇 개, 기둥은 몇 개, 다음엔 스테인드글라스에는 어떤 빛깔들이 들어있는가, 마지막 문제는 한 자리에 앉아서 기도하고 나서 들리는 소리를 적어보라는 것이었다. 다른 질문들은 평범한데 마지막 질문이 특이했다. 기도하고 나서 들리는 소리라니, 느낌과 상상력을 기르려는 것일까. 어린이에게 마음에 들리는 소리라면 너무 심오한 것이어서 신앙심을 시험해보려는 것일까.

아이들은 넓지 않은 교회 안을 성실하게 돌아보고는 음악회가 시작하기 전에 교회를 떠나갔다. 나는 촛불이 가물거리는 가운데 파이프오르간의 따뜻하고 웅장한 연주를 들으면서도 그 아이들이 학교에 돌아가서 '기도하고 들은 소리'를 진지하게 적어 내면 선생님이 어떻게 지도할까, 궁금해지는 것이었다.

평소 교회에 열심히 다닌 아이라면 교회이름이기도 한 야곱의 일화를 떠올려서 '돌을 베고 자던 야곱이 꿈에서 땅으로부터 하늘에 닿은 사닥다리를 오르락내리락하는 하나님의 사자들의 소리', '야곱이 천사와 씨름하는 소리'를 들었다거나, 혹은 찬송가 소리를 들었다고도 적었을 거라고 추측해 보았었다.

우리나라에서라면 기독교 학생들이 유명한 절에 수학여행을 가거나 답사는 하지만, 신앙적인 것을 가르치거나 과제로 낼 경우, 특정종교를 다룬다고 불평이 많을 것이다. 그러나 독일에서는 옛날부터 그런 방식 등으로 상상력을 기르는 교육을 받았기에 괴테나 실러, 토마스 만, 하인리히 뵐 등 세계적인 문호들이 나오지 않았을까.

기독교건물인 교회나 성당에 예술품이 많아서 심미적인 안목을 높이기 위해 자연스럽게 이용하는 독일의 열린 교육 현장을 본 것 같아 마음이 뿌듯했다.

천진무구한 독일 어린이들보다도 내가 손을 모아 기도하고 나면 어떤 소리를 느낄 수 있을까, 우리의 삶에 있어서 종교는 어떤 존재 가치와 의미가 있을까 하는 거창한 문제는 생각하지 않더라도, 기독교신자인 나는 어떤 방식으로 신을 찾거나 섬길 수 있을까. 바흐는 음악으로 신에게 봉사하며 일생을 바쳤는데 나는 교회음악회에서 바흐의 음악을 들으며 신의 언저리에라도 다가갈 수 있을까.

이런저런 생각을 하며 일행을 따라 야곱교회를 나왔다. 밖에는 비 개인 땅바닥에 도토리들이 구르고 있었다. 이파리가 다 떨어진 참나무를 보며 "마침내 나뭇잎/ 모두 떨어지면/ 보라, 줄기와 가지로 나목 되어 선/ 벌거벗은 저 힘을" 알프레드 테니슨(Alfred Tennyson 1809-1892)의 시 「참나무」의 마지막 구절이 생각났다. 무성하고 찬란했던 이파리를 다 떨어뜨리고도 꿋꿋한 생명력을 보이고 있는 나무.

광장이나 골목마다 문호와 음악가 등 예술가의 동상이 있고, 예술적인 조각품이 많은 것도 독일에서 느낀 특색이었다. 오래 전부터 심미적 문맹(審美的 文盲)을 없애기 위해 일상생활에 예술작품을 끌어들이려는 정치인이 있었다니 부러운 일이다. 심미적인 안목을 높이려면 예술작품 자체가 일상생활의 환경이 되게 하는 길이 가장 좋은 방법이어서 현대에 들어서서도 도시마다, 로댕, 부르멜, 바를라하, 헨리 무어 등 세계적인 조각가들의 작품을 세워 놓았다. 그리고 공공건물이나 공공시설에는 건축비의 2퍼센트를 예술을 위하여 투자하게 되어 있다고 한다.

전쟁을 일으켜 세계평화를 위협하고 다른 나라에 피해를 준 독일이지만, 자기네 나라도 전화를 많이 입고 어려움을 겪었다. 그러나 굳건하게 견디고 다시 일어설 수 있었던 힘은 이렇듯 어릴 때부터 상상력과 감수성을 유발시켜서 정서를 함양해주는 교육의 덕이었다는 생각이 들었다. 교회 앞에 환경에 맞서서 꿋꿋이 살아온 독일인들의 상징처럼 참나무가 서있는 것도 예사롭지 않게 여겼었다.

어쩌면 어린 학생들이라 과제의 마지막 항목은 버거웠겠으나 그중의 몇 명이라도 벌거벗은 참나무를 보고 시적 상상력으로 아름다운 동시를 쓰지 않았을까. 그가 잘 성장해서 21세기 문학에서 바라는 참신한 작가가 나오면 좋겠다는 생각으로 발길을 돌렸었다. 기발하면서도 진지하고 중후한 역량 있는 작가, 세계적인 공통관심사를 주제로 하는 수준 높은 문학작품을 쓰는 작가를 떠올려보며 가을날 이방인의 우수를 떨쳐버릴 수 있었다.

(2008.)

알바트로스

　남태평양의 망망대해 어디쯤일까. 창밖을 보니 구름밭이었다. 도시에선 10층 높이에서 아래를 내려다봐도 현기증이 나지만 아주 높이 비행기 위에서 산하를 내려다보면 마음이 평온해진다. 나는 이번 여행에서 소용돌이치던 젊은 날의 시간을 접고 아득한 어린 시절을 생각하며 귀국할 수 있었다.

　어린 날 높은 산에 올라가면 넓은 세상을 볼 수 있을 것 같았다. 하강이나 상승이라는 어휘의 뜻도 모르고 비행기를 타는 것은 꿈도 못 꿀 무렵부터, 높은 곳에 올라가면 색다른 세계를 볼 수 있으려니 짐작했다.

　그러나 이제는 자유로운 삶이 있는 세상 속으로 날아가고 싶다. 높은 곳에 올라, 꿈꾸며 놀던 곳을 바라보고 싶은 것이다. 지나온 세월을 생각해 보면 출발점에서 까마득하게 멀리 와 버린 자신.

　지난 8월 19일 한국수필문학가협회의 뉴질랜드 호주 기행에 합류해서 다녀왔다. 며칠 안 되는 관광이었지만, 뉴질랜드는 지구상 마지막 남은 천연의 아름다운 나라라는 말이 곳곳에서 실감되었다. 초원에서 풀 뜯는 많은 양떼와 피요르드가 장관을 이룬 경이로운 모습을 제외하곤 내가 태어나고 자라던 시절의 맑은 자연 같아서 고향같이 쉬고 싶은 마음이 드는 곳이었다. 몇 십 년 전만 해도 우리나라 자연은 얼마나 맑았던가.

이국의 아름다운 자연에 마음이 흔들리기보다 오염된 우리나라 자연에 대해 안타까운 생각이 들었다. 북섬과 남섬으로 나뉘어 있는 뉴질랜드 북섬의 도시 '로토루아'의 파라다이스 밸리(paradise valley)에서 날지 못하게 된 새 키위를 관람하며 뉴질랜드에만 남아있다는 새 알바트로스 생각이 났다. 키위 새가 해치려는 적(敵)이 없어 날개가 퇴화된 것처럼, 알바트로스 역시 기능이 약화되었다고 한다. 그렇지만 사진에서 하얀 머리에 까만 털이 있는 우아한 목덜미와 무엇보다 큰 날개를 편 웅자(雄姿)에 마음이 끌렸었다. 큰 날개를 펴고 하늘을 훨훨 날아다니는 모습은 억압된 자유와 갈망을 해결해줄 수 있을 것 같았기 때문이다. 이 새를 세계에서 유일하게 야생하게 하고 있는 곳이 뉴질랜드에 있다는 말이 생각나서 가이드에게 물으니 우리 여행코스에는 없다고 했다.

나는 알바트로스 사진이 든 기념엽서라도 보고 싶어서 엽서와 안내책자를 파는 곳이면 쫓아가서 물어봤다. 남섬의 도시 '크라이스트처치'에서 '퀸즈 타운'을 향해 버스로 여덟 시간이나 가면서 멈춘 작은 도시의 가게에도 없었다. 1986년 세계 자연 유산으로 지정된 피요르드 랜드 국립공원, 그 속의 '밀포드 사운드'의 상점에는 있겠거니 하고 길가에 장대 같은 나무와 무성한 덩굴이 덮인 밀림을 지나면서도 가슴이 뛰었다. 그러나 '밀포드 사운드' 선착장의 상점에도 그 엽서는 없었다. 빙하가 수없이 녹고 얼기를 계속할 때마다 깊어진 계곡, 가장자리가 깎여져서 얼음이 조각한 절벽으로 병풍을 이룬 협곡을 유람선으로 지나며 곳곳에서 작은 폭포가 장관을 이룬 '밀포드 사운드'의 절경에 감탄하노라 잠깐 알바트로스의 존재도 잊었다.

세상을 살아오면서 은연중에 자기가 쌓은 성 속에 갇혀 사는 존재가 된 것을 절감한다. 행동반경도 좁아졌고 만나는 사람들도 일정한 사람들로 고정되어버렸다. 폭넓은 경험, 이해심, 그리고 포용력도 지니지 못한 채 오염된 도시에서 욕심으로 얼마나 찌들었던가. 어느새 그것이 자연스러워져 의식하지도 못했었다. 되돌아보고 궤도를 수정할 수 있는 기회를 삼을 수 있는 것이 여행이리라.

온통 푸르른 초원에서 양떼가 되고도 싶었고 산자락에서 자유롭게 뛰노는 사슴이 부럽기도 했다. 달리는 도로의 곳곳마다 펼쳐진 맑은 호수를 보며 바다처럼 높은 파도와 격렬한 몸짓의 지난날을 뉘우치기도 했다. 그러면서도 알바트로스처럼 커다란 날개로 비상해서 또 다른 꿈꾸는 세상을 향하려는 욕심을 버리지 못한 이중구조를 지녔음을 깨달았다.

커다란 날개를 가진 알바트로스를 그리워함은 새로운 세계를 향함보다도 누군가 가슴에 가까이 다가가고픈 연유에서이다. 너그러운 가슴을 지닌 창조주의 품이어도 좋고 누구에겐가 예술적인 감동으로 다가가려는 나의 버릴 수 없는 욕심이기도 하다.

알바트로스는 남섬의 동남쪽 오타고 반도의 돌출부에 있는 '알바트로스 콜로니'에 보호되고 있다고 한다. 한때는 멸종되었다고 했던 알바트로스 알을 1920년대에 그곳에서 발견하고, 오타곤의 수도인더니든 시민들의 기금으로 보호하며 견학도 시킨다고 한다. 그런데 하늘을 높이 나는 모습은 여전히 멋있지만 잘 날지 못하는 것도 있어 뒤에서 바람을 일으켜줘서 날게 하는데 몸이 커서 착지(着地)가 서투르다나.

우리가 꿈에 그리고 동경하는 것들도 실상을 알고 보면 이런 결점들이 있을 것이다. 잘 날지 못하는 새에게 날 수 있도록 바람이 되어 주어야 하는 나이에 이르렀지만.

그러나 하늘을 높이 높이 나는 하얀 새, 알바트로스를 그리워했듯이 가고 싶은 곳, 하고 싶은 것에 대해 나는 아직도 꿈꿀 것이다.

(2005.)

변화의 바람을 따라

　20년 전, 세계적인 금융도시 프랑크푸르트에 갔을 때 현대식 건물의 위용에 주눅 든 내게 군데군데 펼쳐져 있던 녹지가 안정감을 주었다. 더욱이 자주 울려오는 성당의 종소리는 평화로움을 안겨주었다. 종소리는 프랑크푸르트뿐만이 아니었다. 중세의 전설이 서린 고성(古城)들을 지날 때 교회에서 울려오는 종소리가 이방인에게 친근하게 다가왔다.

　작년 가을에 다시 독일의 몇몇 도시를 둘러보았다. 독일이 통일된 지 20년이 가까워 오지만 아직도 우리는 분단 국민처지여서 부러운 독일이다. 라이프치히에 있는 니콜라이 교회에 갔을 때 제단에 켜 있던 촛불. 1989년 구 동독의 민주화를 염원하던 신도들이 그 교회에 모여서 열렬히 기도하고, 뜻을 모아 거리로 나가 시위한 것이 독일 통일의 발단이 되었다는 이야기를 들으며 바라본 촛불은 단순히 제단만을 지키고 있었다.

　촛불은 통일 후도 조용히 일렁였겠지만, 통일이후 공산진영 국가들에게 변화의 바람이 거셌었다. 정국의 바람과는 좀 달랐지만 독일의 헤비메탈 그룹 스콜피온즈(Scorpions)의 노래 「변화의 바람」(Wind Of Change)도 통독 이듬해인 1991년에 나왔다. 소련 고르바초프의 개혁 정책에 힘입어 동독이 문호를 개방하고 이듬해 독일이 통일되자, 스콜피온즈가 독일 통일과 소련의 개혁정책을 찬양한 노래인데 우리 나라에서도 인기가 매우 높았었다.

…우리의 내일은 불확실하지만 나는 어디에서나 느낄 수 있어요 변화의 바람이 불고 있다는 것을… 변화의 바람을 들으면서 순간의 마음속으로 나를 데려가세요. 영광스러운 밤에 그 꿈을 당신과 내가 함께 나눌 수 있는 곳으로 변화의 바람은 시대에 직면하여 강하게 불고 있어요. 마음의 평화를 위해 자유의 종소리를 울릴 폭풍처럼 당신의 발라라이카가 노래하게 하세요.

이런 노래가 아니더라도 발전과 변화를 거듭해온 독일인데 지엽적인 몇 가지가 바뀌지 않은 것들을 며칠간의 여행 동안 발견할 수 있었다. 드레스덴 가톨릭 궁정교회의 질버만이라는 장인이 만든 파이프 오르간은 규모와 소리가 좋기로 유명했다. 세계대전 때 전화로 부서진 것을 제대로 복원하느라 오랜 세월이 걸렸다고 한다. 오르간 복원이야 장인이 만든 것이기에 당연하지만, 다시 고쳐서 더 새롭고 현대적인 것으로 만들 수 있는 것들도 원래대로 고집하는 것이 독일 사람들의 근성인가보다.

베를린과 뒤셀도르프 등 음악가와 관계있는 시가지를 지나면서도 자주 울리는 종소리를 들었다. 바하가 말년에 오르가니스트로 있었던 토마스 교회나 바하가 세례를 받았던 아이제나흐의 게오르그 교회 등에서도 자주 종소리를 듣다보니 싫증도 나고 설명을 듣는데 방해가 되었다. 그곳에서 음악공부 중인 가이드에게 물으니, 시계가 흔하지 않던 시절에 주민들의 생활에 도움을 주기 위해 교회나 성당에서 15분마다 종을 쳤다고 한다. 그런 관습을 여태껏 지켜온다고 하여 어처구니가 없었다.

변화보다도 옛것을 존중하고 지킨다는 독일 사람들, 사소한 것이지만 또 바꾸지 않는 다른 것이 있었다. 식당마다 조명등이 어둡고 식탁에는 낮이나 밤이나 꼭 촛불을 켜 놓았다. 공기도 정화시키고 그윽한 분위기를 연출하려는 줄은 알겠는데, 북통만한 좁은 공간의 식당에도 꼭 촛불을 켜놓았다. 답답해서 전등불을 좀 밝은 것으로 바꾸고 공기는 환풍기로 맑혔으면 좋겠다는 생각이 들었다.

동부 독일의 여러 도시를 들러보니 공통점이 있었다. 통일된 지 20년이 가까워 오는데도 동독 땅이었던 시가지의 모습은 서독과 달랐다. 이를테면 빈틈없이 포장된 딱딱한 광장이 많은데 그대로 두고 있었다. 우리나라 같으면 광장의 가장자리는 포장을 뜯어내고 푸른 잔디와 가로수라도 심고, 한편엔 분수라도 만들었을 텐데 동독지역이었던 지명을 모르더라도 시가지에 가보면 알아챌 만큼 폐쇄적인 분위기가 느껴졌다.

W. 어빙은 그의『여행자의 이야기』서문에서 "변화에는 일종의 구원이 깃들여 있다. 설사 그 변화가 나쁜 것일지라도 그렇다."고 하였다.

우리 삶의 과정은 변화의 연속이다. 보다 나은 것을 지향하고 새로운 세계를 열어가기 위해 부단히 변화를 모색한다. 단 기본적인 틀은 되도록 존중하면서 좋은 것은 일관성 있게 지속하고 축적된 좋은 이미지는 극대화시켜서, 변화를 위한 변화보다 발전을 염두에 둔 변화를 인정하는 경우가 많아야 하리라.

우리나라에선 교회나 성당의 종소리가 다른 종교인들의 항의로 사라진 지 오래이고 촛불은 경건하게 쓰이는 의미보다도 시위의 도구로 변하고 말았다. 그것이 조용한 가운데 뜻을 하나로 모은다든가 침묵의 함성, 내 몸을 태워 남을 돕는 등의 의미로 쓰는 것 같다. 만인을 위한, 소수의 사람이라도 정당한 주장을 펼칠 때 그것은 뜨거운 염원으로 의미도 승화될 수 있으리라. 며칠 동안의 여행으로 시계대신 종소리를 고집하고, 음식점의 촛불 켜기를 답답한 것이라고 단정해버리는 나의 얄팍한 마음에 경종을 울려줄 종소리가 아쉽기도 하다.

(2008.)

푸른 하늘 은하수

울란바토르의 자이승 승전기념탑에서는 시가지가 한눈에 내려다보였다. 청명한 하늘 아래 아담한 건물들과 멀찍이 둘러싼 보그드산줄기, 남쪽에는 톨강이 조용히 흐르는 울란바토르시가지가 아름답게 내려다보였다.

승전탑을 둘러싼 장식 벽엔 몽골이 1921년 독립할 때 지원해준 러시아군에 대한 그림이 있는데, 몽골 여인이 푸른 천을 받쳐 러시아군에게 마유(馬乳)잔을 바치는 그림이 눈을 끌었다. 푸른 천이 이곳에선 상서로운 빛깔이라는 설명을 듣고 돌아서니 한쪽에 돌무지가 쌓여있고 그림의 푸른 천 빛깔과 같은 천 조각들이 깃발처럼 펄럭이고 있었다.

도시에서 초원으로 향하는 길을 지나며 문득 고향에 가고 있다는 착각이 들었다. 도회풍의 집들이 있는 도심을 벗어나 군데군데 유목민 주거형인 겔이 보이던 교외, 그리고 비포장도로를 지나며 덜컥거릴 때 어린 날 자갈이 박혀 있던 신작로를 지나던 생각이 났다.

시내에서 먼 외곽에서도 돌무더기와 푸른 천 조각이 걸려있는 장대가 눈에 띄었다. 길가에 돌도 바위산도 없는데 돌은 어디서 가져다가 돌무더기를 쌓았을까. 어렸을 때 외가에 갈 때 고개를 넘으면 고갯마루에서 발견되던 서낭당, 그 서낭당도 집들과는 먼 언덕에 있었던 생각이 났다.

얼마쯤 가니 좀 낮은 지대가 나타나면서 물웅덩이가 보이고 진초록 풀과 키 작은 나무가 있는 동네에 겔이 띄엄띄엄 있고 말 소 염소 양떼도 보였다. 이따금 산등성이에 나무가 좀 있는 산이 있을 뿐, 숲과 골짜기가 있는 청산 같은 것은 보이지 않았다. 하긴 청산이 많아도 우리나라에선 개발이라는 이유로 산허리를 둘로 내고 깎아서 새길을 내느라고 혈안이 된 처지가 아닌가 생각하며 입맛이 씁쓸했다.

지금은 몽골사람들도 물과 풀이 있는 곳에서 목축을 하며 정착생활을 하지만, 옛날 거친 초원에서 유목생활을 한 몽골인들에게는 무속신앙이 강할 수 밖에 없었으리라. 초원에서 자연과 하나 되어 살아가는 이들이 돌무더기에 푸른 천을 늘어뜨리면서 먹을 양식을 구하고 병에 걸리지 않고 무서운 짐승에게서 안전하기를, 그밖에 불행한 일을 당하지 않고 좀 더 나은 삶을 누릴 수 있도록 소원을 빌었을 일들이 눈물겹게 여겨졌었다. 그런데 우리나라의 서낭당에서 노랑, 빨강, 파랑, 초록 천들을 익숙하게 보아왔던 처지에서 푸른 천만 쓰는 것이 인상적이었다. 몽골국기의 가운데 빛깔도 푸른색이고 보면 몽골사람들은 푸른색을 숭상하는 게 틀림없는 것 같았다.

그 옛날 몽골인들이 가도 가도 햇살이 따갑고 바람 부는 초원이 계속될 뿐, 드러난 길이나 표지판도 없어 막막할 때 푸른 하늘을 올려다보며 구원을 빌었으리라. 초원을 달리던 고달픈 영혼을 헹구어

줄 것 같은 푸른 하늘.

울란바토르에서 테렐지 휴양지로 가는 동안 아름다운 풀꽃으로 끝없이 이어진 초원은 도회의 문명에 지친 나를 매혹시켰지만, 돌아봐도 고통뿐인 인생행로의 꿈길처럼 아득하게 생각되었다. 모래로 이루어진 사구(砂丘)와 초원의 에델바이스, 손바닥난초, 허브, 붓꽃 등의 이름을 알게 된 것만으로 자연의 무궁한 비밀, 그 자연 비밀의 일부를 캐어낸 것처럼 신이 나서 지나왔다.

초원을 지나 높은 암벽과 낮은 계곡, 전나무가 빽빽한 산이 가까워지더니 거북의 머리와 등짝 형상의 거북바위를 보고 테렐지 휴양지에 다다랐다.

저녁을 먹고 둘러앉아 "푸른 하늘 은하수…"로 시작되는 「반달」을 부르며 올려다본 하늘, 짙은 푸르름이 더디 온다고 생각하는데 굵은 빗방울이 쏟아져서 우리는 겔 안에 굽히고 들어갔다. 금세 얼음처럼 차가운 바람을 몰고 와서 주위는 영원한 침묵 속으로 가라앉은 듯 조용해졌다. 거북바위와 줄기가 하얀 자작나무, 우리는 자연의 일부처럼 땅바닥 가까이서 거북이처럼 잠을 청했다. 모처럼 북두칠성이나 은하수를 보리라는 기대도 버리고.

얼마쯤 지났을까. 깊은 밤인 듯 싶은데 눈이 떠졌다. 축문 읽는 소리와 제사를 지켜보던 시간처럼 고즈넉한데 조금 뚫린 지붕으로 짙푸른 하늘이 내려다보고 있는 듯하여 깜짝 놀라 일어나 문을 열어젖혔다. 이렇게 많은 별들이 아직도 있구나.

그 동안 내가 잊고 있었던 아프고 시린 일들도 그대로인 것에 놀라며 마음을 가다듬었다. 집착과 애증으로 처절해질 때 푸른 하늘한 자락으로 여겨질 수 있다면. 이마 위로 흘러가는 은하수도 변하고 쇠락하여 스러져 가는 것이 자연의 법칙임을 알게 했다. 초원의 밤은 법칙에 순응하라는 다짐으로 정적 속에 묻혔다.

타국으로 나와 보면 서울을 세상의 중심으로 여기고 살아온 우물 안 개구리임을 절감하게 된다. 너르고 푸른 하늘, 푸른 빛깔을 생각하다가 문득 거친 바닷가에서 살며 지치지 않게 바다를 바라보고 생명에 접근하여 경이로움을 찾아내고 생동하는 시를 쓴 칠레의 시인 네루다, 그 네루다가 푸른 색 잉크로 글을 썼다는 생각을 했다. 강렬한 의식과 모든 것을 보려는 무서운 눈, 세상을 향해 열린 눈을 가지고 그가 푸른 색 잉크로 표현했던 것은 희망을 담으려던 것일까.

미지의 세계를 향한 마음의 방랑자인 내게 푸른색은 생생한 삶의 도전을 꿈꾸게 할 수 있을까. 이어령님의 "푸른색은 우리들에게 육박해오기 때문이 아니라 거꾸로 우리를 자기편으로 끌어 들인다"는 말이 생각난다.

푸른색은 하늘빛깔이다. 그리고 바다빛깔이다. 끝없는 가능성과 무한한 신뢰를 머금고 도도하게 흘러가는 동적인 강물 빛이다. 힘든 삶을 살며 정직하고 성실하게 살려는 자의 땀과 눈물을 사랑하며 외로운 이들의 외침과 피곤한 한숨까지도 끌어들이는 빛깔이다.

새로운 세계를 찾는다는 경외감도 없이 찾아간 몽골, 순박한 그들의 눈길과 인정이 영악해진 우리를 부끄럽게 했다. 문명의 이기에 길들여진 처지에서 체험한 초원의 순수. 그 순수가 무엇인지 푸른 하늘 은하수에게 묻고 싶지만 혼탁해진 이곳 하늘에서 답을 얻기는 어려울 것 같다.

(2004.)

스물한 살의 포도

실크로드 여행의 셋째 날 사막의 도시 트루판(吐魯蕃 Trufan)에서 본 '포도넝쿨 길'은 감동적이었다. 돌산과 자갈사막 밑으로 천산(天山)의 만년설이 녹아내린 물이 흘러 복류천을 이루고, 고대인들은 이 복류천 줄기를 따라 우물을 파서 주변에 마을을 만들었다. 그리고 우물과 우물을 연결하는 지하수로를 투루판까지 연결했다는 말이 생각나서 포도나무넝쿨의 뿌리 쪽을 살펴보았다.

길 양쪽에 심은 포도나무 넝쿨로 터널을 이룬 길, 나무 밑으로는 물이 졸졸 흐르는 작은 도랑이 있고 띄엄띄엄 스프링클러가 있어서 물을 뿜고 있었다. 트루판이란 위그르어로 '파인 땅'이란 뜻인데 해수면보다 280미터가 낮은 분지로 '아시아의 우물'이라 불린다. 천산산맥에서 70km나 떨어진 곳에 지하수로의 힘으로 포도의 고장을 이뤘다는데, 일행 중 누군가 이 길의 이름이 '청년로(靑年路)'라고 알려줬다.

청년로라면 청춘의 길로 여겨져서, 수로공사의 어려움 대신 20대 초 내가 청춘로에 들어섰을 때가 떠올랐다. 2학기 첫 강의시간에 고

정한모(鄭漢模) 시인은 한창 희망에 부푼 풋과일 같은 우리를 '9월의 과원'에서 익어가는 과일에 비유해서 쓴 신작시를 선물하셨다. 나는 그 시절 포도를 좋아해서 '여러분은 과원에서 익어가는 과일처럼 희망적인 때'라는 교수님 말씀에 그 과일을 포도로 생각했다. 봄이면 딸기밭, 늦여름이면 포도밭, 가을에는 배 과수원으로 그 당시에는 소풍처럼 갔었다. 대학 졸업반 때도 다른 학교에 다니던 여학교 동창들과 포도밭에 갔었다. 9월초였던가, 우리가 포도밭에 들어섰을 때 이른 포도는 빈 덩굴만 남았고, 뒤틀린 나무 몇 그루에 처지도록 열린 포도송이가 탐스러워 보였다.

우리는 포도를 주문하지도 않고 원두막에 앉아서 과일을 보며 상념에 잠겼다. 틈도 없이 알알이 박혀 있는 포도송이를 들여다보며 사슴같이 맑은 그리움의 눈망울 같다고 한 친구, 안개 속에서 꿈꾸듯 커간다는 시인의 감성을 말한 친구, 단결심으로 알알이 모여서 실팍한 한 송이를 이룬 것이 대견하다며 웃은 친구도 있었다.

나는 유난히 튼실한 줄기에 포도송이가 무겁게 매달려 있는 나무를 가리키면서 로댕의 '생각하는 사람'을 닮았다고 했다. 사랑과 기쁨과 환희를 머금은 사유(思惟)의 덩어리가 무거운 중력으로 나무에 혼신의 힘을 다해 매달려 있는 것 같아 보였다. 무거운 생각으로 턱을 괴고 있는 사람의 울툭불툭한 근육같아 온 우주의 무게를 감당할 수 있을 것같이도 보였다.

졸업을 앞둔 우리들은 대합실에서 초조하게 어디론가 향해 떠나는 열차를 기다리는 심정이었다. 열차가 오기 전에 청춘의 분열, 사랑, 인생에 대한 앞날의 설계를 해야만 했다. 대부분의 교수님들이 우리에게 열정을 가지고 살 것을 강조했고 오염되지 않은 순결한 열정, 뜨거운 가슴을 지닌 우리를 정말 아름답다고 하셨다.

그러나 트루판의 청년로, 포도나무 넝쿨아래서 나는 생각에 잠겼었다. 과연 그 많던 사유의 알맹이, 스물 한 살의 포도송이가 뜨거운 가슴에서 잘 여물었던가, 회의가 들었다. 생애에서 가장 생기롭고 의미 있는 시간들, 많은 느낌과 사색들은 지나고 나면 퇴색되지만 잊지 않고 싶은 순간들과 일들을 숙성시켜 포도주로 승격시킨 인생을 살아왔는가. 삶이나 사물을 성숙된 시선으로 바라보며 새롭게 인식시킬 수 있는 향기를 마련했는가. 메마른 토양에서 생존을 위해 피땀 흘리는 이들에 비해 온실 속에서 자란 포도에 불과한 나의 지난날을 떠올리는 것이 사치스러우면서도 포도나무를 보며 이어지던 생각들.

트루판에서는 청년들에게 포도를 가꾸는 정성으로 자신들의 삶을 가꾸고, 어려움 속에서도 좋은 열매를 거두라는 뜻으로 포도넝쿨 길을 청년로로 이름지었을까. 그 의미 있는 길을 지금도 생각해본다.

(2004.)

사막의 비

L A에서 헐리웃과 유니버설 스튜디오 등을 둘러보고 오늘은 그랜드 캐넌으로 가기 위해 모하비 사막을 달리고 있다. 전날, 윤기나는 푸른 숲과 온갖 꽃들이 만발한 LA의 자연과 첨단 문화예술의 산실에서 감탄했는데, 이곳은 길과 전신주 외엔 사람의 손이 전혀 미치지 않은 듯하여 타임머신으로 천 년 전의 땅에 돌아온 것 같다.

두어 시간 달려왔어도 한자리에 있는 것처럼 같은 풍경이 이어진다. 따뜻함이 묻어나올 듯한 불그스름한 흙의 낮은 산과 평원, 일정한 간격의 고만고만한 조슈아 나무의 생명만 허락한 땅. 이렇게 달려도 변화가 없다면 우리가 무엇을 위해 앞을 다투며 짧은 시간을 서두르며 살고 있나, 허망하고 답답하다.

사막의 끝에는 어떤 희망이 있을까. 어느 지역에는 땅속에 간헐적으로 흐르는 모하비강 줄기가 있어서 소다 호(湖)까지 가고 동쪽 끝에 콜로라도 강이 있다는 사실을 생각하니 좀 숨이 트인다.

같은 풍경만 이어져서, 모세의 인도로 이집트를 탈출한 이스라엘 사람들이 광야에서, 과연 약속의 땅 가나안에 갈 수 있을까, 의심하고 불평했다는 생각이 난다. 이대로 가면 과연 그랜드 캐넌이나 콜로라도 강에 이를지 막막하다. 으레 고행이 끝나면 낙이 온다는 꿈에 부풀거나 유목민처럼 좋은 물이 있고 비옥한 땅을 찾아 유랑하다가 성공하지도 못하고 삶을 마치는 경우가 많다. 공연히 불안해진다. 나는, 홍해가 갈라지는 기적을 체험하며 광야에 다다라서도 앞일에 대한 여호와의 계시를 믿지 않고 광야에서 불복종과 방종을 일삼던 이스라엘 사람들과 무엇이 다른가.

나는 중학교를 세 군데나 다녔다. 1학년 말에 고향을 떠나 1년 반쯤 K여중에 다니고, 다시 T시로 전학 가서 졸업을 했다. 그때 낯설음과 동화되지 않아, 내가 겪고 있는 게 광야가 아닌가 생각한 적이 있었다. 특히 방학동안 따뜻한 가족들과 지내다가 개학 때 집에서 30여km 떨어진 K읍 행 버스로 산을 넘고 내를 건너 절벽 옆을 지나면 멀리 보이던 금강(錦江)의 파란 물결과 백사장, 얼마 후면 다다르는 쓸쓸한 K읍이 유배지 같기만 했다.

어쩌면 지금은 내 인생의 가장 충만한 시간 위에 있다고 생각해 왔는데. 유행가 가사처럼 우여곡절과 헤어짐, 삶의 외로움과 모순에 가슴 시리던 날들이 생각난다. 신명을 바쳐 할 일이 있음에 감사하고 친지들과 여행하는 일로도 기운이 나는 마당에 웬 쓸쓸함인가.

망연히 앞을 바라보며 지평선을 찾아본다. 훤히 틔어 있는 어디쯤에서 강물은 출렁이고 있을까. 한 순간에 펼쳐진 바다와 같은 하늘에 일렁이는 구름, 어느 먼 곳에서 올라온 물기로 사막에 구름을 띄웠을까. 끝없는 사막 한 부분에 구름이 드리운 그늘도 반갑다.

우리가 지금 가고있는 반대방향의 사막에는 선인장도 있고, LA

40마일 근방에는 야생 양귀비가 피는 보호구역도 있다고 한다. 비의 양과 기온에 따라 못 보는 해도 있지만 어느 해에는 한 달 동안 노란 꽃들이 너울거리는 광경을 볼 수 있다는 말에 놀랐다.

그런데 문득 몇 년 전 외신에서 보았던 놀라운 사실이 생각난다. 바로 이 모하비 사막 어디쯤인가에 25년 만에 큰 비가 내려서 물이 고인 데가 있었는데 비온 이틀 후 민물 새우 몇 천 마리가 물위에 튀어 올랐다고 한다. 25년 전 어미 새우가 사막의 어디쯤에 낳아놓았던 알이 오랫동안 잠들어 있다가 싱그러운 비에 새 생명으로 깨어났다는 이야기. 우리 눈에 보이지는 않아도 상상을 뛰어넘는 기적들이 어디에선가 이뤄지고 있을지 모른다는 생각으로 창밖을 내다본다.

세상이 황막하다 해도 단비에 생명체가 살아나듯 사랑이 있으면 사막도 녹지로 가꿔질 수 있는 것, 이 사막이 언젠가는 신이 안배한 가장 넓은 녹지가 될지도 모른다는 생각이 든다.

가야 할 목적지가 따로 있는 삶, 깊은 신앙으로 영원한 쉼을 누릴 수 있는 안식의 땅을 바라면서도 인간세계에 더 머물기를 바라는 마음같이 사람들은 익숙한 것을 편하게 생각한다.

지금처럼 그리워하던 곳을 찾아간다는 충만한 마음으로 사막을 보니 떠나올 때 생소하던 사막의 모습이 아니다. 그러나 광야는 우리가 머물 곳이 아니고 지나서 가야 할 곳에 지나지 않는다. 이스라엘 백성이 가나안 땅에 들어가기 전 40년 동안이나 방황하게 하던 절대자의 뜻이 생각난다. 광야는 목적지를 향해 가면서 머무른 곳이었던 것처럼 우리는 이 사막을 더 달리면 콜로라도 강이 있는 도시에 다다른다는 희망이 있는데도 마음이 평안하지 않다.

삶이란 허공에 맞닿아 출렁이는 것일까.

내 가슴속에는 어떤 씨앗을 묻어놓고 애태우며 사막의 비를 기다려야 할까.

(2008.)

초원의 피리소리

울란바토르 시내에 있는 보그드 궁전 박물관은 건물이 퇴락해서 지붕엔 잡초가 무성했다. 얕은 천장의 건물 안, 어두컴컴한 조명아래 만다라불상들만이 번쩍거렸다. 가이드의 설명듣기에 열중인 일행에서 벗어나 다른 부속건물을 대충대충 둘러보던 나는 한적한 진열실 모퉁이에서 열심히 무언가 들여다보는 젊은이 한 쌍 곁으로 다가갔다. 그 일본인들이 집중해서 보는 것은 화려하거나 진기해 보이지도 않는 뿔피리 한 자루였다.

피리라면 우리나라에서도 삶의 고뇌를 달래주던 친근하고 순박한 정서의 악기인데 왜 박물관에 진열된 것일까. 이내 발길을 돌리려던 내게 들려온 일본인들의 몇 마디가 내 발길을 붙들었다. 그 피리는 놀랍게도 처녀의 팔뼈로 만든 것이라 했다. 그 얘기를 듣고 다시 피리를 들여다보았어도 모습은 특별하지 않았다.

피리는 거친 초원에서 말과 소, 양, 염소를 기르는 몽골사람들이 짐승을 맹수에게서 보호하려고 가축을 불러 모을 때 불었을 것이다. 그리고 노을이 곱게 물든 저녁, 피곤한 몸을 달래려고 혹은 먼 곳에 있는 그리운 이들을 생각하며 소식을 전하고 싶어 불었으리라. 마음의 상처를 달래고 그리움을 풀어 하늘에까지 닿게 하려던 소리.

피리는 그런 친근한 악기인데 도대체 무슨 이유로 끔찍하게 사람 뼈로 피리를 만들고 박물관에 진열까지 해놓았을까. 자연의 재앙을 두려워하여 처녀를 제물로 바치면서 자기네 무사고를 빌고 축복을 기원하고 그 뼈로 피리를 만들었을지도 모른다. 순수한 처녀의 뼈라야 맑은 소리가 나고 멀리까지 울려 퍼져서 하늘과 사람의 마음이 교감할 수 있으리라고 믿었을까. 그런 애달픈 사연이 담겼을 피리를 박물관에 전시한 것은 처녀가 자발적으로 희생을 했건, 돈 때문에 몸을 바쳤건 간에 그 영혼을 고귀하게 여겨서 남들에게 길이길이 알리려는 뜻이었으리라고 짐작하며 박물관을 나왔었다.

전날, 울란바토르 시내와 외곽에서 돌무지를 쌓아놓고 푸른 천을 걸어 놓은 우리네 서낭당 비슷한 '오보'를 보았었다. 사방을 둘러봐도 돌을 주워올 만한 산이 없는데 굵은 돌이 쌓여 있었다. 이 '오보'에 설날이면 가족들이 음식을 가지고 가서 해가 떠오른 후 시계방향으로 세 바퀴 돌면서 그 해의 복을 빌기도 하고, '오보 제(祭)' 때는 일곱 번 돌아서 액운을 쫓는다고 한다. 우리나라에서도 50년 전까지 동네어귀에서 볼 수 있었던 서낭당 비슷한데 우리네는 서낭당을 돌지는 않는다. 21세기인 오늘날까지 무생물에 의탁하여 기원하는 속신(俗信)이 남은 것을 이채롭게 여겼었다.

울란바토르의 날씨는 듣던 대로 고약했다. 한여름의 여행이었는데 하루는 천둥과 함께 우박이 내려 우리를 덜덜 떨게 했다. 역사가들도 이런 급변하는 날씨와 초원과 황량한 사막의 유목민 칭기즈칸이 단신의 힘으로 몽골제국을 이루고 7백 년 전 거의 세계 전 체를 정복한 것을 불가사의로 여긴다고 한다. 남겨놓은 흔적과 기록이 미미해서 그 비밀이 자세히 밝혀지지 않았으나 역사상 가장 뛰어난 천재, 지휘자였고 잘 훈련시킨 막강한 몽골군을 이끌어 세계를 정복했다는 사실은 이미 전설이 아니다.

그러나 칭기즈칸은 종교도 없이 '영원한 푸른 하늘'의 숭배자인 샤머니스트여서 하늘의 계시에 귀를 기울이고 따랐다고 한다. 그가 전투에서 돌아와 한밤중에 분 피리소리도 초원의 바람을 타고 하늘 끝까지 울리지 않았으랴.

칭기즈칸의 무덤은 아직껏 알려지지 않았다고 한다. 박물관 안의 뼈 피리는 숨을 고르며 흔적 없는 그의 고단한 혼을 위해 영원히 맑은 소리를 준비하고 있지 않을까.

(2004.)

푸슈킨의 날개

상트페테르부르크 교외의 여름궁전에는 신기한 분수가 있었다. 양쪽 분수 가운데로 통행하는 길엔 디딤돌이 듬성듬성 박혀 있어서 어떤 돌을 밟으면 물벼락을 맞지 않고 그 길을 지날 수 있었다. 나는 조심스럽게 골라 밟았어도 물이 솟아올라 흠뻑 젖어 기분이 씁쓸했다.

그러나 그 궁전의 미술관에서 중세의 많은 예술품을 감상하는 동안 기분이 밝아졌다. 더욱이 구석에 걸려있는 회색 빛 그림을 오래 들여다보노라니 드러나던 윤곽, 마침 유리 뒷문으로 들어오는 오후의 햇살에 더욱 황홀해지던 밝음과 고요한 적막사이에서 기쁨을 누렸다. 시끄러운 단체 관객들이 들어서서 제목도 확인하지 못한 채 그 방을 나온 것이 아쉬웠지만.

미술관 입구의 기념품 가게에서 새의 깃털로 만든 펜을 샀을 때는 날개라도 돋는 기분이었다. 어린 시절 공책 표지에 스탠드, 잉크병과 함께 그려 있던 깃털 펜이었다. 옛날 것은 잉크를 찍어서 썼겠지만 내가 산 것은 깃털의 가운데에 볼펜 심지를 꽂은 것이었다. 그런데 그 이름이 '푸슈킨 펜'이라 했을 때 나는 저편의 어둠 속에서 반짝하고 드러나는 기억과 곡진한 울림을 들었다.

삶이 그대를 속일지라도
슬퍼하거나 노하지 말라.
- 중 략 -

여고시절에 애송했던 시 「삶이 그대를 속일지라도」와 소설 『대위의 딸』을 영화로 만든 『템페스트』의 실바나 망가노의 발랄한 모습들도 가까이 다가왔다.

전날 상트페테르부르크의 시내에 있는 푸슈킨 박물관에서 그의 육필 원고를 보았다. 촘촘히 글씨를 쓴 원고지 구석에 스케치한 여인, 그것은 푸슈킨이 한눈에 반한 나탈리야의 모습이었는데 깃털 펜으로 썼으리라는 짐작으로 내가 산 깃털 펜을 소중하게 만져보았다.

푸슈킨은 러시아문학의 기초를 쌓은 문학적 업적도 크고, 생존 시에는 자유를 구가하고 전제왕정과 농노제도를 공격하여 대중의 존경과 사랑을 받았다. 귀족으로서 우대를 받았을 텐데, 비애 속에서 희망을 잃지 않도록 「삶이 그대를 속일지라도」 같은 시를 쓴 것에 친근감이 들던 터였다.

외모는 내세울 것 없어도 고운 심성으로 남편에게 내조하는 사람도 있지만 푸슈킨의 아내처럼 미모로 비극을 부르는 이도 있다. 푸슈킨이 한눈에 반한 화사한 외모의 나탈리야는 푸슈킨의 열렬한 구애로 결혼하여 한동안 단란한 가정을 지켰다. 푸슈킨이 마지막 살았던 집에서 본 나탈리야의 초상화는 화사하나 요부형으로는 보이지 않았다. 그 요부스럽지 않고 순후해 보이는 인상이 속임수였던가. 그 부인의 부적절한 관계에 분노한 푸슈킨은 아내와 부정을 저지른 단테스 장교에게 결투를 신청, 결국은 자신이 칼을 맞고 이틀 만에 절명했다.

나는 귀국 후 얼마 지나지 않아 여름 궁전에 있는 분수가 속임수 라는 것을 알게 되었다. 디딤돌을 밟는 것과는 관계없이 관리자의 조정으로 분수의 물이 올라오게도 되고 멈추게도 된다고 한다. 관리 자들은 분수 물을 피하려고 노력하는 모습, 별 노력 없이 요행을 바라는 마음과 물벼락쯤 대수롭게 여기지 않는 천태만상의 사람들을 보며 즐겼을 것이다.

속임수도 모르고 안절부절못했었던 관광객들도 사실을 알고 나서도 불쾌하지는 않을 것 같다. 나도 속임수 때문에 오히려 그 분수를 잊을 수 없다. 평이한 것보다 스릴이 있는 것이 여행의 즐거움이다. 푸슈킨도 평탄하지 못한 인생을 살았기에 뒤엉킨 갈등구조의 작품들로 감동을 주지 않을까.

나는 집에 돌아와서 책상머리에 깃털 펜을 놓아두고 있다. 글이 구상이 안 되고 표현이 잘 되지 않을 때 기념관에 놓여 있던 푸슈킨의 원고지를 생각한다. 깨트리고 쪼아내고 다듬어서 태어나는 조각품처럼 깃털 펜으로 탄생시킨 인물과 행적이 담긴 작품에서 받은 감격을 되새긴다. 꿈을 빚고 뜨거운 이마를 식히며 간절히 염원했을 순간도 상상해본다.

러시아의 황혼이라고 불리던 억압과 추방의 시대, 지식인들이 암담한 현실에서 벗어나려고 출구 없는 우수에서 허덕이는 고뇌를 푸슈킨은 그의 『예브게니 오네긴』에서 썼는데 그 주인공처럼 결투를 해서 죽은 아이러니. 나는 깃털 펜을 보면서 결투로 칼을 맞아 이틀 동안 신음하던 그가 어떤 생각을 했을까 궁금해진다. 환희로 가득한 신비한 세계를 꿈꾸었을까. 사랑의 희열, 꿈결같은 유혹을 잊으려고 망각의 강 고요한 기슭으로 날아가고 싶었을까.

그가 마지막 숨을 거둔 방에는 몇 오라기의 머리카락과 푸슈킨의 석고상이 놓여 있고 운명할 때 옆에서 가물거렸던 가느다란 촛불이 흐느끼는 듯했다.

오늘도 '푸슈킨 펜'을 보며 푸슈킨은 마흔도 못 살고 날개가 꺾였지만 깃털 펜이 빚어낸 그의 글들이 그의 고국에 날개를 달아준 사실을 상기한다. 푸슈킨이 남긴 작품이 씨앗이 되어 16년 전 고르바초프가 페레스트로이카를 단행했고 오늘날 자유와 평등을 누리며 번영을 추구하고 있는 러시아.

"슬픈 날엔 참고 견디라 즐거운 날은 오고야 말리니"를 조용히 읊조리며 날개를 꿈꿔본다.

(2004.)

투명으로부터의 자유

지난 여름, 로스엔젤레스의 란초 파로스 베르데스(Rancho Palos Verdes)에 있는 웨이훼얼스 교회(Wayfarers Chapel)에 갔었다. 북태평양이 내려다보이는 언덕의 산들바람이 여행에서 느끼는 자유로움을 더해 주는 듯했다.

주차장을 지나 교회 쪽으로 가니 안내원이 결혼식 하객 이외엔 들어갈 수 없다며 막아선다. 안내한 문우 김 여사가 결혼식이 시작되기 전 잠깐만 둘러보고 나오겠다는 말로 허락을 얻었다. 경내(境內)에는 천장과 벽이 유리로만 지어져 '글라스 교회'라 불리는 건물이 아담하게 자리잡고 있었고, 가문비나무를 비롯한 키 큰 나무들과 키 작은 꽃들이 한껏 정취 있게 가꾸어져 있었다.

어렸을 때는 유리로 된 집에서 살면 얼마나 좋을까 꿈꾸던 시절도 있었다. 막상 그럴 만한 형편은 되었지만 그렇게 드러내고 살아도 될 만큼 아름답거나 떳떳한지 자신이 없어졌다. 물건이라면 조금 초라하더라도 유리 상자 안에 넣으면 고급스러워 보이고 보호 될 것이다.

유리가 창문만 아니라 건물 전체의 재료가 된 지는 오래지만 외진 곳에 교회까지 세워진 것이 이채로웠다. 유리 교회는 초록빛을 머금은 유리이고 주위의 나무 때문에 먼 빛으로는 안이 잘 보이지 않았다. 그러나 가까이 가면 기도하는 이의 믿음과 소망, 미세한 떨림 등 속내까지 낱낱이 들여다보일 듯했다. 아니면 어둡게 살아왔더라도, 유리를 통해 빛이 들어오듯 밝게 살려는 마음가짐을 갖게 될 것 같았다. 깊은 산 속 맑은 물이 고이는 옹달샘처럼 정갈해 보이는 교회여서 나 역시 욕심으로 생긴 얼룩을 지워버리고 무릎을 꿇고 싶었다.

외딴 터에 교회를 세워 놓고 세상일에만 얽매어 사는 영혼들을 기다리는 교회. 어쩌면 사람은 모든 굴레를 벗어버리고 오염되기 전의 근원으로 돌아가야 새로운 삶을 시작할 수 있을 것이다.

유리 교회는 바깥으로 보이는 세상과 마주 서라고 하는 듯했다. 사물이나 일의 의미를 정확하게 보고 전할 수 있는 밖으로 열린 눈과 열린 마음을 지니라고도 할 것 같았다. 신앙의 알맹이를 드러내는 시각이 깊고 객관적이며 훨씬 다양하여 신중하게 생각하며 실천해야 할 것 같았다.

교회당 쪽엔 인기척이 없어 가까이 가지 않고 정원 쪽으로 가니 신랑인지 들러리인지, 아니면 축가를 부를 중창 팀인지 까만 정장의 청년들과 여성 두어 명이 대화를 나누고 있다. 결혼식을 앞두고 마음에 정갈한 촛불이라도 밝힌 듯 화사한 마음으로 기다리는 사람들, 날씨도 투명하고 그들의 마음도 투명하여 누구든 기쁨과 즐거움을 함께 할 화평과 사랑의 삶이 보이는 듯했다.

한쪽엔 하객으로 보이는 사람들이 바다를 바라보고 있었다. 햇빛을 반사하고 있는 바다는 투명한 유리처럼 아름다웠다. 바다는 순수한 꿈에 젖어 침묵 속에 푸른 물이 한없이 넓게 펼쳐 있는 그야말로 일벽만경(一碧萬頃)이었다. 하늘 끝과 맞닿아 있는 수평선. 메말라 가는 가슴과 덧없는 마음을 수평선 너머로 아득히 밀어내고 싶었다.

깨끗하고 신성한 곳에 자리잡은 교회에서 결혼식을 올리려는 이들의 마음이 기특하게 생각되었다. 햇빛과 적당한 수분, 땅기운이 합쳐 초록색 윤기를 뿜어내는 청청한 나무처럼 사랑과 은총 속에 행복을 가꿔갈 이들. 라스베가스에 갔을 때 간편하게 결혼식을 올릴 수 있는 교회 아닌 결혼식장 같은 건물들을 보았었다. 단시간에 만나서 쉽게 결혼식을 올려서인지 헤어지는 사람들이 많다는 얘기였다.

만년설 덮인 알프스 영봉이 보이는 고원(高原)에 성(聖)마가레트 교회가 있다고 한다. 젊은 커플이 찾아와 결혼하겠다고 하면 시내에 있는 목사님과 반주자, 사진사에게 출장을 오게 해서 결혼식만 올려주는, 목회와는 관계없는 곳이다. 하객은 없지만 결혼식은 청정한 곳에서 올려야 신성한 행복이 보장된다고 생각해서 찾아가는지.

유리 교회는 결혼이 아니더라도 행복을 추구하는 이라면 상상으로 그려보고 동경하던 곳으로 여겨질 만큼 아름다운 곳에 있었다. 신선한 공기와 해맑은 바다. 그리고 정취 있는 교회를 곁에서 본 것만으로도 며칠 동안의 여독과 피로가 풀려서 상쾌한 심신과 발걸음으로 돌아갈 수 있을 것처럼 여겨졌다.

어둠이 찾아와 유리 교회에 불을 밝히면 광대무변한 바다를 향해

하는 이들에겐 이 교회가 커다란 외등처럼 보일 것이다. 영혼이 가벼워진 사람들이 길을 잃지 않도록 지켜줄 것이라고 생각하며 조용한 산책로를 지나왔다. 그 길엔 교회를 세울 때 헌금을 낸 사람들의 이름이 새겨져 있는 벽돌들이 있었다. 가만히 들여다보니 우리나라 사람의 이름도 있어 반가웠다.

시간이 허락되면 신성한 곳에서 올리는 결혼식을 보고 싶었다. "저 바다처럼 넓은 가슴으로 사랑하라." "유리처럼 드러나도 한 점 부끄러움이 없는 삶을 살라." 이런 내용의 주례사를 할 것 같았다.

그러나 교회를 뒤로 하고 나오는 나는 투명으로부터 자유로울 수 있을까 고개가 갸웃거려지는 것을 어쩔 수 없었다.

(2006.)

미술관 입구의 기념품 가게에서 새의 깃털로 만든 펜을 샀을 때는 날개라도 돋는 기분이었다. 어린 시절 공책 표지에 스탠드, 잉크병과 함께 그려 있던 깃털 펜이었다.

— 푸슈킨의 날개 중에서

송죽(松竹)에 부는 바람

지난 10월 경남 하동군에 다녀왔다. KBS에서 방영한 『토지』의 촬영 장소에 간다니까 하동이 고향인 이웃은 옥산서원도 들르라고 권했다. 고려 말의 충신 포은(圃隱) 정몽주(鄭夢周)의 학덕을 기리기 위해 세운 옥산서원이 40년 전에 그곳으로 옮겨왔다는 것이다.

박경리의 소설 『토지』의 무대인 하동군 악양면(岳陽面) 평사리 최참판 댁에서 열린 '2005토지문학제'에 참석 차 갔던지라 옥산서원엔 들르지 못했다. 하동 출신 문인들(강석호, 이유식 등)이 주축이 되어 '토지문학관'을 세우고 4년 전부터 열고 있는 '토지문학제'.

최참판 댁 동네 입구, 평평한 자리에는 고운 한복 입은 젊은 여성 허수아비들이 춤을 추고 있었다. 서희의 상징인가. 최참판 댁 올라가는 길에는 작은 집들의 얕은 돌각담 위로 뻗은 감나무 대추나무가 열매를 익히고 있었다. 국밥이며 파전 호박죽, 재첩국 등 냄새가 바람결에 실려오는 TV촬영 때 세워놓은 저자거리를 지나 최참판 댁에 들어섰다.

지리산 여맥(餘脈)의 산자락이 병풍처럼 둘러쳐 있고, 너른 평야가 내려다보이는 양지바른 곳에 있는 최참판 댁은 TV드라마 촬영 때 고택(古宅)을 개축하고 증축한 기와집이었다.

시간이 일러 행사장에서 울려오는 풍악소리를 뒤로하고 동네 구경을 나섰었다. 그곳 지명인 '악양(岳陽)'이 귀에 익은 듯해서 곰곰 생각하다가 동네 몇 집에 있는 허름한 누각들을 보게 되었다. 유원지의 정자도 과수원의 원두막도 아닌 허름한 광 위에 마루로 된 사방이 뚫린 그 동네의 누각들. 그 누각들을 보자 '두보(杜甫)'의 시 「등악양루(登岳陽樓)」가 떠올랐었다. 학창시절에 배운 "예전에 들어온 동정호(洞定湖)려니 이제사 올라본 악양루로세…" 시인 두보가 악양에 갔을 때 악양루에 올라 장관인 동정호를 바라보며 쓴 시구에서 들었던 것이다.

그곳 사람들은 악양루 아닌 공루(空樓, 나중에 알게 된 이름이지만)에 올라 중국의 악양과 닮아서 이름붙인 악양 들판을 바라보는 호사를 누렸을까. 평사리 강변 모래밭을 금당, 모래밭에 있는 호수를 동정호로 부른다고 한다.

토지 일부를 내용으로 한 단막극 「생명의 땅」 공연과 공모작품 시상식 순서가 진행되는 동안은 열띤 분위기여서 옥산서원의 존재도 잊었었다. 1부 행사를 마치고 버스로 악양면에서 청암면의 숙소로 가는 동안, 집들에 가려서 이따금 보이는 섬진강 맑은 물과 백사장, 대숲, 그리고 소나무들을 놓치지 않으려고 애썼다. 수려한 경관으로 소문난 섬진강 변의 일부분을 지나갔던 것이다.

좋은 예술품을 보면 감동으로 마음이 뛰노는 것처럼 절경이 나타날 때마다 야, 소리가 나오려는 것을 참았다. 강물은 멀리 있지만 마음을 출렁이게 했다. 도도한 역사의 물결과 함께, 지난 것은 아득한 과거로 만들며 흘러간다. 강물은 눈앞의 현실에만 매달려 있는 우리에게 역사의식을 갖게 한다.

산정이나 백사장 가에 선 소나무들은 청청한 충신들을 생각나게 했다. TV에서 어느 종가(宗家)의 5백년 종택(宗宅)을 버티게 해준 소나무기둥을 보았었다. 건축물에서 뿐만 아니라 변치 않는 영원불멸을 상징해주는 소나무들. 우리 옛님들의 정서는 소슬한 대숲 소리와 솔바람 소리에 길러져 왔다. 허리는 휘어졌지만 치켜 올라간 잘 생긴 소나무가 듬직한 바위에 기대고 있는가 하면, 그 옆 작은 소나무들이 형제처럼 늘어서 있는 얕은 산이 물굽이까지 내려와 있었다. 뿌리와 줄기를 조절해서 바위 끝에서 비바람에도 견디고 어느 쪽으로도 기울어지지 않고 굳건하게 버틸 수 있을까. 우리네 장한 역사를 그곳에서 기원하고도 싶었다.

평사리도 그렇고 지나치는 동네에도 여느 농가처럼 빈집이 안 보여서 안심이 되었다. 산과 들의 생명을 가꾸는 것은 조물주의 힘이지만 정해진 토지에서 생명을 가꾸는 농사짓는 일은 아름답고 참된 삶이라고 일깨워주는 듯한 하동의 비옥한 들판.

섬진강 줄기가 시야에서 사라지고 지리산 자락이 앞을 막아서는 길로 접어들자 거기 어디에 옥산서원이 있을까 싶었다. 나지막한 산들이 여기저기 들어와 있는 밑자락에는 으레 대나무들이 소나무를 받쳐주고 있었다.

옥산서원은 빠듯한 일정에 가볼 수 없었다. 논 가운데 졸졸 흐르는 도랑물 소리를 들으며 "눈 녹는 남쪽 내(川)에 물이 불면은 풀싹

들 파릇파릇 돋아나겠네"로 희망을 갖게 하는 정몽주의 시 「춘흥(春興)」이 생각났었다. 한 시대를 마감하는 끝자리에서 불가항력의 인간 한계를 확인시켜준 포은 정몽주, 학문을 이뤘고 충성심에 불탔으나 한 시대를 매듭짓는 고비에서 바람을 맞아야했다.

스쳐왔다 스쳐가는 무수한 의미의 바람, 정몽주의 후손들이 순조 30년(1830)에 진주에 비봉루를 세웠으나 대원군의 서원 철폐령으로 폐쇄되었던 것을 40년 전에 하동군으로 옮겨 세웠다고 한다. 애국정신과 문향(文香)이 서려 있는 바람은 어디에서고 스러지지 않으리라.

묵객들이 살기 좋은 이상향을 찾아 나서 정착한 청학동 근처에 자신의 서원이 세워진 것을 포은 정몽주 선생도 기뻐할지 모르겠다는 생각이 들었다. 그 청학동이 멀지 않다는 말이 실감나는 정도로 우리가 머문 곳, 청암리도 짙푸른 산과 골짜기가 곁에 있어 그윽했다.

산등성이의 소나무와 푸르른 대숲에 이는 바람에 향기가 실려오는 듯하던 하동의 맑은 바람. 신라 흥덕왕 때 당나라에서 녹차씨를 가져와 처음 심었던 화계리 계곡 근처, 이후 화개리 일대는 차의 명산지가 되었다. 차향으로 참선의 입김이 골짜기에 흘러 그곳 소나무들도 푸르렀던가.

비록 동정호에서 배도 못 탔고 백사장 모래도 밟아보지 않았으나, 산등성이의 소나무와 대숲의 바람에 역사의 발자취 소리가 실려올 듯하던 맑은 바람이었다. 그 바람에 기억 속의 인물들과 시구들이 떠올랐었다. 그곳은 땅이 비옥해서 농산물도 많이 나지만 정신적인 정서를 되살려 내는 생산적인 창조적인 들판이기에 충분했다.

이웃은 어쩐 일로 그곳 출신도 아닌 정몽주를 기리는 서원을 다녀오라고 했을까. TV연속극『토지』에 대한 흥미에만 빠질까봐 훌륭한 선각자 정신을 일깨워주려고 했을까. 외국에서는 위인들에 대한 100년 제(祭), 200년 제 행사로 그들의 사상과 삶을 재조명하여 현대인의 가슴에 위인들의 마음과 정신을 담게 한다고 한다.

토지문학제도 "농민이 농토를 가꾸는 일, 그것은 아름답고 참된 삶입니다. 아름다운 인간, 진실된 삶의 발견과 표현은 문학의 몫입니다."고 한 하동문학작가회 강석호 회장의 인사말을 들려주고 그 취지를 들려주었더라면 이웃은 내게 옥산서원에 들러보라는 권유를 하지 않았을는지도 모른다.

지금쯤 평사리 들녘에는 추수를 마쳐서 찬바람만 맴돌 것이다. 보다 높은 공루에서 멀리 이상향을 바라보려던 이들의 꿈이 겨울바람에도 잠들지 않을 것이다.

(2005.)

영원의 노래

　지난 봄, 경주에 갔을 때 '황룡사지 입구'라는 이정표를 보고도 일정이 짧아 못 가본 것이 후회된다. 달리는 차안에서 황룡사지로 들어가는 길목을 뒤돌아보았을 때 살래살래 흔들리던 키 큰 풀잎들.
　학창시절, 무애(无涯) 양주동(梁柱東) 선생의 신라가요 시간엔 다른 과 학생들까지 와서 청강을 했다. 신라가요나 고려가요들의 문학성을 강조하고 거기 담긴 무궁한 정과 묘미에 심취되어 신들린 듯 열강을 하셨기 때문이다. '그것은 文에서 나온 것이 아니라, 하나같이 情에서 나온 文'이라면서 뼈에 사무치는 리얼리티가 있고 바로 그 점에 '선인들 예술의 영묘(靈妙)'가 있다고 하셨다. 특히 그들의 사랑은 자유롭고 멋지다면서 원맨쇼의 열연으로 우리의 이해를 도우셨다.
　그 중 진성여왕이 위홍과 대구화상에게 사뇌가(신라가요)를 수집하게 한 우리 나라 최초의 가집(歌集) 『삼대목(三代目)』이 대단히 중요한데, 지금은 전하지 않아 아쉽다고 하셨다. 우리는 삼대목의 중요성보다도 위홍과 진성여왕의 로맨스에 대해 흥미를 가졌었다. 진성여왕(眞聖女王)이 유모의 남편인 위홍(魏弘)을 사랑해서 위홍이 사는 소량리를 드나들었고 위홍도 여왕의 방을 드나들었다고 했다.

그들에게 비판적이면서도 얼마만큼 애틋한 연민이 일었었다. 진성여왕은 어려서 궁중의 법도에 얽매어 자라면서 가장 인간적으로 친근했고 문화예술에 소양이 높던 위홍에게 마음이 쏠리지 않았을까. 그때는 이 두 사람과 황룡사의 관계를 몰랐는데 근년에 발견된 황룡사 탑지에서 9층 목탑의 중수책임자가 위홍이라는 내용이 나왔다고 한다. 연인으로 정사의 중요한 협력자였던 위홍이 진성여왕의 즉위 2년에 별세했다니 얼마나 충격이었을까.

지난 6월과 7월에 밝혀진 해인사의 쌍둥이 불상 보도를 보면서 이들 두 사람의 사랑에 대해 다시 생각했었다. 6월에 해인사의 법보전에 있던 비로자나불상을 개금(改金)하려고 복장유물을 개봉했을 때 불상 내부 벽면에 있던 긴 막대에서 '중화(中和)3년'(서기883년)에 쓴 명문(銘文)이 발견되었다. 그런데 한달 후 대웅전의 대적광전에서 똑같은 또 하나의 비로자나불상을 찾아내었다. 문화재 전문가들의 명문해석으로 두 불상이 진성여왕과 대각간(大角干) 위홍의 서원(誓願)과 사랑이 담긴 불상이라는 것을 알아냈다. 불교에서 둘 사이의 사랑을 너와 나는 하나라는 진리로 구현한 비로자나불. 두 사람은 얼마 안 되는 거리에 쌍둥이 비로자나불로 만들어져 저승에 가서까지 부처가 되어 사랑을 이으려 했던 것이다. 사랑의 영원성에 대한 그들의 간절한 바람.

이 쌍둥이 불상의 발견기사를 보고서야 삼국사기에서 본 사연들을 이해하기에 이르렀다. '위홍이 죽자 혜성대왕으로 추존(追尊)하고 해인사에 그의 원당(願堂)을 지었다', '여왕은 외로움을 달래려 미소년들을 궁에 들이기도 했다'는 둥, 진성여왕은 당나라에 유학 갔던 최치원을 내세운 개혁도 실패하여 나라가 기울자 즉위 9년 왕위에서 물러나 '북궁(北宮, 신라말에 해인사를 북궁해인수라 함)에 들어가 그곳에서 숨을 거두고 황산(黃山)에 묻혔다'고 한다. 왕위를 내놓고 해인사에 들어갔다니 죽어서라도 위홍과 함께 하고자 한 염원이 눈물겹다.

지금은 전해오지 않아 『삼대목』에 어떤 노래들이 담겨 있었는지 모른다. 현재 25수가 전해오는 신라가요는 민요적인 것에서 구비(口碑)로 전승되다가 문자로 정착되어서 발달을 본 문학형식의 하나이다. 그 내용은 사귀(邪鬼)를 물리쳐 내쫓는 축사(逐邪), 임금을 사모하는 내용, 치국안민(治國安民), 불교예찬 등 다양하다. 왠지 『삼대목』에는 좀더 진솔한 사랑내용이 담겨 있는 노래가 있지 않았을까 짐작해본다. 도덕적인 양심과 남들의 이목에서 자유롭지 못한 처지에서 상상력을 증폭시켜 줄 노래들을 수집하지 않았을까.

그런데 이것 또한 공연한 짐작일지 모른다. 앞서 밝힌 것처럼 황룡사 9층 목탑의 중수책임자였던 위홍이 진성여왕의 아버지 경문왕의 동생이란 내용이 나왔고, 신라 당시에는 진성과 위홍의 관계가 불륜이나 추문이 아니었다는 이론도 있다. 삼국사기에 "위홍이 죽자 혜성대왕이란 시호를 추증"했고 왕력조에 "왕의 배필은 위홍 대각간이다"는 내용이 있어 둘 사이가 공인된 관계였음을 보여준다.

진성여왕과 위홍의 영원을 지향한 사랑은 후세인들의 비판과 이해와는 관계없는 일이다. 그들의 사랑이, 서로 아껴준 사람에게 신라의 좋은 노래들을 수집해서 『삼대목』을 만들게 한 중요한 동기가 되었다고 생각될 때 더욱 귀하게 여겨진다.

서동요를 비롯한 여러 노래에서 신라인들의 사랑표현이 대담하고 자유롭고 개방적이었음을 엿볼 수 있다. "보고 있어도 보고 싶은" 가요가 있는가 하면 "그대를 사랑했지만 그저 이렇게 멀리서 바라볼 뿐 다가설 수 없어"라는 체념과 "당신 없이 아무 것도 이제 할 수 없어 사랑밖엔 난 몰라"라는 사랑지상주의에서 "사랑은 아무나 하나"의 자격까지 운운하는 가요도 있을 만큼 사랑의 형태와 자세는 다양하다.

황룡사는 지금은 터밖에 없지만 사찰 경내만 총 3만 평에 절과 담장의 건축, 높은 9층탑을 쌓고, 종을 주조하여 가람배치까지 무려 2백년이 걸렸다는 사실이 밝혀졌다. 발굴현장에 가본다 해도 금줄을 쳐놓고 고고학 전문가들이 문화적인 조그만 실마리라도 찾아내려고 애쓸 뿐, 우리는 천년 전의 바람자락에 머리나 날릴 뿐 아니겠는가. 그러나 그곳에는 만날 수 없어 애달프고 그리운 사람과 죽어서도 함께 하고픈 간절한 사랑의 마음이 남아 있을 것 같아 멀리서라도 바라보고 왔더라면 하는 마음이다.

사랑하는 사람과 함께 할 수 없으므로 더욱 애절했을 진성여왕과 위홍의 영원을 지향한 사랑이 더욱 신비스럽다. 역사적으로 있었던 사실은 천년이 지나서라도 계속 실마리가 찾아지는데, 어디엔가 묻혀버린 진성여왕과 위홍의 발자국에선 풀잎이라도 돋아날까.

곁에 있는 사람의 진심도 알 수 없어 원망하는 현대인들. 황룡사지에 가서 그들이 불렀을 영원의 노래를 바람결에라도 들려주고 싶다.

(2005.)

시선이 머무는 곳

　봄바람이 머무른 곳에 새싹이 움트고 자라듯 예술가의 열정이 응집된 시선은 아름다운 예술의 꽃을 피워 유구한 영혼의 세계를 넘나들게 할 것이다.

　서울 세종로에 높이 세워져 있는 이순신 장군 동상의 시선은 아래를 향하고 있다. 동상을 제작한 K씨의 유족들이, 높이 세워지게 되어 있던 동상이 어서 지나가는 시민들을 향한 시선으로 만든 것이라고 밝혔다. 그런데도 한때 떠돌았던 우스갯소리가 생각난다. 장군이 가만히 서있으려니 심심해서 건립 당시 근처에 있던 극장에서 무슨 영화가 상영되고 있나 보려는 것이라고 했다.

　요즈음같이 각박한 세상에 따스한 바람같이 미소 짓게 하는 유머지만, 시선의 방향은 살아 있는 동안이나 죽어서 동상으로 남아서까지 비중을 두어야 하리라. 본다는 것, 전망해본다는 것은 얼마나 중요한가. 실재하는 것, 생성하고 성장하며 어떻게 스러지는지, 존재와 상황을 파악하는 시선 속에는 희망과 동경의 기원도 들어있으리라.

독일의 츠비카우 시(市)에 있는 '슈만하우스'는 '하우프트 마르크트' 5번가 광장 근처에 있었다. 슈만이 태어나서 스무 살 때까지 살았던 건물인데 50여 년 전, 동독 시절 최초의 국립 기념관으로 개관하여 츠비카우실, 라이프치히실 외 슈만부부가 살았던 도시 이름의 전시실에 부부의 초상화와 악보, 편지, 클라라가 사용하던 피아노 등 슈만 연구에 필요한 유품을 전시해놓고 있었다. 유리진열장 안에 있던 클라라의 가는 손목의 손 모형과, 피아노 옆에 선 슈만(Schumann, Robert 1810-1856)이 앞에 앉은 클라라를 그윽하게 내려다보는 사진이 있는 안내지가 인상적이어서 손에 꼭 쥐고 기념관을 나왔다. 슈만의 좌상이 있다는 광장 건너편으로 가기 위해서였다.

화강암의 높은 좌대 위 의자에 비스듬히 기대앉아 있는 청동 동상의 슈만은 왼손으로 턱을 괴고 있었다. 서양음악사에서 가장 유명하고 열정적인 사랑의 모델이었고 영원히 사라지지 않는, 낭만주의 음악의 승리를 거두었던 슈만과 클라라. 슈만은 클라라 아버지의 반대를 무릅쓰고 결혼했는데, 클라라가 천재 피아니스트의 명성과 인기를 포기하고 아내로서 자신과 아이들 뒷바라지에만 열중했던 사실이 미안했을까. 아니면 사랑하는 클라라를 두고 결혼 16년 만에 먼저 세상 떠난 아쉬움을 담았는지 고뇌하는 표정 같았다. 그리고 아래쪽을 향한 듯한 그의 시선은 어디로 향한 것인지. 시선이 닿은 곳이나 사람도 그 시선에서 자유로울 수가 없으리라는 생각으로 좌상을 올려다봐도 시선이 어디를 향했는지 짐작이 안 되었다. 고뇌 끝에 체념으로 허공을 바라보는 시선이 아니고 막연하게 먼 지평선으로 허망하게 보내는 시선도 아니어서 다행이었다.

시선은 먼저 아름다운 곳에 머물 것이다. 시선이 머무는 곳에는 사랑이 피어나고 믿음이 싹튼다. 사랑도 흐르는 물처럼 기울거나 잔잔한 물처럼 고요해질 수는 있지만 믿음으로부터 시작된 사랑은 영속성을 가질 것이다. 또한 시선이 남들이 보이지 않는 곳에 머물 때 탁월한 상상력으로 예술작품으로 형상화되지 않을까 생각하며 슈만의 좌상 앞에서 서둘러 사진을 찍노라니 거센 바람이 불어왔었다.

좌상의 어깨 위에 얹혀 있던 나무 잎새를 날리며 달리는 방향을 시선으로 따라 가다보니 노란 외벽의 슈만하우스 쪽으로 가고 있었다. 아, 비스듬히 아래를 보는 듯한 슈만의 시선은 슈만하우스를 향하고 있었다. 동상이 그 자리에 언제 세워졌는지 확인은 못했지만, 슈만이 아득한 날로부터 클라라와 자녀들을 영원히 지켜주려는 것 같기도 하고 사색하는 것도 같았다.

광장 앞으로 다시 순한 바람이 불었다. 독일 음악의 아름다운 흐름이 갑작스럽게 역류하지 않고, 우리 같은 음악애호가들이 찾아준 것을 반가워하는 슈만의 마음을 대변하는 것처럼 주변 나무이파리들이 윤기 있게 나부꼈다. 회색빛 도시의 음울한 환영에 사로잡혀 있는 광장에 슈만은 고독한 전설의 영웅으로 남아 있는 것이 아니었다.

슈만의 시선과 마음이 지향하는 곳이 광장 건너편의 슈만하우스에 닿아 있는 것처럼 보인 것은 우연이 아닐까. 낭만주의 음악의 융성과 더불어 꽃을 피웠던 슈만과 클라라의 음악이었지만, 뜻하지 않은 정신병으로 그가 추구했던 독일음악의 이상을 실현하지 못하고 떠난 아쉬움을 표현한 시선으로 느껴졌다.

시끄럽고 분분한 세상에서 생명체도 아닌 동상의 시선이 어디에 머무르고 있나 따져보는 것도 부질없다. 그렇지만 허둥거리고 흔들리면서, 도회의 한복판에서 새벽의 박명을 떨쳐내고 말갛게 우뚝 서 있는 이순신 장군의 동상이 우리의 든든한 상징처럼 느껴본 일이 있었으리라.

"내가 만일 21세기에 다시 태어난다면 꼴불견이 많아 시선을 위쪽으로 두겠다"는 우스갯소리도 나옴직한데.

그 아래를 지나는 시민들의 모습이 대견하여 흐뭇하게 내려다보는 시선이었으면 좋겠다.

(2009.)

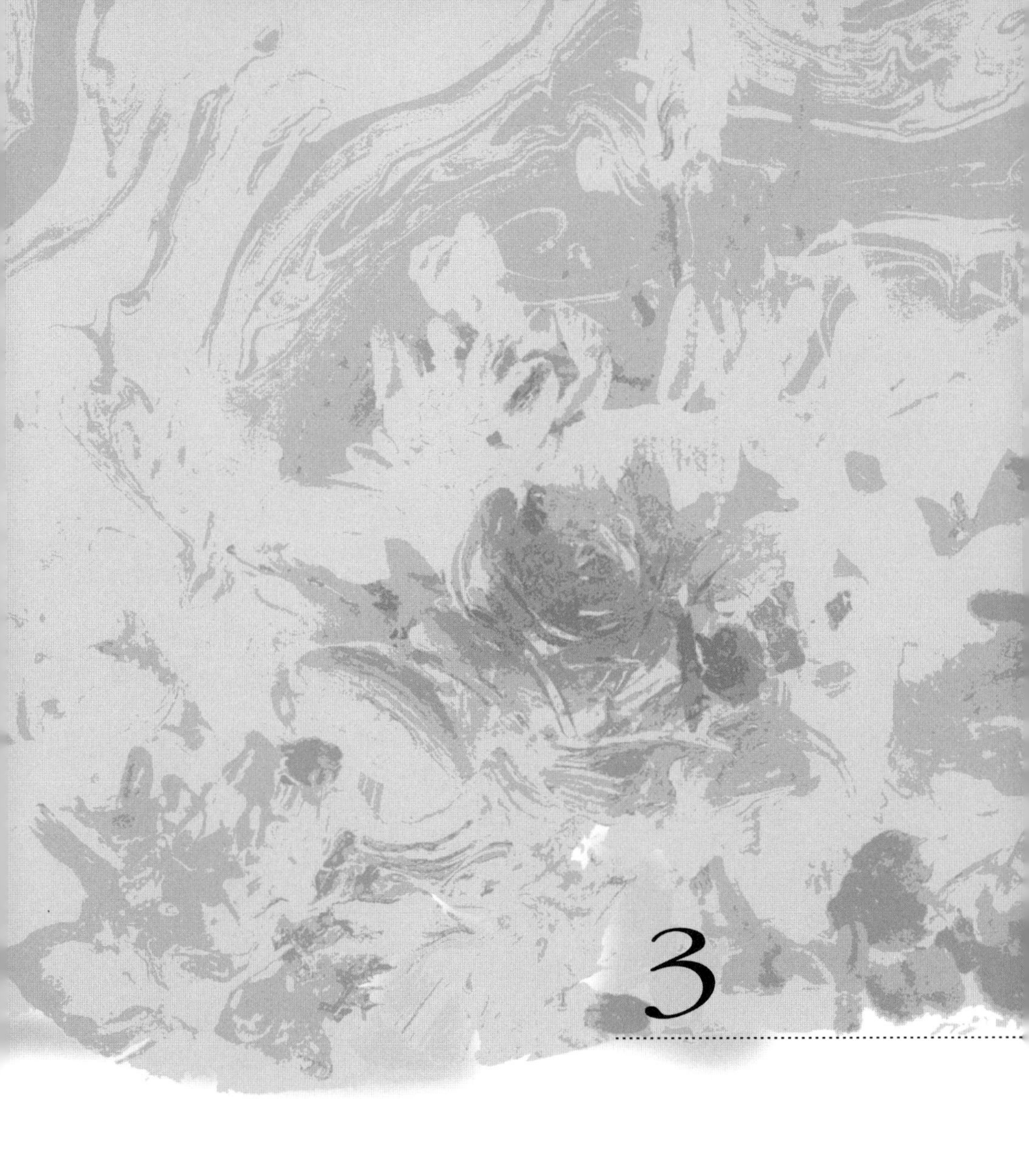

3

파란 창(窓)

　건강이 좋지 않던 시절이 있었다. 두통이 심하고 소화도 안 되고 기력이 떨어져서 늘 피곤했다. 주변에서 진단을 받아보라고 권해서 내과에서 몇 가지 검사를 했는데 이렇다 할 병명이 나오지 않아 직장도 쉬지 못했다.

　밤이면 악몽에 시달려서 어떤 때는 숨통이 막혀 팔다리를 움직이려고 안간힘을 쓰고 소리를 질러보려고 해도 목소리가 되어 나오지 않았다. 간신히 몸을 뒤척거리다가 깨어서 그것이 꿈이었던 것을 알곤 했다. 나는 어둠 속에서 어깨를 떨고 눈을 들어보면 한쪽의 파란 창문이 보였다. 구원의 빛처럼 느껴지는 창문을 보며 안락의자에 앉곤 했다. 다른 방의 가족이 깨지 않도록 조용히 창문을 열어보면 건너편 아파트에 불켜진 창이 서너 개가 있었다. 그 시간에 잠들지 못한 사람이 또 있구나 하는 안도감.

　그런데 막상 8층 창문으로 비쳐질 파란 색의 정체가 없었다. 하늘에 조심스럽게 비치는 별이 몇 개 있었지만 그것이 파란 빛으로 창문까지 닿기엔 새벽이 먼 시간이었다. 그 집에서 멀지 않은 곳에 파란 강물이 있긴 했다. 그러나 한낮에 그 강변에 가서 강물의 출렁거림을 가까이 해본 적이 없고, 차를 타고 지나며 보는 강물이 어쩐지 쉽게 다가갈 수 있는 것처럼 느껴지지 않았었다.

어렸을 적에 어머니 등에 업혀 강 건너에 배를 타고 친척 댁에 다녀오던 때의 기억이 팔뚝의 우두자국보다 선명하다. 목선의 어두컴컴한 선실에서 무서워 울어댈 때 어머니는 천장에 뚫린 조그만 환기통으로 보이는 파란 하늘을 가리키며 나를 달랬다. 배가 목적지에 다다라 좁은 선실에서 환한 강변으로 나왔을 때에야 나는 마음이 놓였었다. 그러나 이내 출렁이는 파란 강물이 무서워서 또 울어댔었다.

그런데 언젠가 부터 파란색이 좋아졌다. 1차 적으로 두려웠으면서도 어느 샌가 친숙한 느낌이 들었다. 소지품이나 옷도 파란색을 만나면 주저하지 않고 사들인 일이 있다. 그래서 파란 색 옷이 많다. 사람이 어떤 음식이 유난히 당길 땐 몸에 그 성분이 필요해서라고 한다. 감정상의 기호를 식품, 영양 이론을 적용할 수는 없겠지만.

뉴욕에 있는 유엔본부에서 '평화'라는 제목의 스테인드글라스를 본 일이 있다. 파란 색으로 제작된 것이었는데 20세기 색채의 마술사로 불리는 화가 샤갈(Chagall, Marc 1887-1985)의 작품이었다. 샤갈은 파란 색, 노란 색, 빨간 색으로 주제를 소화했는데 빨간 색은 그가 초기에 러시아에 대한 향수와 유태인에 대한 형제애를 표현했고 노란 색은 구원의 색으로 썼다. 그 중 파란 색은 평화를 열망한 샤갈의 빛깔이었다. 평화는 자유와 우애가 있어야 가능하다. 파란 색은 자유의 상징인 동시에 유태인에겐 신을 경배하는 종교적인 숭배의 색이라 한다. 1940년대부터 파란 톤의 그림이 많아지고 단색으로 처리된 파란 색 작품들이 사랑 받는 대표적인 샤갈의 작품이 되었다.

파란 색으로 상징되는 밝음과 평화를 희구하기는 나도 마찬가지다. 그러나 나는 파란 색은 서정과 우수가 서린 세계로 느껴진다. 파란 색의 공간은 우리로 하여금 삶의 의미를 추구하는 냉철함을 유지하게 할 것 같다. 파란 세계를 이상과 맞물린 지점으로 인식하거나 인간존재의 진정한 아름다움을 간직한 미적 공간으로 꿈꿔보기도 했다.

나의 건강이 회복되는데는 몇 달이 걸렸다. 정신적인 부담이 신체에 바이러스가 침입한 것보다 더욱 고통스럽다는 것을 그때 절감했다. 80년대 초 군사독재시절, 출근해보면 난데없이 동료들의 해직 발령이 연일 기다리고 있었다. 남은 사람들이 전전긍긍하며 업무를 해내노라 중병으로 입원한 친구를 부러워 할 정도였다. 해직된 동료에 대한 연민과 육체적인 과로는 스트레스를 가중시켰다.

80년보다 훨씬 일찍 건강이 안 좋던 시절, 악몽이나 통증으로 시달리는 밤은 길고 지루해서 새벽이 되면 나아지겠지 하고 지냈었다. 새벽의 파란빛이 창에 가득해지면 고통에서 벗어날 수 있고 멍한 두통에서 벗어난 투명한 인식의 새아침을 꿈꿔본 시절이 있었다.

그러나 80년대 초 건강이 좋지 않았을 때 본 파란 창은 밝고 환한 시간에 시각적으로 본 빛깔이 아니다. 겉으로 색소가 빛에 드러난 것이 아닌, 숨겨진 내면에 있던 희구의 마음으로, 희구의 시선으로 본 것 같다. 몹시 가물어 들판이 메말랐을 때 TV화면으로 콸콸 쏟아지는 화면을 보았을 때의 후련함처럼 갈망과 믿음과 기다림으로 본 빛깔이었던 것이다.

우리 눈은 입체적이 아니어서 보이는 것만을 인지할 뿐 그밖의 부분은 못 본다고 한다. 그런데 내가 본 파란 창은 빨리 새벽이 오면 좋겠다는 심리적인 시선이었을까.

고통스러운 어두운 터널에서 치유의 밝음을 지향하던 시기, 나아지겠지 하는 바람과 설렘, 강한 바람은 상황을 초월하는 것일까. 치유를 바라고 자유를 누리고 싶은 희구, 통증으로 안으로 예민해지던 감각이 파란 창에 소생의 기쁨을 위탁해 보려 했던 것이다.

(2005.)

짝사랑

지하철 역 층계를 내려가는데 하얀 봉투가 떨어져 있다. 수신인의 주소와 이름은 적혀 있는데 발신인은 주소도 없고 단지 이름뿐, 우표도 안 붙이고 봉하지도 않아서 자연스럽게 사연을 펼쳐본다.

"오늘도 당신의 창을 바라보다 돌아왔습니다. 오늘은 끝내 불이 켜지지 않아 안타깝게 기다리다가 돌아갑니다. 당신의 창에 불이 켜져 있는 것만으로도 저는 평안을 얻습니다. 그러나 당신의 창에 불이 꺼져 있을 때 저의 절망스러운 마음을 아시는지요."로 시작되는 사연이 꽤나 길다.

뜻밖에 남의 편지를 읽다 말고 어렸을 때 불빛에 가졌던 상념의 순간들과 함께 20대 초반의 가슴 아프던 시간이 떠오른다.

어렸을 때, 깜깜해지는 것이 좋았던 시절이 있었다. 동네가 어스름으로 에워싸이고 높고 낮은 집들의 경계도 허물어지고 나면, 격하고 성급하던 마음이 가라앉았다. 낮 동안 청보리 밭에 드는 봄 햇살을 따라 밭이랑을 거닐어도 보았고 길게 뻗어 있는 둑길 위에 매어 있던 염소들의 음매 소리를 신호로 달음질도 쳐보았다. 달려가다 보면 갈대밭에서 속삭이던 새들이 떼 지어 날아가던 풍경이며, 종일 거친 광야를 휘돌아온 나의 영혼도 따뜻해졌다.

어둔 길에 오래 서 있으면 길이 보이고 비탈진 채운 산의 능선과 굴곡도 드러나고 물결 출렁거리는 강물을 스쳐온 바람이 봄의 향내를 뿌려대는 듯이 향긋했다. 표적처럼 바라보던 높은 집의 창문에서 환한 불빛이 새어나오면 마음이 아늑해지고 위안이 되었건만 어쩐지 불이 안 켜져 있는 날이 많았다. 어렸을 때 불 켜진 집을 바라보고 있으면 강물과 이웃해 있어 언제나 강물소리가 들려올 듯했던 그윽한 시간이었다.

불 켜진 곳이 마치도 내가 도달하고 싶은 곳이어서 그 속엔 누가 살까, 우수의 그림자를 덜어줄 따뜻한 곳으로 동경을 가졌었다. 공연히 센티해지기도 했으나 호기심과 함께 막연히 그리웠던 곳.

20대 초반에 바라본 불 켜진 방은 내가 그리워하는 사람이 머무는 곳이었다. 남몰래, 불 켜지기를 바라는 마음으로 멀리서만 바라보던 곳. 내 마음을 전할 수도 없고 다가갈 수도 없던 존재여서 어두운 정적이 주위를 감돌면 거리를 오가는 사람들의 모습조차 쓸쓸해 보였다. 그러나 그 창문을 오래 동안 바라보고 있노라면 주위는 아늑한 정경이 되어 평화로웠다. 명작에 나오는 배경과 풍물에 대한 이야기로 우리 호기심을 부풀게 했고, 주인공들이 가꿔가는 소중한 사랑이야기를 할 때의 따뜻하며 서기어린 눈빛은 마치 그 작품의 주인공인 양 여기도록 만들었던 작가 교수님.

나는 그렇게 불 켜진 방을 바라보며 가슴에 품은 짝사랑이 시작되었다. 낯설고 먼 곳에 떠밀리어진 것처럼 외로움이 엄습해온 순간, 맑고 고운 내밀한 언어가 고독한 심령과의 깊은 속삭임처럼 안겨왔다. 그때부터였다. 자유분방한 예술적 기질이라는 것이 내겐 없었으나 글을 써보겠다는 강열한 욕구가 치밀었다. 아름답다고 생각하지 않았던 지난 시간들이 어스름하게 마음을 지펴 아련한 그리움의 밑바닥으로 글을 위한 낚시를 드리우게 되었다.

오랜 세월이 지난 지금도 그때를 생각하면 파라 세일링을 타고 파란 물결을 내려다보듯 순간 황홀해진다. 물보라 속에 피어나는 오색무지개가 내 가슴속에 스며드는 환상을 갖게 한다.

불 켜진 곳을 못 견디게 그리워하고, 내 주위의 불빛이란 참으로 나를 성숙시키는가 하면 좋은 추억의 그늘과 마찬가지였다. 경이로운 세계를 꿈꾸게도 하였다. 그 푸르고 생생한 기억들 모두가 틀림없는 것 같으면서도 사실은 완전히 내 것은 아니기 때문에 늘 그 너머에 있는 하늘로 상념을 달려가게 한다.

인생역전의 대박을 꿈꾸지는 않는다. 문학이 기대와 희망을 갖고 살아가게는 하나, 삶의 절대적 가치로 승화시킬 수는 없는 현실 앞에서 실망도 했지만 로또로 언젠가 대박을 이뤄보리라는 이들의 꿈처럼 은근히 포기하지 않는지도 모른다.

그러나 나의 문학은 따뜻한 인간관계, 빛나는 삶의 의미, 그리움과 사랑과 슬픔이 서린 불 켜진 창으로 남고 싶다. 때로는 멀리 외딴 곳에 켜져 있는 불빛처럼 냉정하고 무심한 사실을 잊기도 한다.

우연히 주운 편지가 짝사랑으로 짐작되지만 어떻게 결말을 맺는지 궁금한 것을 접어둔 채 잘 봉해서 부쳐야겠다. 수신인에게 편지에 담긴 진정한 마음이 무사히 전달되기를 바라는 마음으로.

나의 문학에 대한 짝사랑은 실연당할 염려가 없이 영원하리라 믿으면서.

(2009.)

아련한 슬픔으로

한때 작은 일로 속상할 때 판소리 『심청전』을 듣곤 했다. 그 중에도 심청이가 눈먼 아버지를 남겨두고 인당수로 떠나는 구슬픈 대목을 찾아 들었다. 들을 때마다 잘 아는 내용이면서도 명창 한애순의 구슬픈 가락이 구절구절 가슴에 사무쳤다. 일 나간 딸을 기다리며 새가 포르륵 날아가도, 낙엽이 버석 해도 딸인가 여겨 마중 나갔다가 개천에 빠진 심봉사. 그를 건져준 화주승이 공양미 3백 석을 시주하면 눈을 뜰 수 있다는 말에 덜컥 약속해버린 아버지를 위해 청이가 인당수의 제물로 팔려 가는 이야기를 누가 모를까. 그러나 떠나는 날 아침 청이가 영문 모르는 아버지에게 아침상을 차려드리고 울음을 들켜 사실을 털어놓자 심봉사가 절규하는 장면에서 나도 억장이 무너지는 듯 눈물바다에 빠지곤 했다.

"아이고, 이것이 웬말이냐. 여봐라 청아 무엇이 어쩌고 어쩌… 돈도 싫고 쌀도 싫고 눈뜨기도 내사 싫다…"는 처절한 대목.

그런데 나와는 관계가 없는 타인의 삶, 그 어두운 삶의 골짜기에 몰입했다 나오면 사소한 것으로 상했던 마음이나 근심이 사라지고 후련해지는 것이었다. 그러고 나서 냉정한 이성으로 내 삶을 돌아볼 수도 있었다.

눈먼 아버지를 섬기는 청이의 삶은 나와 무관한 옛이야기지만 이따금 눈이 나빠서 고독과 절망에 빠졌을 때에 심봉사 부녀에 대한 연민의 정이 살아나곤 했었다. 나 역시 눈이 나빠서 불행한 시절을 보냈기 때문이다. 교실 맨 앞자리에 앉아서도 칠판글씨를 잘못 볼 정도의 시력이어서 미망과 혼돈의 유년시절을 보내야했다. 초등학교 6학년 때 안경을 써서 0.5정도의 시력을 갖게 된 것이 내겐 행복 이상의 충격이었다. 그러나 해를 거듭하면서 0.5정도의 시력으로도 식별하지 못할 일들이 너무 많아 불평하다가 콘택트렌즈로 보완 받아 몇 년 동안은 행복한 세월을 보냈다고 할까. 그것도 오래 가지 못했다. 눈의 쓰라림으로 콘택트렌즈의 도움을 받을 수 없게 되어 시력이 덜 나오는 안경을 다시 쓰게 되자 나는 어두운 구렁텅이로 내던져지는 느낌이었다.

버스 번호와 글씨를 잘 못보고 차를 타서 엉뚱한 곳으로 가는 바람에 당황하기도 했고 외국영화의 자막이 안 보여서 배우들의 큰 동작만 보고 섬세한 연기와 미묘한 심리의 흐름을 잘 파악할 수가 없었다. 이런 것은 사치에 속하는 불편이리라. 방송 프로듀서로 일할 때 스튜디오 안에서 연기하는 성우나 MC의 표정이 잘 안 보여서 대충 짐작으로 연출을 하며 열등감에 사로잡힐 때가 많았다. 어쩌다 기대 이상의 좋은 결과가 나오면 성취감을 갖고 나 같은 여건에 중요한 직업을 주신 것에 감사한 순간이 얼마나 있었을까. 늘 구름 낀 듯 선명하게 파악되지 않는 현실 앞에서 남모르는 우울한 순간이 많았다.

　방송프로그램 제작 때 스튜디오 유리창을 사이에 두고 안에서 벌어지는 연기자들의 희로애락과 스튜디오 바깥에서 느끼는 나의 애환은 너무 달랐다. 연기자가 밤새워 가족의 병구완을 하노라 의욕만큼 목소리 연기가 안 되어 애쓸 때 유리창 밖의 연출자는 결과만 따졌지 인간적인 이해는 뒷전이었다. 남의 불행이나 행복은 공유할 수 없는 것이라는 냉정한 현실을 절감하며 보낸 세월도 많았다. 나의 핸디캡으로 인한 불편, 고통을 잘 견디어내서 슬기롭게 극복하는 일만이 과제였다.

　나는 어렴풋이 시계의 사물들을 감지했기 때문에 나머지는 맘껏 상상으로 보완했다. 그리고 행운의 망상으로 이어지기도 했다. 그것은 곧 현실성 없는 공상의 세상임을 깨닫곤 했지만 공상에 빠졌을 때만은 행복하기도 했다. 이것은 유년 시대에만 누릴 수 있는 철없는 일이었다. 허황한 상상 대신 풍부한 직감과 상상력으로 남의 웃음 뒤에 숨겨진 눈물이며 내적 표현을 읽을 수 있었더라면 얼마나 좋았을까. 이성과 직관, 그리고 성실한 사색으로 알찬 필력의 소유자가 될 수 있었을 텐데.

　시력이 나빠서 외계의 사물을 잘 못 본다는 것은 자신의 정체성에 대해서도 착각하고 혼돈에 빠질 수 있는 일이었다. 그리고 주위에서의 소외감도 사실 이상으로 확대되어 오고 근거 없는 상실감도 크게 느끼게 되었다. 그리고 색다른 일을 착수하기까지 괜한 걱정이 앞서 용기를 갖지 못하는 버릇이 있었다. 그런 망설임과 염려가 앞서는 것이 불행이 아니었던가 싶다.

　의도적인 것은 아니지만 남의 처절한 불행을 보며 그보다 덜한 자신을 다행하게 여기는 것이 인지상정인 것 같다. 고칠 수 없는 악성질환의 환자를 보며 건강의 소중함을 절감하고 질병의 예방에 힘쓰기도 한다. 육체의 건강은 금기사항을 지키는 것으로 다소 예방이 되지만 행복이나 불행은 자신의 마음을 다스리는 것에 비중을 더 두어야 하지 않을까.

　앞의 얘기를 전부 과거형으로 쓴 것은 직장에서 퇴직했기 때문만이 아니다. 몇 년 전 눈 수술로 밝은 시력을 찾았기 때문이다. 고대하던 밝고 환한 세계를 얻은 것이다. 당시는 마음속의 구름도 전부 걷혀지는 것이었다. 내 마음이 밝아지니 보이는 사물이나 사람들의 행동도 긍정적으로 보게 되고 웬만한 것은 의심도 하지 않게 되니 일들도 술술 풀리는 것 같았다.

　그런데 그것도 잠깐, 눈이 몹시 나빴을 때 "만약 눈만 좋아진다면 어떤 일이든 잘 해낼 수 있을 텐데" 하고 여겼던 자신을 부끄럽게 여긴다. 남에게 도움도 주고 좀 더 적극적으로 살리라던 결심이 무너졌다. 나이가 들어 모든 것이 퇴화되는 것만을 아쉬워하는 자신을 반성하게 된다. 시력 좋은 것에 익숙해져서 눈이 나빴던 시절의 처지를 벌써 잊고 만 것이다.

　행복은 여건이 아니라 느낄 줄 아는 것이 중요하다는 진부한 사실을 생각한다.

　심청전의 구슬픈 대목을 찾아 듣던 일이 과거형인 것처럼 괜한 일에 조바심하는 버릇도 아련한 슬픔으로 기억되는 과거형이 되어 버리면 좋겠다.
(2004.)

비단강의 물줄기를 건너려고

"○○방송에서 나왔는데요, 봄이 다가오는데 고향의 부모님께 인사말씀 좀 부탁드리겠습니다."

리포터로 보이는 상큼한 아가씨와 카메라맨이 다가서며 청한다. '어마뜨거라' 나는 아니라고 손사래를 치며 도망치다가 생각해보니 고향의 부모님이 돌아가신 지 오래여서 인터뷰에 응할 자격도 없다.

금강줄기가 강경(江景) 읍내를 엄마의 품같이 품어 군산으로 흘러가는 강물을 보며 마음을 설레며 자랐다. 강경은 1920년대만 해도 평양, 대구와 함께 3대 시장으로 꼽힐 만큼 번창했다고 한다. 읍내가 강물과 이룬 운치 때문에 강경이라는 이름이 붙었으리라.

일찍 잠깬 봄날, 아버지를 따라 서편 강가로 나갔었다. 뱃전에서 아버지가 생선을 고를 때 멀리 눈을 들어보면 푸른 등줄기를 드러내며 깨어나던 비단강. 서편나루에서 가까운 옥녀봉에 올라서면 강 따라 펼쳐진 넓은 평야에서 자운영이 봄의 길목을 밝혀주고 있었다. 강줄기가 조금 내려가면 황산나루, 조금 더 가면 행정상으로는 전라북도인 나바위 성당이 있어서 이따금 종소리가 울려왔다.

금강이 강경을 품에 안고 흐른다면 맞은편에는 채운산이 있어서 골짜기에서 피어난 진달래 붉은 빛이 어린 가슴에 스며들었다. 도시였는가 하면 농촌이 가까워서 겨울에 파란 싹을 내밀었던 보리가 풋풋하게 자라는 것, 누에가 자라서 비단이 되는 등 오묘한 자연의 섭리도 터득하고, 항구의 흥청거림과 기차역도 있어서 다채로운 경험이 나만의 누에고치를 만들 수 있었다.

특히 나의 70년대의 수필과 그 후로도 많은 글에 강경에서 만든 고치의 실을 풀어냈다. 「종소리」 「초록 보리밭」 「산 그림자」 「봄의 길목」 「아버지의 눈물」 등 예를 다 들 수 없을 정도이다. 열세 살에 떠나와서인지 고향은 그립고 아름답게 각인되어 있어 선뜻 소재가 되었다.

안개 낀 봄날 옥녀봉에 허위허위 올라보면 서서히 안개발이 걷히면서 여몄던 품을 조금씩 열어 보이던 강줄기, 조금씩 주위에서 하나씩 윤곽을 드러내던 강가의 풍경만큼도 꿈과 이상은 실체의 모습을 보여주지 않아 30여 년 동안 헤매며 글을 쓰고 있다.

황산 나루터에서 눈이 부석부석한 사공은 어린 아들과 함께 강 건너에서 장보러 나왔던 손님을 태우려고 기다리고 있었다. 아들에게 노 젓는 법을 익혀주고 세상 보는 눈을 틔워주려고 꽃샘바람에 데리고 다녔으리라.

금강의 푸르른 물은 나루 건너에 대한 기대와 설렘, 소망들을 일깨워 주었고 새로운 세계인 문학으로 가는 길목이기도 했다. 오래 전에 그 나루에는 든든한 다리가 놓여 배도 사공도 사라졌다지만 나의 문학을 향한 내면의 충동은 아직도 건너편을 향하여 노젓기를 그치지 않는다.

(2006.)

고개 위에서

야생화가 지천인 선산을 나와 고개 위에 다다르니 행인도 없고 5월 햇볕만이 자글자글하다. 바람 따라 흔들리는 윤기 나는 나뭇잎, 푸른 하늘 위에 한가롭게 펼쳐 있는 엷은 구름, 조금 전 성묘를 마친 우리 형제들은 누가 먼저랄 것도 없이 풀밭에 주저앉았다. 발끝에 채이는 클로버며 꽃다지의 풀잎에서 풍기는 풋풋한 향기에 사방을 둘러보노라니 그동안 잊고 살아온 것들이 여기서 살고 있었구나 할 정도로 풍성한 초목들, 생동감 있는 모습들이 갖가지 생각을 떠오르게 했다. 동생들도 제각기, 오래 전에 떠난 부모님을 생각하고 근년에 떠난 친척들을 그리워하는지 모두들 말이 없었다.

"이쪽으로 내려와 손을 씻어봐."

막내의 부름에, 가까운 계곡으로 내려가 물속에 잠겨 있는 하늘빛을 보고, 젊은 시절 어머니의 얼굴도 잠겨 있을까하고 들여다보는데, 손의 물기를 털며 동생은 발도 씻고 싶다고 한다. 나는 동생의 그 말에 문득 우리들에게 자주 씻으라던 아버지가 생각났다. 아버지는 유난히 위생에 신경을 쓰고 청결을 강조하셨다. 더러는 의미 있는 옛날 얘기도 들려주셨는데 단순한 사실만 받아들이고 깊은 의미는 깨닫지도 못했다. 이를테면, 옛날에 임금님이 여름이면 신하들에게 발 씻는 그림을 그려 넣은 부채를 하사했다는 얘기 등이다. 그때는 우리에게 임금님도 씻는 것을 권장했으니 너희들도 받아들여야 한다는 것쯤으로나 알았다.

임금이 도화서(圖畵署)에서 그린 탁족도(濯足圖) 부채를 만들어 신하들에게 주었다니 그림감상과 부채바람으로 상쾌해졌으리라. 그런데 임금님은 그림으로 은근하게 깨우침을 암시하지 않았을까 하는 느낌이 든다. 혹시라도 잘못을 남몰래 저지른 신하였다면 삼복더위에도 그 부채를 받으며 등골이 써늘했을 것이다.

『맹자』(孟子) 「이루」(離婁)편에 "창랑의 물이 맑으면 갓끈을 씻을 것이요, 창랑의 물이 흐리면 발을 닦을 것이다"(滄浪之水淸兮 可以濯我纓 滄浪之水濁兮 可以濯我足)는 구절이 있는데 이 말은 스스로 취하기에 달렸다는 뜻이라고 한다. 갓끈을 씻든 발을 씻든 모든 일이 자기의 처신하기에 달렸다는 뜻을 담은 '탁족도'. 그 발 씻는 그림이야말로 요즈음 세태에 더 필요한 것이나 아닌지. 신하들에게 인품을 닦게 하기 위하여 항상 명심해야 한다는 사랑의 의미, 깨우침을 여름용 부채에 넌지시 얹어 보낸 임금들도 멋있지 않은가.

아버지는 생전에 교회출석을 안하고 돌아가셨다. 평소에 다른 일로는 할머니의 말을 거역하는 일이 없었기에 그 이유를 못 알아냈던 것이 아쉽다. 어느 날엔가 할머니는 큰 대야에 더운 물을 담아 아버지의 발을 씻어주려고 했다. 나는 그것이 무슨 의도인지 몰랐는데 후일 성경을 읽으며 깨달을 수 있었다.

예수께서 십자가 고난당할 날이 가까워진 날 제자들을 모아놓고 발을 씻어주셨다. 베드로 차례가 되자 그가 깜짝 놀라며 거부하자 예수님은 "내가 너를 씻기지 아니하면 네가 나와 상관이 없느니라"고 타이르셨다. 예수님께 복종한 베드로는 발뿐만 아니라 손과 머리도 씻겨주실 것을 청했다. "이미 목욕한 자는 발밖에 씻을 필요가 없느니라" 대답한 예수. 성경에는 예수 앞에서 종이기를 다짐한 제자들에게 몸소 더러움을 씻겨주는 사랑의 실천과 함께 비유로 깨우침을 주는 장면이 계속된다. 또한 예수의 말에 모든 것을 내맡기는 베드로의 완벽한 순종이 멋있다.

그런데 왜 아버지는 끝내 순종을 거부하셨던가. 우리에게 발 씻기를 권하셨던 것은 신체가 청결하듯이 마음도 맑게 가져 생각의 문이 열리게 하고, 맑은 눈으로 세상을 보며, 지친 삶에서 활기를 되찾게 하려던 것이었을 텐데. 자신만은 신의 존재를 느끼면서도 절박하게 다가드는 자세가 싫어서였을까. 불확실한 내일에 대한 두려움이 너무 커서 전지전능, 무소불위의 주님께 매달리는 자신이 초라해서였을까. 교회에 건성으로 왔다 갔다 하고 마음을 여는 정도로는 마음에 차지 않아서였을지도 모른다는 짐작을 해본다.

멀지 않은 곳에서 염소의 울음이 들려왔다. 아버지는 무신론자도 아니었으면서 길을 잃고 방황하는 양이었던가 생각하는데 고개 위에서 부르는 동생의 목소리가 들려왔다.

오랜만에 성묘를 와서 짐작한 위치대로 산자락에 들어서자 눈앞에 보이는 것은 나무뿐, 길이 없어져서 당황했었다. 무성한 잡목의 가지를 휘적휘적 잘도 헤치고 산소를 찾는 남동생처럼 나도 신앙

길을 잘 헤쳐가고 싶다는 바람으로 고개 위로 올라갔다. 올라갈 때 힘들었던 고비를 잘 넘기게 해주었던 신앙의 길을 생각하며, 내려가는 길의 수월함을 기대해보아도 괜찮을까.

(2008.)

신전을 가꾸는 사람들

어느 새벽, 물안개 자욱이 피어오르는 샘가에서 어떤 부인이 두 손을 모으고 서 있다가 무릎 꿇고 깊이 엎드려 절하는 모습을 보았다. 방학을 보내던 외가마을은 20세대도 안 되는 마을이어서 서로 생활형편이나 심성을 훤히 알고들 있었다. 재산이라곤 작은 밭떼기와 다랑 논 한 자락뿐인 나실 댁네는 남의 집 막일을 다녀서 살림을 꾸려가는 형편이었는데 손자를 보게 해달라고 비는 것이라고 했다.

평소에는 며느리가 밥 먹는 것도 아까워 구박한다는 소문이었는데 그 즈음엔 동네 잔치 집에서 며느리 준다고 반듯한 음식을 골라서 싸간다는 것이었다. 나실 댁이 며느리에 대한 태도가 달라진 것은 마음이 너그러워졌다기보다는 반듯한 자손을 보기 위한 것이지만 다행이라고 어른들이 말했다.

우리 나라에서는 옛날부터 아기가 출생하면 이미 한 살이라고 했다. 태아 때부터 하나의 생명으로 여기고 잘 자라도록 태교를 했던 것이다. 임신 3,4개월이 지나면 태아는 듣기 시작하여, 좋은 소리에 대해 즐거워하고 나쁜 소리에 대해서는 불쾌해 한다고 한다. 이런 현대적인 의학상식이 없던 옛날부터 임산부에겐 좋은 소리만 듣게 하고 좋은 것을 보고 먹게 했다. "임산부는 자리가 바르지 않으면 앉지 않고, 사악한 빛을 보지 않고 귀로는 음란한 소리를 듣지 않아야 하고 음식도 똑바르지 않으면 먹지 않고 잘 때도 똑바로 드러누워 자야한다…"는 「열녀전」을 못 읽었어도 올바른 태교로 단정하고 재주 있는 아기를 낳을 수 있도록 집안 형편대로 공을 들였다.

임부는 몸가짐만 중요한 것이 아니라 마음가짐 또한 중요할 텐데 나실 댁은 구박하던 며느리에게 편안한 마음을 갖도록 어떤 배려를 했는지 궁금하다. 그 며느리는 평소에 구박하던 시어머니가 아기를 가진 자기에 대한 태도가 돌변하는 바람에 그 진실 여부를 가리느라 한동안은 헷갈렸을지도 모른다. 임부는 착한 마음을 가져야 하고 누구를 미워하면 안 된다고 한다. 임신 중일 때 미워한 사람이 있으면 이웃집사람일지라도 닮는다고 한다.

주변 사람, 가족들의 도움보다도 임부 자신의 마음가짐이 가장 중요하리라. 메마른 사막의 한 구석에 기적처럼 고여 있는 오아시스. 병중이거나 약한 여인에게도 생명을 잉태케 하는 것은 오아시스 같은 기적이 아닐까. 어려움을 견디고 노력해서 온전한 사람으로 태어나게 하는 것이 임부의 의무로 크나큰 은총에 대한 보답이리라.

태내의 생명은 임부 당사자나 가족의 아기일 뿐만 아니라 나라, 인류의 번영과 발전에 한 몫을 담당할 인물이다. 임신과 출산, 육아를 맡은 어머니는 자신을 통해서 인류사회에 공헌한다는 막중한 임무수행이라는 것을 잊지 않아야 할 것이다.

주어진 사명을 충실히 수행하기 위해서 임부는 사랑이 있고 화평과 기쁨, 감사하는 마음을 가져야 한다. 사랑은 남을 사랑할 줄 아는 본인의 마음과 함께 온 가족에게서 받는 사랑도 넘쳐야 하리라. 아기를 가진 엄마가 남편과 언짢은 일로 냉전중이면 태내의 아기도 스트레스를 받아 발육이 안 된다고 한다. 화평하고 기쁨을 느껴야 태아가 마음놓고 발육이 될 수 있고 지능도 형성된다.

임부는 일상 속에서, 나날이 맞는 아침이지만 언제나 새롭게 처음인 것처럼 신선한 기분으로 감사하며 맞아야 한다. 나실 댁이 새벽 우물가에서 절하고 기원한 것처럼. 우물에 맑은 물이 고이듯 맑은 생각의 물줄기로 생기 있게 시작해야 한다.

가슴 가득히 소망이 차오르고 무언가 좋은 일이 일어날 것 같은 예감을 갖고, 행복한 하루가 되리라고 다짐해야 한다. 별것 아닌 것을 신비롭게 여기는 감각을 일깨우고, 감동적인 일이나 예술품을 감상하며 그렇게 자신도 행동할 수 있는 적극적인 자세를 가져야 하리라. 신명나고 유쾌한 마음으로 살며 의욕이 넘치고 새로운 것을 발견하며 만드는 창의력 있는 생활도 필요하다.

싱싱하고 풋풋한 꽃들이 만발한 초원, 푸르른 정기가 풍기는 울창한 숲과 골짜기를 거느리고 수려한 봉우리가 솟아 있는 명산, 그리고 수평선으로 하얀 새가 너울거리고 푸른 물이 넘실거리는 바다 등, 보는 눈을 즐겁게 계절의 향기와 내음새에서 생명력을 느끼는 것도 좋으리라.

이웃집 임산부는 가을에 임신을 해서 겨울 동안 삭막한 경치들만 보고 아름다운 꽃이나 신록을 못보고 살아서 아기의 감성이 메마를까 봐 걱정하고 있다. 아름다운 것을 듣고 보아야 한다고 해서 멀리

백화가 만발한 더운 지방으로 여행을 하고 상쾌한 새소리를 듣기 위하여 숲과 산을 자주 찾아가야 할까.

최근 의학이 발견한 '다이돌핀'이라는 호르몬의 기적이 화제이다. 다이돌핀은 그동안 우리 건강을 증진시키는 것으로 알고 있는 '엔돌핀' 보다 4천 배의 효과가 있다는 사실을 밝혀냈다. 그런데 이 다이돌핀은 우리가 감동 받을 때 만들어진다고 한다. 이를테면 좋은 노래를 부르거나 들었을 때도 만들어진다니 얼마나 다행인가. 또 아름다운 모습이나 풍경에 압도되었을 때, 엄청난 사랑을 느끼며 나눌 때 우리 몸에서는 놀라운 변화가 일어난다고 한다.

전혀 반응이 없던 호르몬 유전자가 활성화되어 없었던 엔돌핀, 도파인, 세로토닌이라는 아주 유익한 호르몬들을 생산하기 시작한다. 굉장한 감동을 받고 느낄 때 생기는 다이돌핀은 몸의 면역체계에 강한 작용을 일으켜서 암을 공격해서 놀라운 효과의 기적이 일어난다는 것이다. 이런 기적이 일어나는 일이야말로 새 생명을 기르는 임부의 태교에 놀라운 효과를 줄 것은 말할 것도 없다.

최고의 태교는 굉장한 감동을 받고 느끼는 것이라고 하겠다. 태교음악이라고 해서 모차르트의 음악을 비롯한 클래식 소품을 모아 놓은 것이 주류를 이룬다. 태아는 기분 좋게 배경음악을 들으면서 평화롭고 쾌적한 휴식도 하고 자란다. 임부가 가장 평화롭고 편안한 마음으로 있을 때 음악을 듣지 않더라고 가장 좋은 리듬이 이뤄진다고 한다.

아기를 잉태한 여인은 주위의 여건이나 환경이 좋아지기를 바라기보다 자신의 가슴속에 성스러운 교회를, 사원을 가꿔야 하리라. 교회에서 혹은 신전에서 갖는 맑은 마음으로 정성을 드리고 아름다운 노래를 부르거나 듣고, 선한 마음으로 섬기고 아름다운 감동을 유지해야 한다. 이렇듯 향기 가득한 성전을 가꾸는 사람들이 많을 때 자신의 가정과 사회, 인류의 발전에 이바지할 자녀가 태어나고 인류의 번영은 끊임없이 이어지리라.

(2005.)

귀국선에 오른 방랑인처럼

형제들의 모임에서 동생이 '누나는 고향에서 ○○대학에 갔더라면 그 학교에서 좋은 교수가 되었을 것'이라고 하자 한 세대 아래인 조카가 '방송국 PD가 더 나은 것' 아니냐면서 "왜 할아버지는 고모가 가고 싶은 학교를 반대하셨느냐"고 묻는다. 동생은 객지에 보내지 않고 집에서 다닐 수 있는 학교에 보내고 싶은 것이 아버지의 마음이라고 딸을 이해시킨다.

직업이 나의 정체나 본질을 드러내는 것은 아니라 해도 젊은 시절 30여년을 종사했기에 직업이 한동안 나의 겉옷이었고 남들도 그것으로 나를 이해했으리라.

어렸을 때부터 시샘보다 부러움이 많았던 나는 욕심쟁이라기보다는 철부지였고 지금도 영원한 미숙아로서 그 둘레에서 벗어나지 못하고 있다. 부러움의 대상이 남모르는 노력 끝에 이뤄낸 것이라는 것을 이해하지 못한 채 막연히 부러워만했다. 초등학교 1학년 때 학예회에 무용팀 다섯 명에 뽑혀서 '진홍의 골짜기'라는 행진곡에 맞춰 연습하다가 나만 탈락된 일이 있다. 그때 담임선생님이 무릎에 앉히고 위로하며 다음에 더 좋은 것을 시켜주겠다고 했는데, 내 주제를 모르던 당시는 이제나 저제나 기다리다가 포기를 해야 했다. 한참 후에야 "너는 잘못해서 안 돼"라는 사실을 말하면 실망할까봐 마음 써준 선생님을 고맙게 여겼다.

어려서부터 차분하고 점잖은 모범생인 척하면서, 내심으론 야하게 모양내고 싶고, 서커스에서 통을 굴리는 소녀, 학예회에서 노래 잘하고 피아노를 잘 쳐서 박수를 받는 선배, 심지어는 남학생과 말싸움에 이겨서 으스대는 아이를 선망했으니, 지성과 야성을 동시에 갖고 있었다고나 할까. 수줍고 내성적이면서도 자기 현시욕이 어려서부터 꿈틀거리고 있었다. 그래서 백번 노력해도 안 되는 길을 가다가 만 일도 있다. 어렸을 때 무용의 경우처럼 객관적인 지적을 못 받아서 모른 채 허송하기도 했다.

문학이 삶의 아름다움을 일깨워주고, 권태롭고 허무한 것을 극복할 수 있는 것이 또한 문학이라고 알게 되고서야 철부지로서의 부러움이 많이 줄었다. 문학지망의 초기에는 시인 지망생이었다. 일간지의 신춘문예에서 두 번쯤이나 최종심에 오르기는 했으나 당선은 내 것이 아니었다. 오래지 않아 정제되어야 하는 시구(詩句)로 다하지 못하는 것을 펼쳐낼 수 있는 수필이 있어서 얼마나 다행이라고 생각했는지 모른다. 수필은 그야말로 내게 맞는 옷이라고 생각했었다.

동생이 대학진학 때의 과거를 들먹이는 것은, 글을 쓴다면서 유명한 시인이나 소설가도 못되고 돈과 명예도 없는 수필가가 된 것이 딱해서 한 말인 것이다. 전 방송PD나 수필가 누나보다, 전 ○○

대 교수를 훨씬 명예롭게 여기는 동생의 생각을 수정할 수는 없다. 수필은 시적인 요소와 소설적인 묘미도 있고 음악과 미술, 철학을 담을 수 있는 것이라고 설명하기보다 감동을 주는 명문으로 변명을 대신할 작품을 쓰고 싶다.

어쩌면 창조주는 많은 사람들의 가야 할 방향과 시간표를 다 짜 놓고 있는데 사람들은 미욱하여 엉뚱한 데로 가기에 제대로 방향을 되잡아 놓으려고 애쓰실 것 같다. 내 자신도 이 길이 아닌데 목적지도 분명치 않은 나만의 여행을 계속하고 있는지 모른다는 생각이 들 때가 있다.

여행지도 귀착지도 모르는 채 하찮은 욕심의 여행 가방을 들고 길을 떠난 셈이다. 가도 가도 푸른 초원과 기름진 토양만은 아니었던 길, 때로는 인적 없는 바닷가의 절벽에 다 달아 절망하기도 했었다.

여과된 정서로 예술적, 미적 감흥을 줄 만한 글을 쓰려고 음악에 세이를 쓴 지도 10년이 넘는다. 야망과 꿈을 갖고 고향을 떠나 방랑했던 페르귄트가 나이 들어 귀국선을 타고 고향에 돌아오는 것처럼, 나도 귀국선에 오르기 위해 여행 가방을 꾸려야 할 것이다. 그 속에 담을 수 있는 좋은 수필을 얼마만큼 쓸 수 있는지가 숙제이다.

(2008.)

광화문 연가

광화문은 내게 있어서 홀로서기의 출발점이며 종점이었다.

대전에서 올라와 원서동 당숙 댁에서 대학에 다니던 나는 귀가 시간 8시를 넘기지 말라는 당숙의 말씀을 지켜야 했다. 서울지리를 잘 모르던 때여서 주말이면 광화문까지 걸으며 지리를 익혔다. 원서동에서 광화문까지 걸으면 30분은 너끈히 걸렸다. 이것저것 구경하며 걸었기 때문이다. 어느 때는 당시 국립국악원이 있던 경운동 골목을 지나 화신백화점을 거쳐 광화문에 가기도 했고 때로는 계동 꼭대기에 있는 중앙중학교를 지나 기와집이 많은 가회동의 좋은 집들을 흘긋거리며 지나 민영환 동상이 서 있던 안국동을 거쳐 민예품과 골동품이 많던 인사동도 구경하며 광화문까지 걸었다.

경운동 골목을 지날 때마다 운치 있게 들려오던 가야금 소리며, 얕은 지붕들이 가지런하던 작은 집의 처마 밑에서 비를 피하고 섰노라면 시조를 읊는 노인의 구성진 소리도 들려왔다. 계동꼭대기 중앙중학교를 지날 때면 야호 하고 소리를 질러대던 아이들의 소리가 희망을 갖게 했고, 피아노가 귀한 시절 가회동에 들어서면 큰집 담

너머로 밝고 영롱한 피아노 소리가 울려 나와서 반가웠다. 인사동길목을 호기심 어린 눈으로 지나치며 관심을 보이던 서양 사람들, 인사동의 골동품보다 이방인들에 더한 호기심이 발동하던 철부지이기도 했다. 어떻든 광화문은 홀로서기의 출발점이며 종점이었다. 그 시절 광화문은 나를 정서적으로 성장시켜준 곳이기도 하다.

다시 60년대 말에 직장이 광화문에서 멀지 않은 정동으로 옮겨와서 10여 년을 보냈다. 5층 사무실의 창문으로 인왕산을 바라보면 광화문을 중심으로 개인적인 변화와 그동안 있었던 서울의 변화가 서언하게 스쳐갔다. 어느 날 친구들과 광화문 근처에 있던 영화관에서 영화를 보고 나오니 8시가 15분밖에 남지 않아서 집에까지 뛰었는데도 5분이 늦어서 꾸중들은 일, 60년 4월에 광화문을 지나다가 총소리와 함께 거리를 쏟아져 나온 4·19혁명의 함성에 아연했던 일이며….

지금의 교보빌딩과 종로구청 사이엔 개울이 있어서 청계천으로 흘러들어갔었다. 도심가운데의 개울물이 신기하여 내려다보다가 머리를 들어보면 저만치 보이던 광화문, 그 뒤로 보이던 하늘은 얼마나 맑고 푸르던지. 그 하늘너머에는 무엇이 있을까. 그 푸르름이 약하디 약한 내 영혼과 몸을 맑게 해줄 것 같았다. 북악산의 푸른 정기와 맑은 기운을 어깨너머로 받들고 있는 광화문의 의젓함이 나를 압도하는 존재로 여겼다.

서울시가 2009년까지 세종로에 국가를 상징하는 광화문 광장을 만들기로 했다. 원래 광화문은 경복궁(景福宮)의 남문으로 태조가 처음(1399년) 세웠고 이름도 사정문(四政門)이었는데 세종 때 광화문으로 이름을 고쳤다. 내가 어려서 보았던 광화문은 태조가 세운 광화문도 아니었고, 임진왜란 때 불타서 구한말 대원군이 다시 세운 것도 아니었다. 일제 총독부가 조선총독부 청사를 짓기 위해 헐었다가 경복궁의 동문인 건춘문 북쪽으로 축소, 일제의 손으로 다시 지어 놓은 것이었다.

여학교 시절 미당 서정주 시인의「광화문」은 어렸을 때부터 광화문을 보아온 내게 깊은 울림을 주었다.

광화문은

차라리 한 채의 소슬한 종교

조선 사람은 흔히 그 머리로부터 왼 몸에 사무쳐 오는 빛을

마침내 버선코에서까지도 떠받들어야 할 마련이지만,

왼 하늘에 넘쳐흐르는 푸른 광명을

광화문— 저같이 의젓이 그 날갯쭉지 위에 싣고 있는 자도 드물라.

이 시에서처럼 광화문을 '차라리 한 채의 소슬한 종교'로 떠받들고 있던 내게 광화문은 아픈 존재이기도 했다. 일제가 만든 광화문도 6·25때 소실되어 1968년 박정희 대통령 시절(1968년) 석축 일부를 수리하고 문루를 철근, 콘크리트로 중건했었지만 작년에 헐리어 역사 속으로 사라져 버렸다.

설립동기가 다르지만 역사적인 예술적 문화재로 인정받는 파리의 에투왈 개선문이나 로마의 콘스탄티누스 개선문은 이런 수난을 당하지 않았다. 베를린의 장벽이었던 브란덴부르크 문처럼 광화문은 수난의 역사를 많이 보아왔고 자신의 몸이 헐려지고 다시 세웠

다가 또 부수어지는 아픔을 여러 차례 당해야 했다.

일제 강점기에 조국 잃은 울분과 함께 문화재가 헐리는 아픔을 토로했던 설의식(薛義植) 선생의 「헐려 짓는 광화문」(1926년)이 국민들의 공감을 사기도 했다.

이때와 형편은 다르지만 40년 동안 우리나라 변천의 역사를 지켜본 광화문이 현대의 파괴도구로 흔적 없이 사라진 지 1년이 지났다. 전쟁의 상처와 굶주림으로 고통 받는 아픔도 보았고 이를 극복하려고 용트림하던 민중의 구호도 귀 아프게 들었으리라. 민주화의 함성과 신음 소리를 지켜보던 그때의 시선과 총기도 사라진 지금, 아쉬움이 한두 가지가 아니다.

머리를 들어보면 교보생명 빌딩의 테두리에 내리는 글판의 좋은 시구(詩句) 한 구절이 삭막한 가슴에 미소를 떠올리게 되고, 때로는 이기심에 젖은 도시인의 영혼에 파고드는 경구도 있어 잠깐이라도 생각하게 한다.

광장문화가 아쉬운 우리나라에 또 다른 도약을 꿈꾸기 위하여 새롭게 국가를 상징하는 광화문 광장을 만들기로 했다니 기쁜 소식이다. 광화문과 청계천광장 사이 740m, 세종로 중앙에 폭 34m의 광장이 들어선다니 군중의 환호성이 들려오는 듯하다. 더욱 반가운 것은 광화문 앞에 조선시대 육조(六曹)거리도 재현한다고 한다. 그리고 세종대왕 동상을 세우면 세종로의 주인공을 모시는 셈이다. 이순신 동상 주변에는 연못도 파서 수군통제사의 면모를 떠올리게 할는지 기대된다. 시민들은 광장을 거쳐 청계천에서 경복궁까지 걸어가면서 자긍심과 희망이 용솟음치기를 바란다.

어린 날 본 광화문 뒤에서 빛나던 푸른 하늘, 몇 십 년의 방황을 끝내고 광화문광장에 서서 장관을 돌아보며 어떤 다짐을 가질 수 있을까 생각해본다.

(2008.)

연못가의 꿈

호남선을 타고 가다 강경역이 가까워지면 마음이 설렌다. 서편 유리창으로 내다보면 내가 다닌 초등학교가 보일까 해서 둘러보곤 하지만 제대로 찾아진 일이 없다. 50여 년 전에 떠났으니 위치를 잘못 짚었거나 학교 근처에 다른 건물이 들어서서 가리고 있는지 모른다. 학교에서 장애물 없이 기나긴 열차가 지나는 것을 보던 어릴 때의 기억 때문에 포기를 못하고 있다.

일제 강점기에 고깃배와 무역선까지 출입한 항구 도시였던 강경은 주변 농촌과 먼 지역의 진취적인 사람들이 모여 이룬 신흥도시였다. 일찍이 신 문물이 들어와 문명의 수준도 높아 한때는 평양, 대구와 함께 3대 상업도시였기 때문에 우리가 어렸을 때도 중앙통은 제법 번화했다. 중앙초등학교도 이런 대세에 맞춰 일찍 세워진 학교로 우리 선친도 수학한 모교에서 나도 공부를 했다.

너른 운동장의 미끄럼틀에 올라서서 보면 동남쪽으로 높지 않은 채운산이 솟아 있고 동쪽에는 너른 평야, 그리고 읍사무소 건물을 보다가 중앙동에 치솟은 소방탑 너머로 교회의 십자가도 보였고, 더 멀리는 분명치가 않지만 금강줄기에 걸린 다리도 보였던 것 같다.

무엇보다도 학교 강당 뒤에 있던 연못이 잊히지 않는다. 가장자리에는 부들 같은 수초들이 싱싱하게 자라고 있었고 작은 돌을 던지면 물 무늬를 짓는 것이 재미있었고 수초 사이로 숨 가쁘게 헤엄치고 다니던 곤충들이 보였다. 낮 동안엔 남학생들이 개구리와 잠자리를 잡으러 다녀서 붐비기도 했는데 대청소하러 새벽에 나가본 연못엔 신비한 기운이 감돌았다. 못 가운데는 싱싱한 연이파리가 물 위로 솟구쳐 자라고 있었는데 너른 이파리에 물방울이 구슬처럼 구르는 것도 신기했고 초여름이면 피어오르는 진분홍 꽃이 좋아 자주 연못을 찾았었다.

초봄이면 연뿌리를 캐어 내거나 새로 심는데 4학년 봄엔 연뿌리를 많이 도둑맞은 터여서 일하던 아저씨가 숨어서 지키고 있었다. 급우 두 사람과 연못가를 지나가던 우리는 별 생각 없이 버려진 듯한 가는 뿌리를 한 개씩 주웠는데 도둑질혐의로 교무실에 무릎을 꿇어앉는 중벌을 받았다.

교무실을 오가던 선생님들이 "모범생들이 꼴 좋다"고 비웃으실 때 쥐구멍이라도 있으면 들어가고 싶었고 교실에서 들려오는 친구들의 책 읽는 소리, 강당에서 피아노 소리에 맞춰 부르는 합창소리, 너른 운동장에서 들려오는 아이들의 함성을 들으며 우리는 영원한 낙오자가 될 것 같은 비감에 빠졌다.

저녁 때, 집에 가도 좋다는 훈육선생님 말씀에 운동장으로 나와 올려다 본 하늘은 왜 그리 깜깜했는지. 달도 없던 그 저녁하늘에 세상의 질서와 규율과는 관계없이 자유롭게 깜빡이던 별들, 그러나 내

앞에는 깊은 어둠만이 내려앉는 듯했다. 꿈, 신비함, 연못가에서 느꼈던 아늑함 같은 것도 멀리 사라지는 듯했다.

자초지종을 설명할 기회도 없이 벌을 받고 나니 억울하고 창피했다. 앞으로 어떻게 얼굴을 쳐들고 학교를 다니며 선생님들은 어떻게 뵐 것인가. 학교 너른 운동장에 혼자 서있는 나는 세상에 혼자 떠있는 섬 같았다. 이때 도회로 가는 기차의 기적소리가 울려왔다. 무심코 들어온 그 기차소리가 구원해 줄 것 같았다. 그 기차는 무한한 꿈의 세계, 꿈의 대지를 향해 달려갈 수 있을 것으로 여겨졌다.

그동안 충남에서 가장 역사가 오래인 학교, 좋은 시설과 우수한 선생님들이 계신 중앙국민학교(당시는 국민학교라 불렀기에 이렇게 써야 실감이 난다) 학생이란 자부심이 다 부질없어지는 것이었다. 나는 그때 사는 집도 중앙동이었고 다니는 학교도 중앙국민학교여서 마치도 세상의 노른자위 노릇을 할 것 같이 우쭐한 적이 많았는데 그런 오만도 다 허물어지는 것이었다.

다행히도 "우리 반 아이들이니 제가 책임지겠다"고 훈육선생님에게 교무실 벌을 말리셨던 담임선생님(심연봉 선생님)께선 다음날 학교에 나온 우리에게 연못가의 일에 대해선 한 마디도 언급을 안 하셨다.

얼마 후 초여름 어느 날, 심 선생님은 둥그런 연잎이 작은 우산들처럼 펼쳐져 있는 연못가로 우리를 모이게 하셨다. 초록 연잎 사이로 분홍 꽃봉오리를 내밀던 연꽃무더기에 정신이 팔려서 선생님 말씀은 거의 잊었지만 기억되는 내용이 있다. "연꽃은 이렇게 흙탕물에서 자라고 뿌리는 진흙 구덩이에 두고 있지만 맑고 아름다움을 잃지 않는다. 환경이 나쁘더라도 고귀한 정신을 잃지 않는 사람, 귀한 깨달음으로 인생을 살기 바란다”는 내용이었다.

그 다음해에 6·25가 터져서 피난을 갔던 우리는 9·28수복 후에야 폭격으로 타버린 시가지에 돌아왔다. 혹시나 하고 찾아간 학교, 불타버린 우리들의 교실은 경계가 없이 시멘트더미가 흩어져 있고, 선배들이 아끼며 기르던 오리와 거위, 동물들 우리는 흔적조차 없었다. 위용을 뽐내던 강당의 단단한 벽돌로 된 벽의 일부만 그을린 채 남아 있고 운동장엔 풀이 수북하게 자라 있었다. 물론 연못도 건물더미와 흙으로 거의 메워지고 물도 말라 있었다.

학년마다 뿔뿔이 흩어져서 중학교, 비누공장을 빌려서 공부를 했다. 매일 운동장 조회에서 나라사랑과 덕목을 강조해주시던 심재갑, 김희식 교장선생님의 말씀도 6·25이후엔 운동장 조회를 못해서 자주 못 들었다. 나는 5학년 겨울 몇 달 동안 외가에 갔었기에 현재 김우식 청와대비서실장의 누님인 김명숙 담임선생님에게서는 석달도 못 배웠다. 6학년 때 담임인 김용진 선생님의 해박한 국사얘기는 지금껏 사는데 주춧돌이 되었고 특히 준비가 있으면 걱정이 없다고 강조하신 ‘유비무환’은 게으른 나를 일깨우고 있다.

4학년 때 중벌을 받고 좌절해서 미지의 세계로 떠나고 싶던 때의 순간적인 바람이 뜻밖에도 일찍 이뤄져 중학교 1학년만을 강경에서 마치고 나는 고향을 떠나왔다.

타향인 객지에서 학업을 마치고 직장에서 일하면서도 나는 초등학교만은 명문을 나왔다는 자부심을 잊지 않았다. 동서남북도 모르던 1학년 때 방향을 일깨워주신 성락원 선생님, 애국지사 같았던 조

일선 2학년 시절 담임, 온건한 신사였던 3학년 때의 김흥규 담임선생님과 위에 든 4, 5, 6학년 시절 선생님들의 올바른 가르침을 문득문득 떠올린다.

격동과 변화의 물결에 시달리면서 세상은 어린 날의 연못처럼 좁고 아늑하지 않다고 깨달은 지 오래, 그러나 일찍이 자연 학습장 같은 연못가에서 생명에 대한 외경을 느끼고 예술적인 감성이 싹터서 수필을 쓰게 됐음을 감사한다. 방송 일에 종사하면서도 흙탕물 같은 세상에서 물들지 않는 연꽃 같은 고결함을 지니려고 노력했다.

얼마나 오랫동안 연못가에서 지녔던 꿈에 마음을 맡기지 못하고 먼지 이는 신작로를 뛰어왔는가. 학교 앞에 커다란 트럭이 지나고 나면 먼지를 뒤집어쓰고도 깔깔거리던 천진한 시절이 눈앞에 펼쳐진다.

(2005.)

세 가지 선물

친지들에게서 받은 선물 몇 가지가 있다. 새로운 촉수가 올라오는 난초 화분, 크리스털 목걸이, 그리고 수선화 브로치이다. 이것들은 내가 축하받을 일이 있어서 선물로 받은 것이 아니다. 화분은 친지가 남편의 영전축하로 받은 것 중에서 보내주었고, 목걸이는 문단 선배에게 잘 어울리신다고 했더니 선뜻 풀어주셨다. 수선화 브로치는 해외여행에서 문우가 사준 것이다.

자신이 누리는 행복을 선뜻 나눠 주는 아름다운 마음으로 사는 이들이 부럽다. 받은 것들에 정성을 다하고 애용하는 것이 그들에게 보답이 될까마는 이들을 소홀하게 대할 수가 없다. 평소 화초 기르는데 소질이 없는 나로서는 난초 잎이 누렇게 될까봐 물도 알맞게 주려고 신경 쓰며 자리도 옮겨주는 등 수선을 떨었다. 시간이 지나면서 혹시라도 꽃이 피어줄까 하고 아침마다 늘어진 이파리들을 일으켜 세우며 꿈을 버리지 않았다. 기르기 쉬운 몇몇 화초사이에 난초 화분이 우뚝 서서 기품을 자랑하자 내 어깨도 으쓱해지는 것 같았다.

크리스털 목걸이는 목에 닿는 감촉이 시원해서 여름에 자주 이용

자신이 누리는 행복을 선뜻 나눠 주는 아름다운 마음으로 사는 이들이 부럽다. 받은 것들에 정성을 다하고 애용하는 것이 그들에게 보답이 될까마는 이들을 소홀하게 대할 수가 없다.

—세 가지 선물 중에서

하고 있다. 부담 없이 걸칠 수 있는 목걸이가 많은데도 크리스탈 목
걸이를 자주 애용하는 걸 보고 선배가 "나이가 들어 갖고 있던 액세
서리를 모두 좋아하는 이들에게 나눠주고 나니 홀가분하기 그지없
어. 죽고 난 다음에 가족들이 달갑지 않게 나눠 가지게 하는 것보다
생전에 어울리는 이들에게 주어서 좋아하는 모습을 보고 싶었어"
할 때, 쇠약해진 모습에 총명하고 매력 있던 지난날의 모습이 오버
랩 되면서 세월의 무상함이 절감되었다. 그리고 아직도 손에 꼭 쥐
려고만 하고 베풀 줄 모르는 자신이 부끄러워지는 것이었다.

밝은 노란색의 브로치는 여느 브로치보다 큰데다가 화사해서 외
출 시 행인들이 돌아보기도 하고, 어떤 이는 축하행사에 참석하러
가는 길이냐고 묻는다. 그렇지만 수선화 꽃 브로치를 사준 친구는
1년 전, 젊은 나이로 갑자기 타계했다. 먼 지방에 사는 문우여서 자
주 만나는 사이는 아니었지만 돌연사로 장례식 이후에 소식을 들어
서 내심으로 그를 추도하는 마음으로 그 꽃을 달고 나가기도 한다.

곁에 있는 야생화들이 피어나고 시듦을 거듭하는 동안 난초는 꽃
필 때가 두 번쯤은 지났는데도 의연한 채 이파리만 건강하다. 화분
을 준 주인에게 꽃을 못 피우고 있는 것이 들통날까 봐 걱정을 하고
있던 어느 날, 건강했던 그가 위암 판정을 받고 시골에서 요양 중이
라는 소식을 들었다. 서글서글하고 따뜻하던 주인공이 왜 몹쓸 병에
걸렸단 말인가, 나는 슬픔과 함께 분노가 치밀었다. 많은 재능을 타
고 났건만 결혼 후 시부모 봉양과 자녀들의 뒷바라지에만 전념하더
니 자녀들을 성가시킨 후에는 작은 집으로 이사하여, 검소한 생활에
헌신과 봉사로 일관했다. 박토나 자양분이 많은 것을 가리지 않고

화사하게 피어나는 야생초와 품위와 가치를 저울질하며 어렵게 꽃을 피워내는 난초, 고결하게 살기란 얼마나 어렵고, 살아 있는 동안에 제몫의 꽃 피우기를 다하는 삶도 드물다는 것을 절감한다.

크리스털 목걸이는 선배가 동 유럽관광길에 폴란드의 아우슈비츠 근처에서 샀다는데 그 선배도 다리가 불편해서 외출이 자유롭지 못하여 안타깝다. 그 목걸이를 걸 때마다 나는 안네프랑크가 나치를 피해 숨어 사는 절박한 상황에서 생명의 아름다움을 노래하고 평화와 행복을 추구했던 것을 생각한다. 그 크리스털처럼 영롱한 영혼, 문학인의 삶은 끝없이 회의하며 시간의 흐름을 잘 포용하며 살아야 하지 않는가.

몇 년 전 뉴질랜드 기행 때 어느 음식점 카운터에 예쁜 수선화가 놓여 있는 것을 경이롭게 보면서도 일행들은 그냥 지나쳤었다. 한참 후에 나온 친구의 손에는 수선화 세 송이가 들려 있었다. 실제 수선화 크기의 조화 브로치 옆에 있는 암퇴치 모금함에 돈을 넣고 가져온 것으로, 자신이 돈을 많이 넣었으니 염려 말라면서 그중 하나를 내게 달아 준 것이다. 생화의 느낌이어서 웬만한 옷에 잘 어울린다.

그 친구는 불과 몇 년 동안 수필계에서 왕성한 의욕으로 아름다운 작품들을 피워내고 잡지도 창간했다. 몇 년 동안 화요일마다 부산에서 서울로 수필강좌에 다녔다는 열정에 놀랐고 처음 낸 기행문집의 출중함에 감탄을 금할 수 없었다. 그 뒤에 나온 수필집도 깔끔한 문장력과 응집력 있는 구도로 선망의 시선을 받았다. 약학과를 나온 이학도가 남편과 사별한 뒤에 진로를 바꿔 탄탄가도를 걷고 있다고 생각했는데 돌연사에 큰 충격을 받았었다.

　고인은 수필 「방생」에서 남편 서재의 책들을 처분하면서 "가진다는 것은 구속이거늘. 내게는 늘 자유로운 삶이 기다리고 있거늘"이라고 썼다. 이제는 저 세상에서 창작의 구속 없이 자유롭게 살고 있을까 궁금해진다.

　난초를 준, 시골에서 투병중인 친지가 투병 끝에 성공해서 내게 준 화분이 마지막 선물이 되지 않기를 바란다. 오랜만에 크리스탈 목걸이를 하고 선배를 방문해야겠다고 나섰는데 넓지 않은 아파트 화단에 노란 수선화가 몇 포기 피어 있다.

(2008.)

서랍이 있는 인생

근년에 몇 차례 중국에 갔었는데 그 때마다 뒷골목 시장에서 은근히 찾은 것이 있다. 그것이 꼭 필요한 것도 아닌데 미련을 가지고 있다. 그것은 주머니가 일곱 개나 달린 탄친쾅(探親裝)이라는 중국조끼다. 오래 전 중국문학전공의 ㅎ교수가 쓴 글에서 읽었는데 그 조끼는 대만에서 오래 산 중국인이 오랜만에 대륙에 사는 고향의 부모를 뵈러갈 때 입고 간다고 한다. 몇 십 년만에 고향에 가니 예물을 챙겨서 각각 다른 주머니에 넣고 간다고 했다. 그것을 구해도 뵈러 갈 부모님이 안 계시지만, 지난 9월 초 살바도르 달리(Salvador Dali 1904~1989)탄생백주년기념 한국전에서 동상 「서랍이 달린 미로의 비너스」를 보고 나오다가 다시 탄친쾅 생각이 났다.

「서랍이 달린 미로의 비너스」는 품위 있는 미로의 비너스 몸체에 서랍을 만들어 놓은 작품이었다. 목 아래 윗가슴 부분에 옆으로 긴 서랍 한 개, 양쪽 유방에 한 개씩, 그리고 무릎과 정강이 부분 등에 달린 서랍이 여섯 개나 되었다. 달리의 작품 중엔 이 작품처럼 기존의 예술작품을 재창조하여 아름다움을 펼친 걸작들이 많다. 이 작품을 오래 전 인쇄된 화집에서 보았을 때는 몸에 서랍이 달린 것이 좀 섬뜩했는데, 실제 작품을 보니 기발한 착상이 그럴 듯하고 친근감까지 들었다.

달리는 다른 초현실주의 화가들과 다르게 프로이트의 꿈과 무의식이론을 도입해서 존재나 사물이 다른 이미지로 보일 이중영상기법, 즉 '편집증적 비판방법'을 구사함으로써 차별화된 출발을 했다. 이 작품은 "인간의 몸에는 정신분석학으로만 풀이될 수 있는 비밀이 서랍에 가득 채워진 것을 발견했다"는 프로이트의 이론을 표현한 것이다.

'육체의 아름다움은 일시적이며 서랍은 우리가 우리의 잠재의식으로부터 떠오르는 이미지를 저장할 수 있는 조심스러운 공간이 될 것'이라는 해석도 있으나 이 작품은 조용히 침묵을 지키고 있어 얼핏보면 단지 푸른 유리 점토에 불과할 뿐이었다.

비너스에게 달린 서랍을 보며 예술적인 의미의 서랍과는 다르게 사람들에게 저만의 아이디어나 생각을 은밀하게 간직할 수 있는 서랍이 있으면 좋으리라는 생각이 들었다. 나는 비너스상 옆을 떠나며 뇌가 하는 역할, 지식과 기억 등을 저장하는 것과는 다른 특별한 용도의 서랍을 꿈꿔 보았다. 뇌의 용적은 한계가 있을 것이기 때문에 부정적인 생각과 나쁜 생각들로만 이미 대부분 채워져 있을 것이다. 나이 든 처지에서 참신한 영감과 깨달음, 창의력을 돕게 하는 이를테면 촉매제 같은 것들만을 별도의 서랍에 채워 넣을 수 있다면 얼마나 좋을까. 어둠뿐인 서랍 속에 작품의 실마리들을 담아놓았는데 그 속에서 온상에서처럼 싹이 트고 연한 줄기가 피어오른다면 얼마나 경이로울 것인가. 그리고 작은 서랍에는 아름다운 추억을 만들어서 넣었다가 꺼내보고 즐길 수 있으면 좋겠다는 생각도 들었다. 의지와는 관계없이 아무 때나 불쑥불쑥 떠오르는 나쁜 기억들일랑 태풍이 흔들어대도 열리지 않는 서랍에 감춰두고도 싶다.

실제로 달리는 "육체의 아름다움은 일시적이며 서랍은 우리가 우리의 잠재의식으로부터 떠오르는 이미지를 저장할 수 있는 조심스러운 공간이 될 것"이라고 했고 "조각가로서의 나의 첫 경험은 나에게 은밀한 달콤한 에로틱한 즐거움을 가져다주었다"고도 했다. 그래서 서랍을 여성의 숨겨진 관능으로도 보는 시각들도 많다. 그러나 서랍 속은 온갖 상상의 세계를 상징하는 것인지도 모르고 저마다 다르게 해석해볼 수도 있을 것이다. 결국 그것은 해석이나 상상하는 사람들의 것으로 삼도록 확실한 의미를 두지 않은 것인지도 모른다. 어쩌면 작자인 달리만이 재미있어 하고 즐긴 세계일 것이다.

밀레(Jean Francois Millet 1814~1875)의 그림이 보는 사람에게 인정과 사랑을 느끼게 하고 샤갈의 그림 또한 보는 이에게 날개로 날아가는 꿈을 준다면, 달리는 서랍이라는 환상의 공간을 주고 있다고 생각하며 특수조명의 전시장을 나왔다. 환상의 공간인 전시장을 떠나 소음이 있는 현실 속으로 나오며 문득 현실에서 사람이 지닌 서랍은 호주머니일 수 있다는데 생각이 미쳤다. 사람은 움직이는 동물이니 호주머니는 걸어다니는 서랍이다.

그런데 사람들은 갈수록 호주머니를 선호하며 점점 커지는 호주머니를 채우기에 급급해한다. 호주머니를 줄이는 것이 현명할 일인데도 나도 그런 사람 중의 하나가 아닌가.

호주머니나 자신만의 서랍을 일주일에 한번이라도 정리하면서 살 수 있으면 좋겠다. 어느 시인은 일주일에 한 번씩 책상서랍을 정리하면서 자신을 지켰다고 한다. 언제 어떻게 될는지 몰라 어질러진 책상서랍을 정리하듯이, 통달과 무욕의 삶을 위해 스스로 삼가며 절도 있게 살았다고 한다.

아직도 많은 서랍이 달린, 호주머니가 무거운 것이 부럽고 호주머니를 채우기에 급급한 처지이다. 남에게 줄 선물을 따로따로 잘 간직할 수 있는 주머니가 일곱인 탄친쟝, 그것이 마련되면 주위 사람들을 너그럽게 이해하고 긴요한 선물들을 준비해서 나눠줄 여유도 가지게 되면 좋겠다.

서랍이 있는 인생은 품성도 넉넉하고 창의력과 재능이 있는 사람이 아닐까.

(2004.)

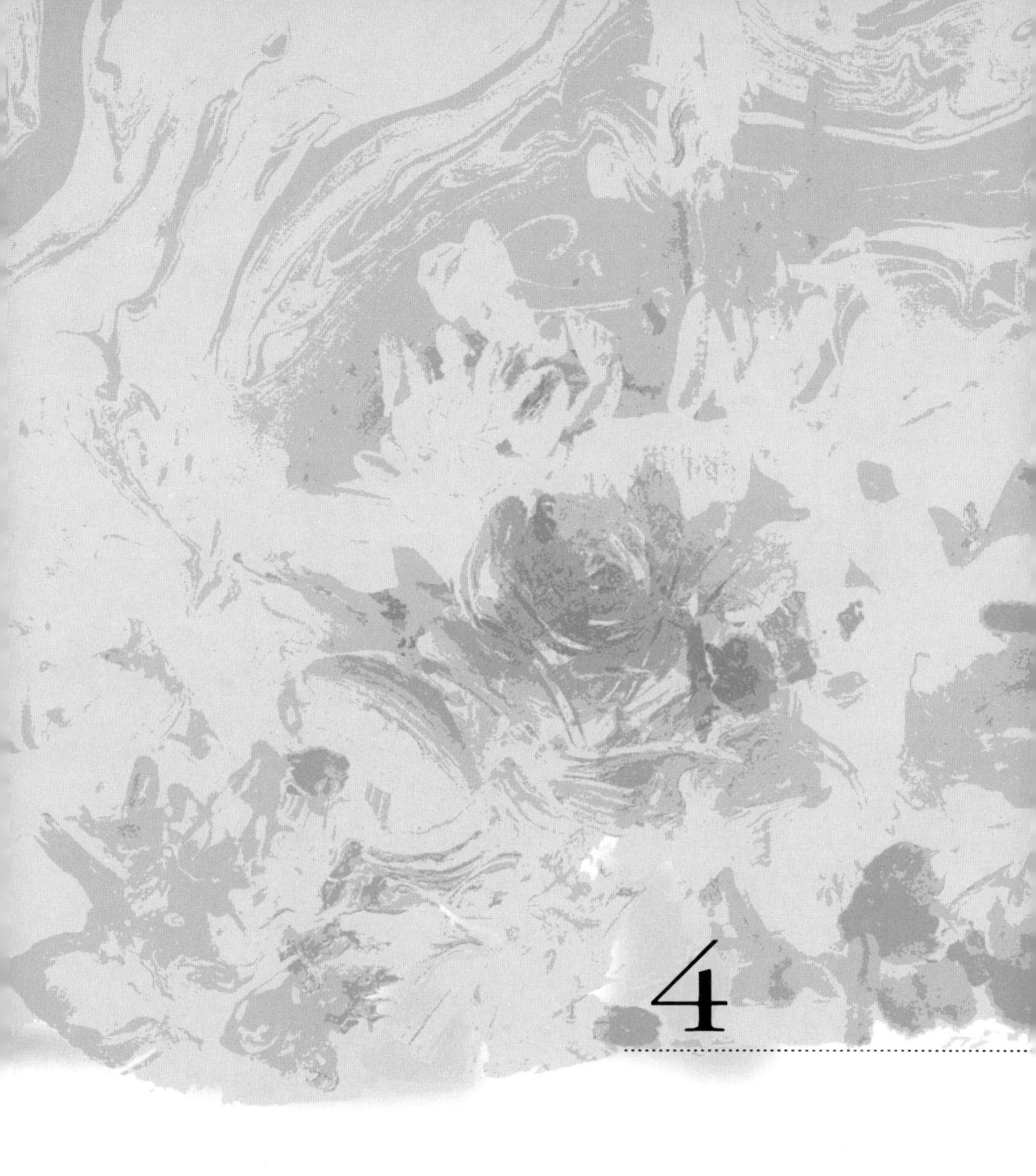

4

페이스메이커

"랑삼!"

건널목에서 일행을 놓칠까봐 어깨를 부딪치며 앞서려는 내게 독일여성이 나직하게 들려줬다. 악보에서 '천천히'의 기호인 '랑삼'을 보아온 터라 부끄러워서 멈칫했다.

지난 9월 30일 제 34회 베를린마라톤 대회의 골인 지점인 브란덴부르크 문 근처를 지났었다. 대회는 오전에 시작했기 때문에 우리 일행이 그 지점을 지나던 오후에는 이미 입상자들이 가려졌을 텐데 42.195km를 완주하는 것에 의의를 두려는 이들이 삼삼오오 떼를 지어 천천히 달려오고 있었다. 주자들이 뜸할 때 교통순경이 행인들을 잠깐씩 길을 건너가게 해주고 있었다.

바람이 불고 잠깐 비가 내린 산산한 날씨여서 이미 골인을 했던 이들도 공식적으로 받은 노란 우비로 몸을 가리고 응원 나온 가족, 친지들과 함께 브란덴부르크 문 언저리를 배회하고 있어서 공중에서 내려다보면 그 일대가 노란 꽃밭 같았을 것이다.

입상자들이야말로 신기록을 수립하기 위해 엄청난 지구력이 필요했을 것이고, 참가에만 의의를 둔 늦게 들어오는 이들도 자신들 나름대로 스피드를 조절하며 달렸을 것이다.

인생을 마라톤에 비유하는 사람도 있지만 수필인구가 많아진 현실에서 마라톤과 유사점을 생각하게 된다. 등단한 작가는 마라톤의 대열에 들어선 선수와 같다. 출발지점에서부터 탁월한 필력으로 열심히 달려서 걸작으로 문학사를 빛낼 이와, 좋은 작품 쓰기에 전념하지 못해서 중간에 포기하는 이도 있다. 예술은 마라톤 기록처럼 정확한 순위가 가려지는 것은 아니지만 좋은 작품을 많이 쓰는 이와 출발은 했지만 중도에 포기하는 것처럼 데뷔 몇 년 후에 작품을 거의 안 쓰는 이들도 있다.

수필가들에게도 페이스메이커가 있으면 좋겠다. 페이스메이커는 선두그룹의 속도를 더 빨리 가게 하기 위해 빠른 속도로 25~35km지점까지 선두그룹의 레이스를 끌어주는 역할을 한다. 완주보다 기록 향상을 위해 일정지점까지 기준이 되는 속도로 달린다. 올해의 베를린 마라톤대회에서 하일리게가 2시간4분26초라는 신기록을 세운 것도 그를 30km까지 끌어준 페이스메이커가 있어서 가능했다. 지난 10월에 있었던 춘천마라톤 대회에서도 노란 풍선을 매달고 달리는 페이스메이커들이 중요한 역할을 했다. 지치고 다리에 힘이 빠져가던 선수가 저만치 목표시간이 적힌 풍선을 매달고 가는 페이스메이커를 보고 힘을 내서 뛰기도 했으리라.

페이스메이커는 선수의 속도를 빨리 가게 하는 역할만 하는 게 아니다. 구간 별로 페이스를 맞춰주는 역할을 한다. 그들도 선수 못지않은 훈련을 해서 실력을 갖춰야 한다. 페이스메이커는 3시간대의 기록을 갖고 있고 대회 3개월 전부터 몸만들기와 함께 목표보다 30분~1시간 단축시키려는 훈련을 한다. 수필가들도 충분한 습작기간을 가진 뒤 속도조절과 차분한 마음가짐으로 쓴 것을 다듬고 발표해야 한다.

페이스메이커는 마라톤 경기에서 주최측이 바라는 최고 기록을 짐작하고 각 구간별로 그 기록을 낼 수 있는 속도를 정해서 맞춰주는 역할을 한다. 그리고 주로(走路)에서 환자를 발견하면 의료진이 도착하기 전에 응급조치를 해야 한다. 쥐가 난 사람의 다리를 주물러 함께 완주하게 하는 역할도 페이스메이커 몫이다.

수필계에도 페이스메이커가 필요하다. 1971년에 수필의 중흥을 목표로 결속되었던 수필가협회를 비롯, 수필인들의 모임이 많아졌다. 30년이 훨씬 넘었지만 다른 장르에 비해 질적인 향상이 되었는가에 선뜻 긍정적인 답이 나올 수 없는 현실이다. 현대인들의 삶은 다양해지고 복잡해져서 빠른 행동, 많은 노역을 강요당하고 있다. 그러나 문단에 들어선 이상 좋은 작품 쓰기에 전념해야 한다.

수필을 쓰고 있는 사람들은 자신이 어느 수준, 어느 지점까지 와 있고 어느 만큼 진전하고 있는지 가늠해 볼 필요가 있다.

회원들의 화합과 총화로 지령을 높여가고 있는 <한국수필>도 선두주자로서의 긍지를 가질 수 있는 발전이 필요하고 회원 선후배간의 격려와 배려, 이끌어줌이 필요하다.

독일 여성이 말한 '랑삼'은 충분히 준비가 된 사람들에게 들려줄 수 있는 말이다. 제대로의 위상을 인정받지 못하는 수필계에 아직은 '랑삼'은 설득력이 없을 것이다. 충실한 삶의 내용으로 삶의 질을 높

이면서, 빠른 사람은 더욱 기록을 높이게 하고 뒤떨어진 사람들에게
도 격려로 속도가 붙게 할 페이스메이커.
 능력과 여유로 '랑삼'이 친근하게 다가올 날을 기대하고 싶다.

(2007.)

연을 띄우자

정초에는 연을 띄웠다.

코끝이 알싸한 추위가 오면 뒷동산에서 연을 날렸지만, 이제는 연하장에서나 태극색깔이 선명한 연 그림만을 보아온 지 오래이다. 얼레에 감긴 유리가루와 아교풀을 바른 연줄을 자유자재로 풀고 감으며 멋지게 연을 날리던 친구의 오빠가 얼마나 부러웠는지 모른다. 바람을 타고 성큼 올라가버린 연의 줄을 퇴기면 어느새 연 머리는 땅에 꽂힐 듯 떨어져 내려 가슴을 졸였지만, 땅에 닿기 전 재빨리 연줄을 풀어주어 올라가게 하는 묘기에 감탄을 거듭했다.

나이든 지금 생각해 보면 연 띄우기는 지혜의 소산이다. 몸이 움츠러들고 답답할 때 연을 띄우며 겨울추위를 잊고, 새해 소망을 드높이 떠올려 이뤄지기를 열망했으리라.

바람이 부는 방향을 가늠하여 바람을 등지고 서서 연이 바람을 안고 오르게 해야 한다. 처음엔 애써 퇴겨서 연을 올리려 해도 떨어지기 일쑤이다. 오랜 실패 끝에 익숙해지면 잘 떠올라 중천에 이르게 된다. 그리고 중천에서 의젓하게 떠 있는 연을 볼 수 있으리라.

머리 위 중천에 떠 있다가 어느새 멀리 밀려갔다 싶으면 얼레실도 저절로 풀려 나갔다. 하늘 높이 건너 마을을 내려다보고 멀리 보이는 산의 높이가 되면 연은 태연자약해진다.

글을 쓰는 사람들도 그런 경지를 체험할 수 있을 것이다. 오랜 습작 기간을 거쳐 등단을 했을 때 높이 올라간 연처럼 너울거렸을 것이다. 중견, 중진에 이르면 여유롭게 의연했다가도 시간이 지나면 높이 올랐을 때의 기쁨은 잊어버리고 언젠가 추락할지도 몰라 전전긍긍하는 작가도 있으리라.

소설 『25시』의 작가 C.V. 게오르규는 「한국찬가」에서 연싸움과 승리자에 대해 박수를 보내는 우리 풍습, 일제 강점기에 연 만들기와 연싸움을 금지했던 사실을 언급했다. 그러면서 "연을 가지고 놀 때 한국인은 의젓하였다. 그들은 하늘을 쳐다보았다. 하늘을 쳐다보는 자는 노예의 조건을 거부한다."고 했다.

국가적으로는, 건국 60년의 과거사를 부정적인 관점에서만 보는 시각을 수정하여 포용하고, 개인적으로는 자아상실에서 오는 정체나 퇴행을 두려워하지 말고 자아를 높여야 한다. 바람을 이용하여 올라가는 연처럼 추진력을 높여서 좌절에서 벗어나자. 좁은 땅 위에서 어깨를 부딪치고 아옹다옹하며 길이 없다는 절망감에서 벗어나 높은 곳에서 멀리 보는 시야를 마련해야 한다.

혼돈스러운 세상에서 연을 띄울 수 있는 마음의 여유가 그리워지게 마련이다. 새해의 도약과 비상을 꿈꾸며 연을 띄우자.

(2008.)

가만히 우러러보며

강소천 작사, 나운영 작곡의 「삼일절 노래」를 들으며 '가만히'의 의미를 되새겨본다. 가만히 우러러 보며는 성실하게 묵묵히 바라본다는 뜻과 정신을 차리고 바라본다는 뜻도 있을 것이다. 그리고 더 오래 가만히 우러러보면 짙은 서정으로 하늘과 교감하게 되리라.

3월 하늘을 가만히 우러러보면 겨울동안 명상에만 잠겨 있던 잿빛하늘이 은밀하게 변화하고 있었음을 알 수 있다. 가만히는 하늘을 우러러봄과 동시에 하늘에 귀를 기울인다는 뜻이기도 하다. 푸르러진 하늘에 동토(凍土)가 풀리는 땅의 소리가 들어있다. 생명의 내류를 관통한 수액이 힘 있게 새싹을 밀어내고, 환희로 피어나게 할 따뜻한 구름도 녹아 있는 3월 하늘.

가만히 우러러보는 하늘 속에서는, 존재하지 않던 생명의 소리가 태어나 감동을 안겨주고 미래의 희망을 기약할 날개를 펼칠 것 같

다. 우리 오랜 역사 속에서 시공을 초월하여 불후의 명작으로 사랑
받는 문학작품, 인간본연의 진실 속에 넘쳐나는 생명력이 있는 수필
의 소리도 들려야 하지 않을까. 지금부터 100년 전 최남선(崔南善
1890~1957)은 <소년>지를 창간하고 이 땅에서 최초의 신체시「해에
게서 소년에게」를 발표하여 한국근대문학의 문을 열었다. 그는 1920
년에 수필체 문장을 처음 시도,「심춘순례」(尋春巡禮)를 발표하기도
했다.

'가만히'는 성찰의 의미로도 이어진다. 건국 60년을 맞아 정치적
인 반성도 있어야겠지만 이 땅에서 내 나라 우리말을 되찾은 처지
에서 문학은 어떤 것을 이뤘고 인간 구원이라는 사명, 인권옹호와
구제의 사명을 외면하지는 않았는지 돌아보아야 하리라. 세대 간의
의식의 차이, 지역 간의 갈등을 해소시키고 화합하는 문화 환경을
이루는데 도움을 주었는가. 수필은 그 시대 사실의 기록으로 진통하
고 고뇌하며 생명의 존중과 자연을 존중하고 찬미하며, 정의를 부르
짖고 불의와 부정을 고발함으로써 이웃의 아픔을 치유하고 자유를
쟁취해 왔는가.

현실로 펼쳐진 일들을 다루고 이상과 지향점을 추구할 수 있는
것이 수필이다. 자기정체성을 찾고 아름다움을 발견하고 구제하는
문학일 수 있는 수필.

가만히 하늘을 우러러본다는 것은 신들의 지혜를 배우려는 것이
아닌가.

하늘을 올려다본다는 것은 과거와 현재, 그리고 미래의 삶을 내
다볼 수 있는 통찰력과 예지, 그것을 얻어 내려함일 것이다.

3월 하늘을 우러러보며 가슴에 불어 닥친 심상(心想)을 그려본다. 주어진 자기 현실에서 도피하지 말고 참말로 사람답게 살려고 애쓰는 태도가 수필쓰기로 이어져야 한다. 진실을 토대로 아름다운 현실 속의 꽃을 피워내는 수필.

가만히 우러러보며 아픔의 흔적을 되새기기보다 유관순 같은 열정과 용기로 일어서서 자유를 찾아야 하리라. 자유를 빼앗기고 혼란스럽던 시간 속에서 독립을 얻었던 때의 눈물겨운 희열, 절망과 어둠속에서 헤쳐 나와 무엇을 이루었던가.

유관순의 마지막 기도가 소중히 여겨지는 3월이다.

…원수 왜(倭)를 물리쳐주시고 이 땅에 자유와 독립을 주소서, 내일 거사 할 각 대표들에게 더욱 용기와 힘을 주시고 이로 말미암아 이 민족의 행복한 땅이 되게 하소서.

주여 같이 하시고 이 소녀에게 용기와 힘을 주소서. 대한민국 만세!

(2008.)

문화재의 위력

벚꽃이 흩날리는 모교 교정에서 백발의 노스승을 뵙고 금석지감을 나누던 중, 신입생 면접 때 있었던 일을 들려주셨다. 남대문현판에 무엇이 쓰여 있느냐는 물음에 대부분의 대답이 "남대문이라고 커다랗게 쓰여 있습니다."였다고 하셨다. 국보 1호가 남대문인 줄은 알아도 그 문의 원래 이름이 숭례문인 줄을 모르는 사람들이 지난 2월의 화재로 조금은 줄었을 것이다.

600년 세월을 우리와 함께 한 숭례문이니 옛사람이나 현대인에게 얽힌 추억들이 있을 것이다. 시골에서 상경하여 처음 본 숭례문이 생각보다 작은 규모에 다소 실망했지만, 석축(石築)과 홍예문(虹霓門), 누각과 지붕의 조화로 우아해 보였다. 세월이 흐르면서 친근감을 가졌던 사람이 비단 나뿐일까. 화재 직후 줄을 이은 애도의 물결에 그래도 문화재에 관심을 가진 사람이 많구나 하는 위안을 받았다.

우리나라에는 서울의 궁궐을 비롯한 건축물 등과 각 지역의 역사 유적, 박물관의 민예품과 국보적 예술품 무형문화재까지 문화자산

이 다양하다. 지난 4월 문화재청에서는 경남 고성 학동마을 등 고향
의 옛 정취가 담긴 '추억의 돌담길' 몇 군데와 간이역을 문화재로 등
록, 예고했다.

문화재는 그 나라의 학문이나 예술, 종교, 경제 등 문화의 발전과
정에서 산출된 역사의 총체적인 징표이고 당대 국민들의 애환과 정
서가 깊게 녹아 있다. 조상들의 땀과 지혜, 노력과 정성이 들어있기
에 아끼고 잘 보전하여 후세에게 길이길이 전해야 한다. 현재는 아
무리 과학문명의 첨단, 선진국일지라도 과거로 거슬러 올라가 문화
재를 창조할 수는 없기에 그 의미와 가치는 높다할 것이다.

뮌헨, 스톡홀름, 오슬로, 코펜하겐 등의 박물관에서는 문화예술품
전시장으로서의 박물관의 기능보다도 연구기관으로서 부속 시설을
갖추고, 교수들이 출장 강의도 하고, 분야별 전문가들이 그 가치와
정보를 알려준다. 또한 학생들의 과외학습 활동 장소로 선정하여 문
화재들을 상세하게 익힌다고 한다.

보호면에서도 문화재 애호국인 일본의 경우, 교토(京都) 리츠메이
칸(入命館)대학에는 역사도시 방재연구센터가 있고, 절에는 많은 화
재경보기 버튼, 전화기, 소화기 등등을 갖춤은 물론 자율소방대까지
두고 문화재를 지킨다. 우리나라에서도 숭례문방화사건을 계기로
중요문화재에 24시간 상주인력을 배치하고 자동경보시스템을 확충
하기로 하는 등 대책을 강화하고 있어 다행이다.

문학인은 우선 문화재의 높은 예술성을 알고 그것을 소재로 한
작품으로 일차적인 알리기와 계몽의 역할을 해야 할 것이다. 나아가
서는 계몽차원을 넘어 예술창작의 차원으로 높여 제3의 예술 작품

을 이룰 수 있어야 한다. 좋은 예로 조지훈 선생의 석굴암 등을 소재로 한 수필 「돌의 미학」, 현진건의 「불국사기행」, 김상옥의 「백자송(白瓷頌)」 등과 소설 『무영탑』을 들 수 있다. 일본 미시마 유키오의 소설 『금각사』는 세계적으로 평가 받는 작품이다.

문화재에 대한 가치를 알림은 물론 수준 있는 문학작품을 창조하여 문학과 문화의 발전과 향상에 기여해야 할 책임을 통감한다. 우리 수필도 소재의 범위를 넓혀 문화재에 애정을 갖고 마음으로 소통하여 성공적인 수필을 창조할 때, 문화재 수필의 위상도 얻고 역사 바로 알기의 구실도 할 수 있을 것이다.

고교졸업생이 남대문의 본 이름 숭례문을 모르는 것을 역사교육에 책임을 전가할 일이 아니다. 교과서보다 친근한 수필로 생활에서 읽히고 터득할 수 있도록 해야 할 것이다.

남대문의 화재로 문화재에 대한 국민의 관심이 높아지는 추세에 해외 심포지엄을 오사카(大板)에서 열고 문화재 애호국인 일본의 실태를 알아보고자 한다. 오사카, 교토, 나라 등 박물관도 들러보아 그들의 보전 실태를 엿보고, 역사 기행과 수필을 많이 쓴 시바료타로 문학동호회원들과 문학과 문화재의 긴밀한 관계를 함께 다져보고자 한다.

(2008)

미술품 혼수

일찍이 달항아리의 매력에 빠진 친구가 있다. 그 친구는 남들이 딸의 혼수로 로얄 앨버트, 웨지우드나 일본의 노리다께 도자기를 사 보낼 때 별로 매끄럽지도 않고 둥그러니 수수한 '달항아리'를 사서 보냈다. 빛깔도 아주 하얗지 않고 따뜻한 유백색으로 내가 본 달항아리 중에 제일 호감이 가는 것이었다. 신식 딸에게 현란하고 날렵한 현대식 도자기를 젖히고 자기 취향대로 골동품을 사 보내는가 의아했다. 그런데 고미술품에 관심이 많은 친구의 딸인지라 어려서부터 우리 문화재나 미술품에 대한 상식도 풍부하고 애호가여서 달항아리 혼수품을 자랑삼아 갖고 갔다.

고려청자는 이미 세계적으로 알려져 있지만, 달항아리는 다른 나라에서 볼 수 없는 우리 고유의 아름다움이 있음에도 그 진가를 아는 이가 많지 않다. 20년 전 대영박물관을 관람했을 때 런던 특유의 음울한 날씨에 첫 번째 관람한 방이 하필이면 미이라 여러 구가 누워 있는 이집트실(室)이었다. 칙칙하고 손가락만 살짝 대도 부수어져 내릴 것 같아서 몸이 오싹해졌고 한국실을 찾았을 때의 초라했던 기분도 잊을 수 없다. 일본실은 넓고 화려한데 비해 한국실은 좁은 공간에 병풍과 그림 몇 점만이 단출하게 놓여 있어서 위축되는 기분이었다.

문화재 보전과 관리의 중요성은 외국에 가면 더욱 절감하게 된다. 그런데 몇 년 후 대영박물관에 다녀온 사람에게서 달항아리를 거기서 보고 우리 핏줄의 고된 숨결이 배어 있고 느긋함이 감도는 모양새와 그윽한 빛깔에서 눈을 뗄 수가 없었다는 이야기를 들었다. 나는 대영박물관에서 달항아리를 못 보아 의아했는데, 지난 9월에 우리나라를 방문한 한국고미술전문가 제인 포털 씨의 인터뷰 기사를 보고 의문이 풀렸다. 그녀가 대영박물관 한국관 큐레이터 재직 당시인 1997년 경매에 나온 달항아리를 대영박물관이 낙찰 받아 한국실에 전시하게 했고, 자신이 고미술업계에 종사하면서 대영박물관에 달항아리를 구입해놓은 것을 최고 업적으로 삼고 있었다.

"달항아리는 형태가 비스듬히 기울어져 불완전한 것 같으면서도 아름답기 그지없다. 희고 검박하고, 자연스럽고, 깨끗하고, 그러면서도 쓸모 있고…"라며 달항아리 찬양을 하였다. 어느 양반의 기호에 맞는 예술품을 만들려는 긴장감이 없이 소박한 마음으로, 공허한 마음과 배고픔을 채워보려고 도공은 둥글게 물레를 돌렸던 것일까. 아니면 보다 나은 삶으로 채우려는 도공의 속마음을 닮았을까.

친구는 목이 날렵하고 파르스름한 청자도 좋은 것을 갖고 있었으나 딸에게는 달항아리를 보냈다. 청자는 차가워 마음의 훈기가 느껴지지 않고 왠지 슬픈 정서가 담겨 있는 듯이 느껴진다고 했다. 매끈하지도 않고 약간 모자라는 듯하나 중량감 있어서 듬직하고 소탈한 달항아리. 느긋하고 밋밋한 삶을 거부하고 선명하고 예리한 딸에게 친구는 무던함과 아량을 기대하고 있었다. 보름달처럼 꽉 채워지지 않아도 여유롭게 느끼고, 세상살이에 원만하기를 바라는 어머니의 마음을 담아 보낸 것을 딸은 알았을까. 은덕이나 덕망을 갖추고 모든 것이 순조롭게 이뤄져 사랑이 제대로 돌아가기를 희망했다. 기다림과 희망, 위안과 함께 평화로움이 느껴지는 달 항아리. 빈틈없이 가꾼 것보다 자연스럽고 깊은 맛을 내려는 도공의 소박한 손길이 느껴져서 나날의 생활이 순조롭기를 바라는 마음도 있었으리라.

저항을 하면서도 따라야 할 삶이 있고 순리인 줄 알아도 거역할 수밖에 없는 우리 삶 속에서 허물어지고 부숴지는 나를 지탱하자는 몸부림, 휘몰아치는 바람에도 단단히 땅에 뿌리 내리려는 의지와 깊은 곳에서 솟구치는 아픔이 만나서 공간을 이룬 달항아리. 창조주가 다스리는 질서 안에서 예상 못할 일이 많음을 모르는 평범한 이들에게 달항아리는 포용력을 가르쳐줄 것이다.

대영박물관 한국실을 관람하는 이들도 이런 의미를 느낄 수 있으면 좋겠다. 국내에서 문화재 보전이 제대로 안 되고 있는 실정에서 해외박물관에도 우리의 역사와 문화가 서려 있는 국보급의 예술품이 많이 전시되었으면 하는 생각은 그때나 지금이나 마찬가지다.

냇물이 바람결을 따라 흘러 흘러 바다에 이르면 그곳에서도 생명이 꿈틀대는 것을 보게 된다. 문화재나 예술품은 조금 부수어져도 복원하고 보전될 수 있는 것처럼.

사람들의 슬프고 손상된 아픔들은 어디서 복원할 수 있을까. 마음속에 일찍이 달항아리 하나 품고 살 일이다. (2008.)

수필의 가치가 살아나는 기회로

　이틀 동안 굶은 청년들이 식칼을 들고 빵가게를 습격하려고 가게 안에 들어갔다. 칼을 감춘 채 가게 주인에게

　"너무 너무 배가 고파요. 그런데 돈이 한 푼도 없답니다."고 말한다. 주인은 귀찮은 듯이 이것저것 말한 끝에 바그너의 음악을 좋아해 준다면 빵을 먹게 해주겠다고 해서 그들은 음악과 해설을 들으며 배부르도록 빵을 먹는다.

　무라카미 하루키의 단편「빵가게 습격」의 내용이다. 책을 안 읽는 젊은이들에게 수필집을 내어주며, 읽고 나면 빵을 주겠다는 빵가게 주인이나 서점주인은 우리 주변에 없다. 살아가는데 자양분이 될 수필집을 구하기 위해 서점을 털려 하고, 그 주인이 수필집 몇 권을 내어놓고 그것을 읽고 나면 많은 책을 주겠다로 바꿀 수 있으면 얼마나 좋을까.

　한때 때깔 좋은 과일, 식품 등으로 채운 대형 식품매장에 월간지와 대중적인 기호에 맞는 책을 구비해놓고 파는 데가 있었다. 구매할 물건 양을 줄이고 씀씀이를 아껴서 가계부의 형편에 맞게 책을

사게 하려는 배려였으리라. 가족들을 위한 식품을 고르면서 바쁜 남편이 읽을 만한 책과 가정관리에 전념하며 자신의 소박한 꿈을 잊지 않으려는 여성이 책방에 일부러 가지 않고도 책을 살 수 있었으리라.

유례가 없던 경제위기로 주머니가 가볍고 손이 허전하여 불안한 세밑이다. 정치를 불신하고 불안한 사회보다도 희망을 잃고 있는 마음의 위기가 염려된다. 종교인은 신앙으로 위로를 찾고, 예술 애호가들은 비용이 덜 드는 방법으로 즐기며 꿈과 희망을 잃지 않으려고 애를 쓴다.

독일의 J. G 피히테가 패배주의에 빠져 있는 독일인들에게 위안과 용기를 주기 위해 나폴레옹의 탄압을 피해 다니며 강연한 『독일인에게 고함』이 생각나고, 이웃나라와의 전쟁에서 패배하여 국민들의 의기가 소침해져 있을 때 국민들의 기분을 일신시키려고 작곡된 「아름답고 푸른 도나우」가 있다. 그 당시처럼 국민들의 정서가 단순하지 않기에 그런 책이나 음악으로 큰 효과를 기대하기는 어려울 것이다.

그렇긴 해도 문인의 처지에서는 좋은 책으로 희망을 찾으라고 해야 하지 않을까. 일생의 행복을 위해 책 읽는 시간을 많이 투자하는가, 여러 권의 책 중 어떤 선택을 하느냐에 따라 진로가 결정되고 운명이 뒤바뀔 수 있다, 책 읽는 사람들의 삶의 내용은 판이하게 다르다는 극히 원론적인 이야기가 요즈음 같은 위기에 절실하게 다가올 수도 있으리라.

한 해를 마감하는 섣달, 신년 초에 계획했던 일들을 정리하며 실천하지 못해 결실이 없는 것에 대한 후회로 괴로워하기보다 겸허한 반성이 뒤따라야 할 것이다. 이를테면 한 달에 4권의 책을 읽기로 작정하고도 목표만큼 못 읽은 사람들, 읽었다 해도 흥미위주의 책들만 읽지는 않았는지.

최근 어느 대학 도서관에서 조사한 대출순위를 보니 대출횟수 10위권 중 8권이 일반소설이나 판타지소설이다. 어느 교수가 이 현상에 대하여 "대학교육의 필수인 학문적 소양과 통찰력을 기르기 위해서는 교양서적 등 다양한 독서가 아쉽다"고 했다. 다양한 독서가 대학생에게만 해당되는 것은 아닐 것이다.

수필이 문학 분야에서 주도적인 위치에 있는 중국과 달리 우리나라에선 수필이 시와 소설보다 제대로 문학 대접을 못 받는 경우가 많다. 항의하고 분개하기보다는 현실을 돌아보고 반성할 기회로 삼아야 할 것이다. 역사가 짧아서 다른 분야보다 좋은 작품집이 적은 것도 폄훼 받는 원인의 하나일 텐데, 수필인구가 늘고 있으니 아직 희망을 가질 수 있으리라.

풍요로운 삶을 영위하려고, 유한한 인생과 불안한 현실세계를 극복하기 위해 압축된 삶의 진한 영혼이 담긴 수필이 절실히 요구된다. 신선한 감동만큼 설득력이 높은 것은 없을 것이다. 치열한 작가정신으로, 체험에서 얻은 의미와 해석으로 진실의 힘이 실린 귀중한 감동을 전해야 할 것이다.

경제의 위기로 시련 받고 역경에 처해 있을 때, 수필의 가치를 인식시킬 수 있는 작품들이 많이 등장하여 문학이 살아나는 기회가 될 수 있으면 좋겠다.
(2008.)

처음으로 돌아가서

감명 받은 작품의 현장을 찾았다가 실망하는 경우가 있다. 미시마 유끼오의 『금각사』를 읽고 일본에 달려갔던 친구가 그랬다. 소설 내용은 허구이겠지만 금각사는 실존하는 사찰이어서 그 빛나는 묘사에 환상을 가졌었는데 상상에 못 미쳐서 배신당한 기분이라고 했다. 나는 별것 아닌 것을 아름답게 창조해내는 것이 문학의 힘이 아니겠느냐고 하며 이탈리아 영화 『일 포스티노』를 떠올렸다.

『일 포스티노』(1996년 작품)는 노벨상 수상시인 칠레의 파블로 네루다와 시인 지망생 집배원의 얘기이다. 마이클 래드퍼드 감독이 안토니오 스카메르타(칠레의 작가)의 소설 『불타는 인내심』을 기둥 줄거리로 자신의 상상력을 더해서 만든 영화이다.

공산주의 활동을 하다가 칠레에서 추방된 네루다가 카프리 섬으로 망명한다. 마리오 청년은 그의 많은 여성 팬들을 보고 월급도 없는 그의 전용 집배원이 된다. 마리오는 순진하고 단순해서 네루다가 멋진 연애시를 많이 쓰고 여성 팬이 많음에 자신도 그런 시를 쓰고 싶어 네루다에게 시에 관해 많은 질문을 한다. 네루다는 "해변을 따라 천천히 걸으면서 주위를 감상해보게.” “사람은 의지가 있으면 주위를 바꿀 수 있어.” 등의 말로 도움을 준다. 마리오는 말과 은유의 힘을 알게 되고 베아트리체에게 반해서 네루다에게 그녀에게 줄 시를 써달라고 하나 거절당한다. 그러나 시가 자신의 마음을 표현하는 방법임을 알게 된 마리오는 네루다의 시와 다눈치오의 시를 적어주어 그녀의 마음을 사로잡는다.

이들이 거니는 영화 속의 카프리 섬은 새파란 바다와 하얀 파도, 사랑을 노래할 만한 아름다운 풍광이다.

마침내 네루다는 마리오와 베아트리체 결혼의 증인이 되어 태어날 그들의 아기에게 자기 이름인 파블리토라고 붙일 것을 알지만, 칠레로 돌아간 후 마리오의 존재를 잊어버린다. “이탈리아에서 가장 잊지 못할 것이 무엇이냐”는 질문에 ‘바위틈에 자라던 작은 꽃들과 해변을 걷던 일’이라는 신문기사와, 네루다의 물건을 보내달라는 내용뿐인 비서가 보낸 편지에 마리오는 실망한다. 베아트리체가 “떠난 지 1년인데 인사말 한마디 없어 섭섭하다”며 태어날 아들에게 파블리토라는 이름을 붙이지 않겠다고 한다. 그러나 마리오는 시인이 될 소질도 없는 자신에게 잘해주었고 그분이 귀찮아 할만큼 도움을 구했다면서, 일개 집배원을 어떻게 기억하겠느냐고 말한다.

다다를 수 없는 수평선 같은 네루다의 입장을 이해하는 마리오는 네루다가 살던 곳을 찾아간다. 녹음기에 “이 섬의 아름다움에 대해 말해보라”던 네루다의 요청에 한 마디도 못하고 겨우 사랑하는 베아트리체의 이름만 댔던 것을 기억하며 제대로 섬의 아름다움을 녹음한다. 밤하늘에 마이크를 대고 별의 흐름과 파도, 바람소리, 종소리, 아버지의 서글픈 그물 등을 녹음한다.

몇 년 후 이탈리아에 들른 네루다는 마리오와 꼭 닮은 아이를 보고 그제서야 마리오를 생각한다. 마리오가 사회주의 집회에 네루다에게 바치는 시를 읽으려고 갔다가, 경찰의 진압으로 쏠린 군중에 밟혀 죽었다는 얘기도 듣는다. 베아트리체는 마리오가 네루다에게 보내려고 녹음해놓은 녹음테이프를 틀어놓는다.

네루다는 마리오의 성심이 담긴 소리를 들으며 회한에 잠긴다. “내가 그 나이였을 때/ 시가 날 찾아왔다/ 난 그게 어디서 왔는지 모른다/ 그게 개울인지 강이었는지/…중략…/ 활활 타오르는 불길 속에서/ 고독한 귀로에서/ 그곳에서 나의 마음이 움직였다”는 네루다의 시 「우리의 친구 마씨모를 위해」의 자막이 흐르면서 영화는 끝난다.

다른 문인들도 네루다처럼 아름다운 글로 독자를 현혹시켜 놓고 까맣게 잊어버리는 경우가 있을 것이다. 나는 영화 속의 네루다의 무심함을 원망하면서도 그처럼 마음을 사로잡는 명작을 쓸 수만 있다면 하는 부러움을 가져보기도 했다. 소설이나 시보다도 절실한 체험과 경험으로 빚어내는 것이 수필이다. 심미적인 가치와 철학적 의미를 담은 수필 속에 주제가 은은하게 함축되어야 독자의 심혼을 흔들어 놓을 수 있으리라.

수필이든 시든 간에 가장 절실한 목적이 있을 때 열심히 연마하고 성공할 수 있음을 보게 된다. 베아트리체의 마음을 사로잡으려는 마음이 간절했던 마리오는 시인이 될 수 있었다.

연인에게 보이려고, 혹은 자신의 이상 실현의 일부로 문학의 길에 들어섰을 때 처음에는 얼마나 진지하게 임했던가. 쓰지 않으면 못 견딜 열정으로 쓴 글이 호응을 얻어, 만인에게 구원과 위로를 주는 글을 쓰겠다는 다짐도 했을 것이다. 그러나 처음 가졌던 그 진지한 자세, 열정과 탐구가 식어 독자에게 실망을 주는 글로 배신감도 느끼게 하고 있지 않은가 돌아보아진다.

이제는 현대수필의 역사도 40년이 가까워온다. 영상시대에 관심을 끌 장르를 모색하고 있으나 일반인의 관심은 멀어지기만 한다. 수필인들이 만든 잡지나 동인지 등, 발표할 지면이 많다보니 긴장도 떨어지고 치열한 문학정신도 잊어 가는 것 같다. 네루다가, 도움 받았던 마리오의 존재를 잊은 것보다도, 오래된 작가가 초심을 잃고 기대에 못 미치는 글을 써내는 것이야말로 독자들을 배신하는 것이리라.

마리오가 시인이 되려는 간절한 마음을 가졌듯이 절박한 충동과 의기가 탱천했던 초심(初心)을 일깨워야 하리라. 『일포스티노』가 "예술이 인생에 영향을 끼친다는 것을 보여주는 감동적인 영화"라는 평을 받았듯이 글의 힘은 위대하니까.

에메랄드 알맹이들로 꽉 차서 햇볕에 뒤척이고 있던 것 같던, 네루다가 서 있던 마지막 장면의 빛나던 바다. 보석 같은 언어로만 글을 쓰는 것도 잊지 말라고 일깨워주는 것 같았다.

(2006.)

보라색 철쭉

"디즈니 기업은 돈을 벌려고 노력한 것이 아니다. 우리가 팔려고 한 것은 '행복'이다."

최초의 컬러 애니메이션영화『백설공주』, 최초의 입체 애니메이션영화『멜로디』를 비롯해서 1954년부터 TV시리즈『디즈니랜드』 방영으로 어린이들에게 꿈을 주고 미디어그룹을 일궈낸 디즈니(Walt Disney 1901-1966)의 성공비결이다.

누구나 일을 열심히 하는 것은 자신의 행복한 삶을 바라기 때문일 것이다. 디즈니가 남과 다른 것은 자신의 행복뿐만 아니라 남에게 행복을 팔려고 열심히 일했다는 점이다. 외신을 보니 미키마우스 미디어 캐릭터상품의 2004년 수익이 6천억 불이나 된다.

신의 창조물인 사람이 새로운 것을 창조해낼 수 있다는 자각을 하게 된 것은 르네상스 시대였고, 낭만주의 시대에 들어서면서 사람들에 의한 창조가 가능하게 되었다고 한다. 20세기의 인물인 디즈니 성공의 원동력은 바로 창조였다. 그가 극장 간판을 그리며 근근이 생활하던 시절, 비좁고 누추한 방에는 쥐들이 많이 들락거렸다. 후일 그 쥐를 귀엽고 영리한 캐릭터로 만들어서 친근감 드는 '미키마우스'로 탄생시킨 것은 잘 알려진 사실이다. 하찮은 것으로 소중한 존재를 만들어 자신의 말처럼 행복을 창조했다.

창조하며 사는 삶이야말로 자신도 행복하고 주변도 행복하게 할 수 있다. 사회가 혼란하고 현실이 각박할수록 이에서 벗어나기 위해 예술인들은 창조의 책임을 절실히 느끼고 일반인들은 탁월한 창작물에서 위안 받고 밝은 미래를 꿈꾸려 한다.

미술가들이 일정한 공간을 채우고 무용이나 연극 등이 일정한 공간에서 창조, 공연되고 제한된 사람들만 즐길 수 있는 것에 비해, 문학인들은 별 부담 없이 무한대의 공간과 시간을 누릴 수 있는 것을 창조해낸다. 많은 경비, 여러 사람과의 협력, 조화에 의해 성패가 좌우되는 다른 예술분야에 비해 자신의 재능과 노력뿐이면 이룰 수 있는 문학을 하게 된 것을 다행으로 생각한다.

그런데 작년(2004년) 일간지의 신춘문예 심사에서 "글쓰기는 나아졌지만, 문학은 뒤로 물러섰다."는 전체적인 인상과 함께 "현실을 즉물적으로 드러내다보니 시대의 흐름을 제대로 반영하는 대신 거꾸로 거기에 끌려가는 인상을 준다."는 등 후퇴한 문학성을 지적하고 있어서 씁쓸하다. 이것은 물론 작가 지망생들에 대한 것이지만 기성문학인들에게도 무관한 것이 아닐 듯싶다. 인터넷과 영상문화에 쏠려서 문학애호가가 줄었다 해도 치유와 희망을 줄 향상된 수준의 문학으로 독자를 되찾아야 할 일이 과제중의 하나일 것이다.

새해에는 "건강한 숲에는 열매가 많이 열리며, 크고 수확의 보람이 있는 나무도 많지만 개미와 벌, 새, 심지어 이색동식물까지 서식하는 덤불도 많다.”는 존 루이스 개디스의 말처럼 문인들 한 사람, 한 사람이 헌칠하고 늠름한 나무로 성장해서 울창한 숲을 이루어 갈 원년이 되면 좋겠다. 그래서 건강한 사회의 균형도 유지하게 되고 희망, 밝은 내일을 기대할 수 있게 되기를 소망한다.

우리 동네 아파트 화단에 때아닌 철쭉이 제 빛깔도 아닌 보라색 꽃을 피운 나무가 있다. 나무는 자신의 명이 얼마 안 남은 것을 알고 약한 채로 꽃을 피워 마지막 소임을 다한다고 한다. 문학인의 소임, 사명을 다시 생각해보게 된다. 한 편의 작품이 산울림 같은 흔들림은 못 줄지라도 나비가 앉았다 날아간 자리에 꽃잎이 흔들리고 열매가 기약되듯이 뜻 있는 작품을 쓰는 나날 되기를 기원한다.

애니메이션은 생명을 불어넣는다는 라틴어 애니마에에서 온 말이라고 한다. 빛바랜 꿈에 산뜻한 색깔을 넣어주고, 디즈니 애니메이션처럼 작은 것들에 생명을 불어넣어서 행복을 창조하게 하는 자세를 닮고 싶은 욕심을 올해에도 버리지 않을 것이다. 나의 행복이기도 하고 남에게 행복의 꽃구름도 띄워줄 수 있는.

(2005.)

나란히, 함께

괴테의 제2의 고향이라는 바이마르는 괴테의 대저택을 개조한 괴테박물관, 괴테의 여름 주택, 괴테광장, 괴테가 다니던 식당까지 괴테 일색이었다. 괴테(Johann Wolfgang von Goethe 1749~1832)가 50년 동안이나 살며 아름다운 서정시들을 낳았고『빌헬름 마이스터의 수업시대』, 오랜 세월이 걸린『파우스트』를 완성한 도시 바이마르.

바이마르 국립극장 앞에는 우정을 나눴던 괴테와 실러가 나란히 걷는 듯한 청동상이 세워져 있었다.

실러(Friedrich von Schiller 1759-1805)의「환희에 부쳐」(An Die Freude)를 가사로 베토벤이 '합창교향곡'을 쓴 것만 기억하던 나는, 밝고 아늑한 실러하우스에 들러『빌헬름 텔』을 썼다는 서재에서 괴테와의 일화를 들을 수 있었다. 스위스에서 모은 빌헬름 텔의 자료로 서사시를 쓰려던 괴테는, 텔의 설화로 희곡『빌헬름 텔』을 쓰겠다는 실러의 말에 자신이 수집한 자료까지 선선히 내어주며 걸작을 쓰게 했다고 한다.

어렸을 때 괴테의『젊은 베르테르의 슬픔』을 읽고 희곡작가를 지망한 실러는 군의관 복무 중에 재학 때 쓰기 시작한『군도』를 완성했다. 그런데 만하임극장의 초연에 대공의 허락 없이 극장에 다녀온 것으로 구류형을 받고 글을 못 쓰게 해서 탈출, 8년 동안 친구 집을 전전하며 글을 쓰다가 문화의 중심지 바이마르에 왔다.

군주 카를 아우구스트 공작의 초청으로 바이마르에 온 괴테는 인간적·정신적 고독감을 절실하게 느꼈는데, 실러가 편집하던 잡지에서 원고청탁을 받고부터 두 사람이 친하게 되었다. 괴테의 추천으로 예나대학 교수로 갔던 실러와 괴테는 독일문학의 위대한 시기의 이상과 업적에 관한 내용의 편지를 주고받으며 활발한 창작생활을 했다. 실러는 10년 후 다시 바이마르로 와서 6년을 괴테의 곁에서 지냈다. 걸어서 5분정도 걸리는 가까이에 살면서 실러는 괴테의 격려로 극작에 전념하여 3부작『발렌시타인』을 쓰는 등 몸이 약한 중에도 작품마다 새로운 수법을 구사하고 테마를 추구할 수 있었다. 실러 또한 괴테가『파우스트』를 계속 집필하도록 권유했다.

괴테와 실러는 서로에 대해 비평하면서, 동료이기도 했다. 괴테가 바이마르 극장의 무대감독으로 있을 때 실러의『빌헬름 텔』도 초연하는 등 독일연극의 황금기를 연 동료였다.

살아서 뿐만이 아니라 바이마르 대공가의 묘소, 신전처럼 기둥 몇 개가 서있는 암갈색 석조건물 지하에는 괴테와 실러의 관이 나란히 놓여 있었다. 문학과 인생문제를 둘러싼 대결과, 개인적인 애환도 함께 나눴지만, 두 사람의 만남이 없었더라면 유수한 명작들이 태어날 수 있었을까. 시대와 인생의 고통을 끌어안고 이상을 추구하던 두 문호의 우정이 있었기에 독일 고전문학의 르네상스를 더욱 풍요롭게 했을 것이다.

　상황이 어려운 우리문단에도 우정으로 나란히, 함께 이상을 추구할 분들이 많아지면 좋겠다는 마음으로 발길을 돌려야 했다. 아쉬운 마음으로 신전같이 세워진 차가운 기둥을 쓸어보는 등 뒤로 따뜻한 햇살이 대공가의 묘지를 떠나는 일행을 배웅하는 듯했다.

(2009.)

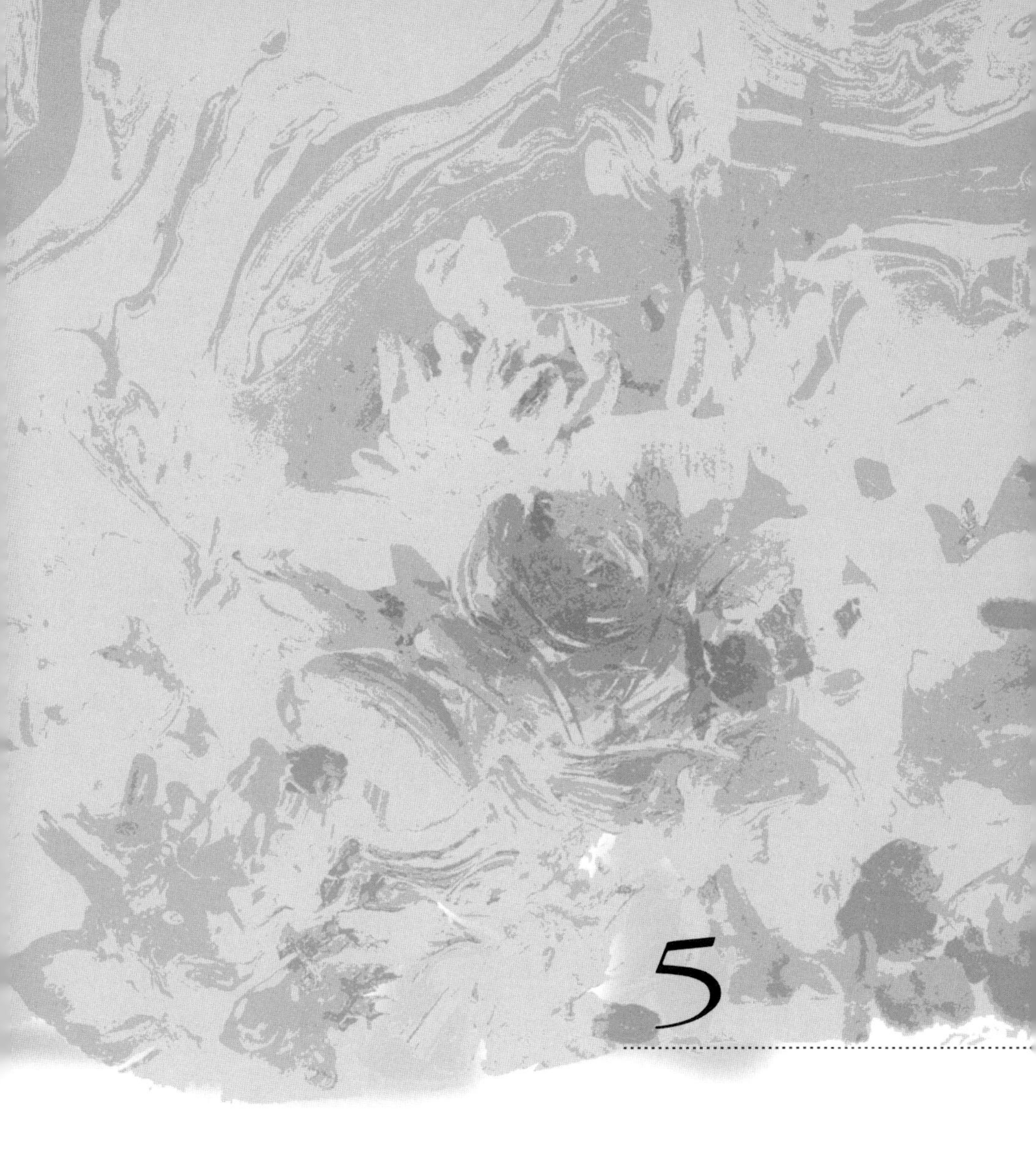

5

강변의 편지

　달력에서 노을이 곱게 번진 당인리 발전소 사진을 보며 꼭 가보고 싶던 때가 있었다. 지금은 서강 근처에 와 봐도 옛날 사진 속에서 본 정취 있는 노을이 아니어서 아쉽다. 그 노을은 없어도 망각의 늪을 지나 잃어버린 날들로 되돌아온 것 같은 편안함으로 강변에 오래 머무르게 된다. 낚싯대를 드리우고 찌의 움직임을 살피는 강태공이야 초조하겠지만 이유 없이 서두르던 발걸음도 늦추고 갈망하던 일들도 잊은 채 물길처럼 느려지는 여유를 누려본다.

　때론 위안을 주고 때로는 그리움을 키워주는 강물이다. 정박해 있는 유람선 뱃전에 내리는 어스름을 보며 젊은 날에 고향을 떠나 방황했던 긴 여정을 생각해본다. 배들이 움직일 때 뒤편에 흰 물거품을 만들듯이 우리는 과거를 등지고 살아가지만 잊을 수는 없는 것. 배를 보면, 우선 미지의 세계가 그려져 설레던 일이며 배를 타고 호수처럼 잔잔한 강물을 조금 나가면 양쪽에 산과 벌판이 보이는 좋은 풍경에 어린 감성이 흔들렸던 일, 붉은 노을을 바라보며 열정적인 아름다움도 마음에 새겼었다.

시멘트로 된 강턱에 걸터앉아 달려가는 자동차들의 물결을 바라본다. 어스름이 내려앉아 신비하게 보이는 건너편의 선유도(仙遊島) 공원. 가까워 보이던 5봉과 주위 산들의 실루엣도 어두움에 풀어져 버렸다. 뜨겁고 가슴 아픈 일들도 풀어져 흐르는 듯한 물살이 가슴에 벅차오르는 것 같아 다시 일어나 걷는다.

강은 언제나 한 곳에 있고 순간마다 새로운 물로 숨을 고르며 순환을 계속한다. 강물에 돌팔매질을 하는 사람도 있다. 돌이 물에 닿으면 물무늬 지어 퍼지다가 사라지듯이 삶의 주름살도 없어질까. 돌팔매도 염원도 받아주며 거부하는 것 없이 품어 흐르고 육중한 배까지 띄워 주는 강물. 하늘이 높아도 강물의 끝이 보이지 않아도 출구가 없는 것같이 막막한 사람들, 그래서 도회지 사람들도 강변을 찾는 걸까.

샛강 쪽 물이 깊지 않은 곳에 이르니 가벼운 음식을 차려놓고 치성을 드리는 여인들이 보인다. 종이쪽지의 글씨가 바람에 펄럭이는데 다른 글씨는 모르겠고 '합격'이란 글자로 짐작되는 것만 보인다. 수능시험이 얼마 안 남았구나. 극한상황에서도 불가능한 것이 없다는 신념으로 표현되는 모성애. 어머니들이 진지한 표정으로 간구하는 염원의 세계로 안내할 것처럼 날개 큰 새가 날아오른다. 높은 하늘로 속삭이는 희망의 씨앗이라도 물어 날을 것인가. 바람이 차가워지는데 사랑과 구원의 상징인 모성애는 추위쯤 아랑곳하지 않음을 확인시켜 준다.

예부터 선인들은 강가에 나와 소원을 빌고 제사도 지냈다. 강물은 치유와 해독의 효험이 있다고 믿었고 소원을 빌던 곳이었음을 상기하노라니 건너편 동네에 사시는 와병중인 은사님이 생각난다.

"세찬 바람에 하늘은 높고 잔나비 휘파람 애달픈데(風急天高猿嘯哀)"로 시작되는 두보(杜甫)의 칠언율시(七言律詩) 「등고(登高)」를 비롯하여 격조 높은 두보의 시를 열강하셨던 교수님(石田 李丙疇). 낙엽 떨어지는 언덕에 앉아 늙고 병든 슬픔을 한 잔 술로 풀어보는 두보의 인생무상과 처량한 탄식을 젊은 시절에도 공감하셨던가. 애상적인 목소리로 시구들을 몇 번이나 낭독해 주셨다. 특히 '부진장강곤곤래(不盡長江袞袞來 끝없는 장강은 도도히 흐른다)'를 애절하게 읊으셔서 30년이 훨씬 지난 지금도 그 구절이 잊히지 않는다.

이따금, 힘겨운 과제를 내서 쩔쩔 매는 우리에게 교수님은 "6·25 때 한강 다리가 끊겨 다리를 못 건너고 서울에서 숨어살 때 생각을 하면 산이라도 옮겨서 강에 넣을 수 있습니다."며 역경을 극복해내는 이가 살아남을 수 있다고 격려하셨다.

그 말을 명심한 친구 K는 아르바이트로 고달프면서도 밤새워 숙제를 해내는 등 자신을 닦달하더니 제일 먼저 번듯한 기업체에 취직을 했다. 그 친구는 4학년 초에 자신이 원하는 회사의 대표에게 간절한 내용의 편지를 보내놓고 있었는데, 몇 달 후 연락이 와서 면접만 보고 입사했다고 비밀을 말해줬다. 어느 주말 오후 그 친구와 당인리 발전소 부근에 가서 붉은 노을을 보며 열정적인 삶을 꿈꾸고 다짐했던 날도 있었는데 오래 전에 미국으로 이민을 가버렸다.

간절한 내용의 편지로 큰 기업체 대표의 마음을 움직였던 친구이니만큼, 노환중인 스승께도 위로와 기쁨이 되는 사연을 보낼 수 있지 않을까.

강변을 걷는 나는 무슨 염원을 품은 걸까. 선선한 바람은 잔잔한 물결을 이뤄 강변을 적시고 내 마음마저 을씨년스럽게 한다. 에너지의 원천이며 인내와 너그러움으로 포용하고, 구속하지 않는 자유를 누리게 하는 강물. 강 밖의 사물들을 비춰내고 뜨거운 생명력을 적당히 식히면서 활달한 음조로 노래하는 강물. 그런데 건너편에서 세찬 바람이 불어오고 어두워지자 강변에 나왔던 사람들이 약속이나 한 듯이 일제히 발길을 돌리고 있다.

나도 저 사람들의 물결 속에 떠밀려 흐를 수밖에 없으리라.

(2008.)

댓잎피리의 여운

"아직도 그 녀석은 뚜벅뚜벅 느리게 걸어오고 있는 모양이네"

방송 출연 차 MBC에 오셨던 미당(未堂 徐廷柱 1915~2000) 선생이 결혼 못한 내게 하신 말씀 때문에 한동안 동료들이 '걸음걸이 느린 그놈'을 화제로 삼았었다. 학창시절에 뵈었던 선생님이야말로 걸음걸이가 느리셨다. 강의실에 들어오면 칠판에 강의 제목을 천천히 써놓은 뒤 교단 위를 뚜벅뚜벅 느린 걸음으로 왔다 갔다 하며 느릿한 말투로 다다이즘, 상징주의 등 사조와 함께 에밀 졸라, 보들레르, 니체, 말라르메 등에 대해 단편적인 얘기를 들려주셨다. 간혹 우리 역사상의 인물일화와 사상을 들려주기도 했으나 끝나고 나면 무언가 아쉬움이 남았었다.

미당 선생뿐만 아니라 무애(无涯 梁柱東), 석제(石濟 趙演鉉), 석전(石田 李丙疇) 등 명교수의 강의를 기대하고 ㄷ대학교에 편입했던 나는 미당 선생의 강의에는 얼마동안 실망했다. 시 「화사(花蛇)」에서 "물어뜯으라"는 시구로 육체와 정열, 원죄를 부르짖었고 '추천사(鞦韆詞)'에서 "저 하늘로/ 나를 밀어 올려다오/ 채색한 구름같이 나를 밀어 올려다오…”라고 솟구쳐 오름에 대한 강력한 동경과 갈망을 제시하셨기에, 강한 시적 감수성을 일깨우고 새로운 세계를 펼쳐줄 열강을 기대했었다. 그러나 느지감치 강의실에 들어오셔서, 밀도 없는 강의로 이따금 회중시계나 꺼내보시다가 일찍 끝마치는 강의가 섭섭했었다. 그런데 시간이 흐르면서 특유의 어법과 해학, 비유 그리고 긍정적인 사고와 따뜻함 외에 시인으로서의 예지를 감지하게 되었다.

간단한 표현으로 정곡을 찌르고 여운이 있는 말씀이 많았다. 재학 중 취업이 되어 학교를 중퇴한 급우에 대해서는 “일정한 나이에는 학덕의 그늘에 깃들여야 하는데…”라고 하며 인정의 그늘을 드리워 주셨고, 훌륭한 선배에 대해서는 “나 같은 건 열 명쯤 포개어도 당하지 못할 재능과 사람다움을 지닌 분…”으로 칭송하셨다. 역사 속의 인물로 신라 선덕여왕의 멋스러움을 짚어내어 들려주시던 것도 잊을 수 없다. 후일, 시로 산문으로도 쓰셨지만 선덕여왕의 담대함과 지혜, 유머를 찬양했다. 김유신이 처녀인 여동생이 김춘추의 아이를 갖게 되어 국법에 따라 죽이려는 것을, 국법을 어기면서 살려준 여왕의 단안을 기렸고, 자신을 흠모하는 지귀(志鬼)라는 사나이가 잠든 것을 보고 금팔찌를 가슴에 얹어준 여왕의 멋을 높이 평가하셨다.

졸업 후, 자잘한 국화꽃이 만발한 공덕동 선생님 댁을 찾았을 때는 기분이 아주 들떠 보이셨다. 그 무렵 대전대학교에도 출강 중이었는데 선생의 시를 좋아하는 미국인 여교수가 서울에 왔을 때 창덕궁의 비원을 안내했었다고 했다. 아흔 아홉 간 민가 형식의 집을 둘러보고 낙엽이 쌓인 숲속에 앉아 푸른 눈의 여교수와 신나게 이야기를 나누었다고 한다. 그녀가 고향 풍경과 철학박사인 아버지가 인삼도 길러보았다는 둥 가족이야기, 어려서 시 백일장에 장원을 해서 대 시인 프루스트를 만났던 일을 천진하게 자랑하고, 한국을 너무 좋아한다고 들려주었을 때, 자신은 무엇으로 고마움을 표시할까 하고 하고 주위를 둘러보았다. 마침 99간 집 앞 호숫가 언덕에 키 작은 땅 대나무가 있어서 그 잎사귀를 뜯어 말아서 댓잎 피리를 만들어 호드득, 호드득 불어주었더니 소녀처럼 기뻐하더라고 했다. 그 얘기를 들려주실 때 선생님도 소년처럼 신이 나신 듯했다.

공덕동 댁이나 사당동의 봉산산방(蓬蒜山房)의 선생님 방에는 커다란 목탁이 놓여 있었다. 선생님께서 불교신자이기도 하지만 익살스럽게도 이것을 벨소리 대신 이용하셨다. 거처하는 방과 안방이 좀 떨어져 있어서 사모님이나 심부름하는 아이에게 목탁을 쳐서 불렀던 일은 그 댁에 방문해본 이들은 다 아는 사실이다.

80년 신군부의 전두환 씨를 지지하는 방송으로, 아끼던 제자들의 발길이 끊어져 만년을 쓸쓸하게 보내신다는 사실에 가슴 아프면서도 선뜻 찾아뵙지 못했다. 다른 이들처럼 새벽에 방송된 지지방송으로 큰 대가나 받은 것으로 오해하지는 않았으나, 문학인 모임에서 선생님을 뵈었을 때, 발행인이던 잡지에 "좋은 원고 있으면 한 편 보내라"는 말씀에 시큰둥하고 말았었다.

후일 후배에게서 들으니 지지방송을 거부하면 늦둥이 아들의 유학이 저지 당할까봐 거절을 못했다니 안타깝기만 하다. 누구도 흉내 낼 수 없는 아름다운 말과 가락으로 표현한 미당의 시 세계, 그는 가히 '시선'(詩仙)으로 불리었다. 돌아가던 해 어느 인터뷰기사에서

"시인에게 마지막이란 없는 것이다. 항상 현역이지. 발표는 안 해도 가슴속에는 항상 새로운 시가 쓰여 지고 있어. 그런 시인은 죽어서까지 영원한 현역으로 남는 거야. 독자들 가슴에 매양 새롭게, 뜨겁게 쓰여 지고 있을 테니까"하신 글을 읽으며, 비원에서 미국시인에게 댓잎피리를 불어주신 것도 소리로 대신한 한국의 시로 생각되었었다.

남보다 총명과 예지를 지닌 분이었기에 세계의 산 이름을 1600개 이상 외우며 지혜롭게 사신다는 소식만 듣다가 찾아뵌 것은 돌아가시기 몇 달 전 입원실이었다. 5분도 안 되는 면회시간에 창틈으로 들어오는 바람만 확인하고 돌아오며 77년도에 두 번째 펴낸 수필집에 써주신 서문 속의 '하늘 그리움' '여신성(女神性)' 같은 어휘를 생각했다. 그 어휘들이 과분하게 느껴지면서도 "그대에겐 할머니가 한 천명 들어있다"는 말씀이 버겁기만 했던 젊은 시절이었다. 세월이 지나고 보니 극찬이었던 것을.

서문을 받던 날, 선생님 댁 뜨락엔 재래종 소나무가 눈높이에서 푸르르고 멀지 않은 곳에 땅 대나무가 사운거리고 있었다. 우리의 풍류와 멋, 서정이 담긴 댓잎피리로 이방여인에게 들려주던 소리의 여운은 그 여인의 가슴에 아직도 남아 울릴 것이다.

(2007.)

언제나 연녹색 이파리로

　선생님께서 중견문인으로 활약하실 때 나는 신문과 잡지에서 글을 읽고 흠모하던 문학소녀였다. 국제적인 행사 때 기념사 낭독과 외국인들과 담소하는 모습을 먼발치서 선망의 눈으로 바라보았었다.

　세월이 지나 '내가 본 전숙희(田淑禧) 선생'의 글을 쓰게 되어 생각해보니, 20여 년 전부터 요모조모로 친근하게 대해주신 일이 많았다. 1972년도 나의 첫수필집 『돌아오지 않는 메아리』 출간 직후, 당시 월간 『동서문학』 발행인인 선생님을 찾아뵙고 도움말을 듣고 싶었으나 새까만 후배의 당돌한 욕심 같아서 책만 우송했었다. 열흘이나 지났을까. 녹음을 마치고 사무실에 온 나는 올리브 빛깔의 사각 봉투가 책상위에 놓인 것을 보게 되었다. 뜻밖에도 발신인은 선생님으로, 수선화 꽃무늬의 카드에 초록색 잉크의 정겨운 글씨가 적혀 있었다.

　"바쁜 방송업무 중에도 부지런히 기록하여 아름다운 책을 내신 걸 축하합니다. 정진하여 앞으로 수필문단에 향기 있는 꽃으로 피어나시기 바랍니다. 한 번 만나고 싶습니다.”

나는 가슴이 두근거리면서 기쁨이 밀물지어 옴을 느꼈다. 먼발치에서 이지적이고 조금은 차가운 인상이라고 느꼈는데, 인간적인 체온이 행간에도 배어 있는 것 같아 몇 번이나 읽었다.

2, 3년이 지나고 여성문학인회 송년회에 갔을 때 원로문인들과 동석한 선생님을 발견하고 다가가 인사를 드렸다. 두 손을 꼭 잡아주시더니 “오랜만에 수필 쓰는 후배가 나왔으니 성원을 부탁합니다” 하고 같은 테이블의 원로 분들께 소개해주셨다. 「국군은 죽어서 말한다」의 모윤숙 선생님, 『백화』의 박화성 선생님은 하얀 레이스 장갑을 끼셨고, 이마가 넓은 『녹색의 문』의 최정희 선생님이 빙긋이 웃으며 쳐다보실 때 몸 둘 바를 몰랐지만 눈이 부셨다. 실제 연배보다 젊고 당당해 보이시던 원로 문인들.

특히 선생님의 전신에서 풍기는 우아한 멋을 잊을 수 없다. 문학에의 성취와 멋이 같은 등식일 것 같아 감히 나의 훗날 모습이 어떨까를 순간 예상해보았다. 송년회를 마치고 원로 선배들을 승용차로 극진히 모시던, 바라보기도 어려웠던 대선배의 따뜻한 배려를 보며 목사님의 따님으로 이웃사랑이 몸에 배어있음을 알 수 있었다. 우리 같은 후배에게도 자주 출간한 저서마다 색깔 있는 한지에 서명하여 보내주셨고 만나서도 근황을 묻고 다정하게 격려해 주셨다.

2년 전(1997년) 『월간에세이』에 음악에세이를 연재하고 있을 때였다. 세미나 자리에서 일부러 곁에 오셔서 “나도 클래식 애호가여서 잘 읽고 있는데 좋은 시도”라고 칭찬해주셨다. 사실 그 자리에선 밝히지 못했지만 음악에세이를 쓰게 된 것은 선생님의 영향이 컸다.

고희를 넘긴 선생님께서 하루에 2백자 원고지 백장 정도씩 쓰는 열정으로 펴내신 소련기행 에세이『아직도 가슴속엔 볼가강이 흐른다』를 읽고 생생한 감동을 받았기 때문이다. 바쁜 직장업무를 핑계로 차일피일 미뤄두었던 테마에세이인 음악에세이 집필의 착수를 그때부터 서둘렀던 것이다.

선생님께선 자신의 행적이 후배들에게 자극과 귀감이 되고 있음을 아시는지 모르겠다. 최근 어느 출판기념회에서 뵈었을 때 "방송에서 마련한 ARS전화 정말 좋은 아이디어예요. 우리 같은 사람들이 집에 앉아서도 손쉽게 모금에 참여할 수 있으니."

내가 마치 자선 담당프로그램의 담당PD인 것처럼 반갑게 말씀하셨다. 이웃구제의 일도 쉬지 않고 참여하고 계셨던 것이다. 처음에 느꼈던 차가운 인상은 오랫동안 이성적이고 냉철한 판단력으로 일을 해 오셨기 때문이 아니었을까. 시간이 흐르면서 늘 샘물 같은 인간미를 지니고 계시고 다가갈수록 푸근함을 느끼게 하신다.

아직도 순수한 사랑영화를 보면서 펑펑 울고 주제가 음반을 사신다는 감성과 낭만에 감탄하며, 27년 전 내게 보내주셨던 초록색 잉크의 글씨를 떠올렸다. 그리고 선생님의 수필「미수 인생」의 "나의 인생은 이제 저물어가고 있다. 그러나 나에게는 아직도 할 일이 많고 꿈이 많다. 그리고 그 꿈과 의욕이 나의 인생을 버티어주는 지주가 되고 있다"는 구절을 기억한다. 푸른 잎새를 나부끼며 아직도 연녹색의 신선한 감각으로 미래를 위한 일을 모색하는 진행형이시다. 인류는 평등하다는 기독교정신으로 국제적인 문화교류에 선구자인 것은 익히 알려진 사실, 상식적으로 불가능한 일도 단순한 정열과 꿈으로 이끌어오고 있다고 자신도 말씀하고 계시다.

정열과 꿈의 수액이 저장되어 있어서 단풍이 들지 않는 푸르른 잎새의 나무. 나무가 주는 기쁨 때문에 집을 장만할 때마다 마당에 좋은 나무가 있으면 무조건 산 적이 여러 번 있었다고 한다. 자신이 후진에게 소박한 희망과 기쁨을 끼쳐주는 나무임을 아실까.

의왕시에 있는 계원조형예술대학 구내의 「동서문학관」에 초대받아 갔을 때, 녹음이 한창인 교정에서 우리를 기다리고 계셨다. 암담했던 시대에 태어나 문학에 뜻을 두고 가꾼 선구자며 개척자임을 희귀자료를 진열한 「동서문학관」에서 다시 한 번 느낄 수 있었다. 꿈과 낭만의 학창시절을 거쳐 8·15 광복, 6·25전쟁 등 민족적인 수난과 변혁을 겪으면서 문학유산을 남다른 애정으로 수집하고 보존한 것도 쇠퇴하지 않은 꿈의 힘이었으리라.

신념에 충실하며 열심히 살아왔다고 회고하시지만 과거의 일이 아니고 아직도 계속이시다. 자신의 속엔 아직도 자라고 있는 나무가 있다고 하신다.

일생 추구하는 문학의 꿈나무, 그 뿌리가 되었던 상상과 서정은 미지로 향해 늘 푸른 잎새로 눈부시게 나부낄 것이다.

다가온 21세기의 도전에 대응할 준비도, 속으로는 뜨거우나 겉으로는 단정하게 싱싱한 이파리를 준비하시리라.

(1999.)

넓고 깊은, 그러나 엄격한
― 우송(又松) 김태길(金泰吉) 선생님께

우송 선생님, 샛노란 은행잎도 겨울로 가는 마차에 실려 갔는지 뜨락이 고적합니다. 선생님을 처음 뵈었던 것은 30여 년 전, 수필문학 모임 때 먼발치에서였고, 꼭 30년 전 라디오 청소년 프로그램의 원고 때문에 햇볕이 따뜻한 관악캠퍼스에서 교수님을 만나 뵈어 기뻤습니다. 주 1회 명사의 원고를 들려주었는데 유행가 사이에 방송되는 것이라 거절하실까봐 염려하며 청탁했었습니다. 제 딴엔 그 무렵 <수필문학>에 발표한 제 글을 칭찬하셨다는 전언에 간신히 용기를 냈는데 선선하게 승낙해 주셨죠. 그런데 원고가 길어 2회로 나눠서 방송한 걸 들으시고 선생님께서 편지를 보내셨습니다. 원고 받으러 먼 곳에 오게 한 것과 손질하게 해서 미안하다고 하셨죠. 원고 수정이 죄송한 처지에 위로의 편지를 받고서도 30년 후에야 답신을 올리니 송구스럽기 짝이 없습니다.

그 후 선생님의 품격 있는 철학적 수상(隨想)과 값진 문학적 수필로 사숙해오던 중, 선생님께서 창립하신 '수필문우회' 동인이 되어 얼마나 기뻤는지요. 매달 여는 합평회에서 선생님을 뵐 수 있고 특히 명예회장이신 현재에 이르기까지 합평의 끝 순서인 회장님의 고견을 들으며 매번 탄복한답니다. 문학적인 비평을 넘어 철학과 경륜이 담긴 긍정적인 식견은 합평 시간 내내 주눅 들어있던 필자에게 격려가 되는 알찬 내용이고, 회원들이 발견 못한 장점과 지양해야 할 점을 거부감 들지 않게 말씀해주시는 화법의 묘수에 감동을 받습니다.

학문과 직위, 인품으로는 오를 수 없는 층계의 윗부분에 계시지만, 수필을 사랑하셔서 수필계의 훈훈한 선배로 모시고 대화하는 영광을 누립니다. 근년엔 혼돈 속 다양한 리더를 요구하는 시대에, 성숙한 시민생활을 위한 '성숙한 사회 가꾸기 모임' 운동을 하고 계시죠. 지난 11월 '정치윤리와 성숙한 사회' 토론마당에서 선생님의 '정치인이 정도(正道)를 걷기 어려운 까닭'이란 제목의 발제 강연을 들었습니다. "정치인들이 정치의 정도를 밟는데 가장 큰 걸림돌이 되는 것은 애국심을 능가하는 집단적 이기심과 개인적 이기심으로, 이기심이 애국심보다 강할 경우에는 정치의 정도를 걷고자 하는 애국심이 불발탄이 되고 만다" 하셨고, 정도를 밟는 첫걸음은 소아(小我)의 견지를 벗어나서 대아(大我)의 견지를 취하는 것이라는 말씀이셨습니다. 그날도 발제 강연만 듣고 선생님께 인사도 못 드리고 돌아오면서, 3년 전 선생님께 외람된 말씀을 드렸던 일이 생각나서 발걸음이 무거웠습니다.

문우회에 등을 돌렸던 한 회원의 여생이 얼마 안 남은 소식과 함께 문병을 권유했습니다. 분망한 일과에도 저의 모친상 때 조문도 오셨고 평소에 수필후배들을 배려해주셨기에 말씀드렸던 것입니다.

그러나 '개인적으로는 문병할 수 있으나 모임에 대한 공식적인 사과가 없었기에 회장의 문병은 모임에 어긋나는 것'이라고 단호하게 말씀하셨습니다. 당시 저는 민망하기 그지없었으나 '우리시대의 마지막 선비'로 불리시는 선비의 기품을 확인했습니다. 합평회에서는 근엄하면서도 유머와 재치로 부드러운 분위기를 만들어주시지만, 두루뭉수리는 결코 용납하지 않는 엄격함.

선생님, 요즈음도 테니스 내기에서는 센 볼로 후배를 꼼짝 못하게 하신다죠?

"사람들은 대개 젊음만을 구가하고 늙음은 오로지 두려워한다. 그러나 나무들은 연륜이 더할수록 위풍이 당당하고 늙어서야 비로소 정채(精彩)가 찬연하다. 사람에게는 나무처럼 늙어가면서 더욱 아름답고 당당할 수 있는 길이 없는 것일까. 말이 없는 고목은 그 길을 알려주지 않는다."

수필 「고목의 교훈」에서 고목은 알려주지 않는다고 하셨지만 저희는 선생님의 '정채가 찬연하심'을 대(對)하며 조금은 알 것 같아 마음 든든합니다.

선생님께서 집무하시는 학술원 회장실의 뒤뜰에도 멋있는 고목이 있나요? 이번 달 합평회가 며칠 안 남았으니 그때 여쭤보겠습니다.

(2006.)

블루 마운틴의 푸른 안개

몇 년 전, 문인들이 받은 '편지 전시회'가 있었을 때 회장님이 물으셨다.

"유○○씨 나한테 편지 보낸 일 있어요? 편지 좀 써요. 편지."

세밑이면 여성문학인회와 수필가협회 송년회에서 인사로 때우고 연하장도 한번 못 보냈었기에 당황했다. 네, 아니요 대답도 못하고 쩔쩔 맨 일이 어찌 그때뿐인가. 어느 신년 하례모임에서 만났을 때도 불쑥 물으셨다.

"올해 신춘문예 작품들 읽어봤어요? 어느 작품이 좋습디까?"

갑작스러운 질문에 '두 가지 신문만 읽었는데 ○○신문의 소설은 수필 같고…' 하면서 분명한 끝맺음을 못하자,

"수필 같으면 어때요. 수필이 소설만 못합니까. 수필은 시와 소설을 다 포함한 문학입니다."

나의 '수필 같다'는 말이 '수필처럼 시시하다'는 뉘앙스를 풍겼던 모양이다. 당시 팔순인 처지에 신인 등용문인 신춘문예에 대한 관심과 수필에 대한 높은 긍지에 감탄하며, 우문현답(愚問賢答) 아닌 현문

우답하는 자신을 초라하게 여겼다.

회장님은 대학 재학시절 상허 이태준 선생에게서 문장을 배우고 일석 이희승 선생에게서 국어를 배웠음을 자랑하셨다. 그리고 재학 시절에 콩트, 영화론, 수필 등을 써서 선생님들에게 인정받았는데 수필에 가장 관심을 갖게 되고 사랑하게 되었다고 하셨다. 나는 초기 작품집인 『우화』와 『음치의 자장가』를 읽으며 작품 속에서 정이 많고 따뜻한 가슴을 확인했고 넓은 안목과 통찰력을 지닌 냉철함을 간파했다. 또한 생활과 인생을 관조하여 의미를 찾으면서 생동감 있고 쉽게 전달돼서 사람을 끄는 매력이 있어서 기뻤다.

그래서 그 화려한 경력 속에서도 끝까지 수필가협회의 자리를 지키셨나보다. 당당하고 시원하며 순수한 열정이 배어 있는 작품들. 그것이 끊임없는 노력의 결과였음을 회장님과 가까이 하면서 알게 되었다. 세미나나 강연회에서 회장님은 반드시 중요한 것은 메모해 두셨다. 사람에 대해 다각적 이해와 방향을 제시함은 물론 자신도 남의 조언도 잘 수용하셨다. 누가 어떤 일이나, 무엇을 권하면 즉석에서 응하신다. ‘글쎄’라든가 ‘생각 좀 해볼 게요’ 하고 주저하지 않고 시원시원하게 승낙하신다. 얼핏보면 단순하고 즉흥적으로 사는 것처럼 보이나 지혜와 명철로 꿰뚫어보는 혜안이 있었기 때문이었다.

말씀은 간략하게 생략법을 쓰지만 행동이나 생활은 절대 범위를 좁히거나 생략하는 일이 없었다. 84년에 한국 예술총연합회 회장으로 시작해서 88년에 제2정무장관, 89년 예술의전당 이사장, 91년 서울예술단 이사장, 95년 한국여성개발원 이사장 등 중요한 직책을 수행하면서 주부로서의 임무쯤은 대충할 수 있을 터인데 부군의 건강식과 요모조모 양처로서 보필하셔서 주변에서 표창감이라고들 했다.

매체는 달라도 매스컴의 후배여서 그런지 내게 남달리 대해 주심을 알게 되었다. 송구스럽게도 문단 선배 몇 분이 인정하고 회장님께 추천을 했던 것이다. 그 후로 문학지들을 어느새 독파해서 “○○잡지에 난 글 잘 읽었습니다.” “○○문학지에 평이 좋게 났더라”고 내가 미처 못 읽은 것을 일깨워주셔서 부끄러웠던 일도 여러 차례. ‘바쁜 매스컴생활에 활발한 작품 활동’을 칭찬해 주셨고, 나뿐만 아니라 장래가 촉망된다고 여기신 이들이 다른 잡지에 발표한 작품을 발견하면 기뻐하고 격려를 아끼지 않으셨다.

나의 첫 음악에세이집 『음악의 숲에서』를 우송했을 때 나와 통화가 안 되자 내 주변의 몇 사람에게 꼭 전화를 걸라고 전해놓으셨다. “클래식에 대한 수필적 접근이 참신하고 몇 편 읽어보니 참 좋은데 활자체가 나쁘니 다시 찍을 때는 꼭 명조체로 하라”고 당부하셨던 전화 속의 음성이 지금도 귀에 쟁쟁하다.

문화 예술 다방면에 일가견을 가지셨던 회장님은 음악회와 미술전람회에 자주 다니시면서 애호했고 화제의 영화나 명화감상도 빼놓지 않으셨다. 4년 전 “비유티플 마인드 봤어요?” 느닷없는 물음에는 ‘네’ 하고 대답할 수 있어서 얼마나 다행이었던지.

친절하고 미사여구식의 긴 얘기는 고사하고 요점만 짧게 던지는 식의 화법이 처음에는 공격처럼 들려서 당황했었다. 그러나 시간이 지나면서 우수리 없이 딱 맞아떨어지는 간단한 화법에 촌철살인의 마법이 숨어 있음을 깨달았다. 그 짧은 몇 마디에 여운이 길다는 것도, 그 여운 속엔 어떤 질문에도 당황하지 않도록 부지런히 실력을 쌓으라는 독려도 담겨있었다.

시드니에 있는 '블루 마운틴'에는 늘 푸른 안개가 끼어 있어서 그 이름을 붙였다고 한다. 안개는 250여 제곱킬로미터나 되는 웅장한 산악지대에서 숲의 고사리와 청청한 나무들을 거느리고 보호하며 산 주변에 늘 머물러 있었다. 그 산에 많이 서식하고 있는 검나무에서 나온 유칼립투스 액체의 미세한 물방울에 햇빛이 투사되면서 생겨난 파란 안개.

그 안개처럼 수필인들을 가꿔주고 지켜주셨음에 감사드리며 영원히 우리 머리 위에서 푸른 안개처럼 보호해주실 것을 믿는다. 이제는 누워 계신 천안으로 편지를 보내면 받으실는지요.

(2005.)

태산목의 흰 꽃처럼

지난날의 회고보다 진취적이며 미래지향적이셨던 회장님.

선각자로서 큰 스승의 발자취를 남기셨음을 뒤늦게 깨달은 어리석음이 송구스럽다. 나는 솔직히 말해서 회장님을 어학공부에서 독일어의 경우처럼 어렵게 대하기 시작해서 세월이 가면서 좋아하고 존경하게 되었다.

초기에 새까만 후배의 지지도 못 받은 사실을 아셨다면 얼마나 섭섭하실까. 솟대처럼 높이 서서 마을의 생물들이 모두 낮게 웅크려서 제 노릇도 못하는 것을 보고 의연하게 고통을 감내하고 수필가협회의 발전을 기원하셨던 모습이 눈물겹게 다가온다.

내가 회장님을 직접 만나 뵌 것은 1972년 말, 첫 수필집 『돌아오지 않는 메아리』의 출간 때였다. 여고시절부터 우러러본 수필가로 지면에서 익숙했고, 매체는 다르지만 언론계의 대 선배라 용기를 내어 책을 들고 찾아갔었다. 당시 <주간한국> 부장이던 회장님은 인사도 받는 둥 마는 둥 즉시 카메라 기자를 불러 사진을 찍게 하고, 평론가인 신동한 기자에게 책을 건네며 "소개 좀 해줘" 하고는 바쁘게 다른 일을 보셨다. 3분도 안 걸린 짧은 만남에 매우 허탈한 마음으로 돌아왔었다. 그러나 신동한 님의 과만한 호평이 이후 글 쓰는 데 큰 부담과 함께 힘이 되었다.

후에 알고 보니 매사에 '되면 되고 말면 말고'식의 군더더기 없이 단숨에 해결하는 화끈한 매너가 회장님의 장점이었다.

71년에 창립한 '한국수필가협회'의 회지 <수필문예>에서 73년도에 원고청탁이 와서 「종소리」를 썼었다. 어느 편집인에게서 "글이 좋더라."는 회장님의 전언을 듣고는 뛸 듯이 기뻤다. 그러나 회장님의 당당함에 주눅 들고, 바쁜 직장생활 때문에 가까이 못한 채 해마다 열린 세미나에서나 겨우 인사하는 정도로 거리가 있었다.

수필가협회장은 회장님의 직책 중 일부였다. 그러나 대하(大河)같은 포용력으로 기자로서 확보해 두었던 인재들을 자연스럽게 수필계 식구로 만드셨다. 각계의 저명인사, 대학교수, 문인, 수필가 지망생, 화가, 무용가 등 가까이 다가오는 사람들을 전부 수용해서 화려한 수필가협회의 회원들로 협회가 출발할 수 있었다. 젊어서부터 시원시원한 매너에 남자 후배문인들도 많이 따랐었다. 대학생 시절, 명동에서 이어령씨를 비롯한 6, 7명의 남자문인들을 이끌고 지나가는 여장부 스타일의 선생님을 뵌 일이 있다. 그 넓은 인간관계로 <한국수필>의 제작비 조달을 위한 광고 유치는 회장님 몫이었다.

그 넓은 포용력을 이용해서 필력이 수준에 못 미치는 이들이 회원으로 가입하고 글을 발표하는 일이 종종 있었다. 나는 어느 모임에서 회장님의 곁에 앉은 것을 계기로 '수필인구의 증가는 좋으나 질적인 향상을 생각해서 등단 작품을 엄선할 것'을 감히 제언한 바

있다. 그때 회장님은 '신인등단은 될성부른 사람을 뽑는 것이기 때문에 후일의 작품 활동은 그 사람의 문제'라고 일축해버려서 섭섭했던 기억이 있다.

79년부터 이듬해까지 회장님이 여성문학인회 회장을 맡아 회원들의 친목도모와 좋은 작품 쓸 여건을 만들어주기 위해 여러모로 동분서주하셨다. 어느 장르의 선배문인보다 재치 있는 말솜씨와 유머로 회원들을 사로잡았다. 나는 수필가협회 회원인 것이 자랑스러웠다. 그후, 친근감이 들기 시작했던 것은 문인협회 부이사장이시던 시절, 후배를 아끼는 선배의 배려를 보게 되면서였다. 언론계의 친지였던 문화방송 사장에게 타 방송의 TV프로듀서 경력이 있는 후배시인의 취직부탁 차 오셨던 것을 우연히 뵐 수 있었다. MBC가 철저히 공채를 고수했기에 성사되지는 않았지만 남의 일을 내 일처럼 여기고 성의 있는 면모를 보게 되어 따뜻한 인간미를 느낄 수 있었다.

1980년, 회장님의 한국일보에서의 정년퇴임은 우리 방송인들에게도 화젯거리였다. 당시, 방송사에선 여성 PD는 결혼과 동시에 퇴직을 해야 했고 신문사에선 그런 제한은 없었지만 격변의 와중에서 정식으로 정년퇴임까지 근무한 경우가 없었던 것이다. 끈기 있고 위대한 분으로 모범이 되고 여성후배들에게 사기를 진작시키는 일이라고 방송사 동료들과 치하의 대화를 나눴었다.

그 무렵 친필 사인을 해주셨던 범우 수필선집 『우화』와 『음치의 자장가』를 읽으며 잠깐씩 스치며 회장님께 가졌던 편견을 수정할 수 있었다. 따뜻한 정은 물론 넓은 안목과 통찰력, 지혜를 갖춘 분이었다. 당당하고 시원하며 순수한 열정이 배어 있는 작품들. 그것이 끊임없는 노력의 결과였음을 회장님과 가까이 하면서 알게 되었다. 세미나나 강연회에서 회장님은 반드시 중요한 것은 메모해 두셨다. 사람에 대해 다각적 이해와 그에 대한 방향을 제시하고 남의 조언도 잘 수용하는 모습도 볼 수 있었다.

어느 모임에서나 누구보다도 멋진 춤사위로 좌중을 감동시켰고, 춤뿐만 아니라 당시 유행하는 새로운 노래로 우리를 압도했는데 미리 테이프를 구해서 연습하신 결과였다. 몇 년 전 영국에서의 세미나를 앞두고는 영어회화 테이프를 듣고 부지런히 공부하는 모습도 뵐 수가 있었는데 이것은 부단히 노력하는 극히 단적인 예에 불과할 뿐이다.

무뚝뚝했던 첫 인상과 체면치레의 듣기 좋은 말을 생략하는 대화 솜씨에 익숙하지 않아서, 좋은 인상을 못 가졌던 것은 나의 편견의 소치였다. 네 번째 수필집 『어머니의 산울림』을 드렸을 때 "벌써 네 번째 책입니까. 많이 쓰는 것도 좋지만 일생에 책 한 권만 낸 문호도 있어요. 양보다 질이지요" 하고 진심 어린 충고를 해주셔서 내 마음이 한결 다가가게 되었다.

작년에 <문학의 집 서울>에서 가진 열 차례의 수필낭독회 때는 입원중일 때만 제외하고는 꼭 참석하셔서 격려의 말씀을 해주셨다. 낭독회 뿐만 아니라 폐암이라는 위중한 병과 투병중이면서도 축하의 자리에는 꼭 참석하는 의지를 보여주셨다. 바쁜 바깥일에도 불구하고 홍(洪) 선생님을 극진히 보필하는 현처로서의 모범을 보였고 언론분야, 여성계, 문학인으로서의 위상과 함께 문화 예술계에서도 위업을 이룬 회장님의 타계하심이 미처 마음을 준비하지 못한 우리에겐 큰 충격이 아닐 수 없다.

42년 동안 봉직한 언론계 정년 후, 80년부터 25년 동안 중책을 맡아 노년에 전성기를 이룬 화려한 경력은 우리나라에서 전무후무할 것이다. 광복이후 격동, 변혁기를 지나오면서 보다 나은 삶, 나은 것을 추구하며 살려는 취지와 노력이 응집된 결과이지 운이 좋거나 치열한 사전운동의 결과가 아니었다.

회장님을 회상하노라니 몇 년 전 천리포 수목원에서 본 태산목(泰山木 Little Gem)의 청초하고도 하얀 꽃송이가 떠오르고 격조 있는 은은한 향기가 풍겨오는 듯하다. 4월에 피는 우리나라에 최근 흔해진 목련꽃과 달리 6월부터 꽃을 피우기 시작해서 겨울까지 꽃을 피우는 태산목의 고귀함.

회장님은 두 수필선집의 제목으로 하얀 색인 『치자꽃』과 『하얀 꽃들』이라는 작품제목을 쓰셨다. 「치자꽃」에서 "꽃은 흰꽃이어야 그 내음이 좋은가, 색채에 소박함을 띤 만큼 안에서 내풍기는 내음의 미는 한결같이 높은 듯하다"고 하셨고 「하얀 꽃들」에선 아름다움과 함께 사람들에게 유익한 목화를 맺는 목화꽃 예찬을 하셨다.

태산목의 하얀 꽃, 하얀 색은 모든 빛깔을 합했을 때 내는 빛깔이지 않은가. 한 분의 회장님이 아니고 여러 역할을 너끈하게 해내신 크나큰 존재였음을 앞으로도 확인하는 나날이 될 것 같다.

(2005.)

사직동에서 만난 신사

　지하철 경복궁 역에서 문이 닫히려는 차에 급히 올라서니 옆 손님이 비켜서서 설자리를 내어준다. 순간 돌아보니 뜻밖에도 청하(靑荷 成耆兆)선생이 빙그레 웃고 계셨다. 사무실 근처인 종로3가 역까지 두 정류장을 오는 동안 우리네 문화산업의 위기에 대해 진지하게 말씀하다가 먼저 내리시는 바람에 아쉬웠다. 후일 펜 회보에서 정리된 내용을 읽게 되어 다행이었지만.

　예총 사무국장과 펜클럽의 부회장으로서 중견 문인시절의 청하 선생은 대 내외의 일을 적극적으로 성사시키고 미묘한 문제를 해결하는 참모 역할을 도맡은 분으로 들었다. 그리고 유신정권으로부터 5공, 6공까지 소위 운동권 문인들의 어려움도 당국에 이해시키고 물질적으로 어려운 이들에게 적극적으로 앞장서서 도움을 주셨다고 했다. 이제 원로의 길에 들어선 지금에도 문화산업에 대한 비전을 제시하는 진취적인 자세에 또 한 번 감탄을 금할 수가 없다.

　나는 1970년대에 사직공원 근처에 살면서 휴일에 이따금 사직공원에 갔었다. 인왕산 자락 황학정에서 궁사들이 활을 과녁에 명중시키는 것을 보며 스트레스를 풀었다. 집으로 돌아오노라면 공원 안에 있던 파라다이스 수영장에서 즐기는 아이들의 자글자글한 소리가 들려와서 그야말로 아이들의 파라다이스로 여겨지던 곳이었다.

그 수영장이 청하 선생의 소유라는 것을 얼마 후에 알았다. 여성 시인이 놀이방 대신 그 수영장에 아이를 맡기고 출근했고 선배문인들도 저녁때면 그곳에서 수영을 즐기고 한 잔 한다고 했었다.

나는 70년대 중반에 펜클럽에 가입했지만 수영장은커녕 안국동의 펜 사무실에도 못 들렀다. 그래서 청하 선생을 뵌 일이 없기에 나대로의 이미지를 갖고 있었다. 어렸을 때 다소 오만해 보이던 친지가 있었는데 어른들이 ‘성(成)씨네가 데그럭데그럭하는 양반’이어서 그렇다는 얘기를 자주 했었고 더 거슬러 올라가면 ‘독야청청하리라’던 성삼문의 충절이 생각나서 대쪽 같은 선비의 모습을 예상하고 있었다. 그런데 70년대 후반 출판문화회관에서 있었던 펜 대회에서 젊은 성 부회장을 뵈었을 때 나의 예상이 엉뚱했음을 깨달았다. 그러나 예상은 빗나갔지만 온건하고 부드러운 인상에 안심이 되었었다. 여유롭고 온화한 풍모에 반대 의견만 내세우던 사람들이 설득 당할 수밖에 없었으리라고 짐작이 되었다.

이후 교원대학 재직 중에 시집과 칼럼집, 문단기행 등 무수한 저서를 펴내는 부지런함은 계속되었다. 합리적인 사고와 예리한 시각이 당시엔 신문칼럼에서 오늘날엔 펜 회보의 권두칼럼으로 이어지고 있음은 주지의 사실이다.

2001년 8월 정보문화센터의 컴퓨터 기초교육에 펜 회원들이 참여했을 때 특유의 아이보리색 신사복 정장으로 회원들을 격려 차 오셨다. 그날도 나이 들수록 청년들처럼 첨단 기기를 이용할 수 있어야 한다고 하셨다.

얼마 전 언론재단의 출판기금요청서에 추천을 부탁드렸었다. 마침 제주도에 출장 중이셨는데도 "해드려야지 기일이 촉박할 텐데 사무처장에게 전화로 내용을 전달해놓을 테니 어서 가보시오." 하고 서둘러 주선해 주셨다. 이 일만으로도 얼마 전에 작고한 이문구 씨의 후견인이었고 많은 선배 문인들과 후배들을 선선하게 보살폈다는 것이 괜한 소문이 아니었음을 짐작할 수 있었다.

청하 선생은 멀리서 뵐 때 근엄하여 어려운 분으로만 여겼었다. 그러나 어느 회의에서 다방면의 해박한 지식으로 좌중을 이끄는 친화력을 느꼈다. 게다가 풍류와 낭만적인 모습을 얼떨결에 동행한 노래방에서 확인하고 놀라지 않을 수 없었다. 신구세대가 좋아하는 유행가와 가곡 어느 것 하나도 막힘이 없어 "음정 박자 정확하고 감정이 살아 있다"는 노래자랑 심사위원의 말에, 성악전공처럼 유려한 음색과 발성임을 덧붙여야 할 것 같았다.

사직동에서 알게 된 청하 선생은 성삼문의 학문과 기개 이외에도 풍류까지 갖춘 오늘날의 신사이시다.

(2003.)

제2악장의 유장한 선율처럼

"선생님 댁이 52동인가요, 56동인가요?"

"초등학교 쪽에 있는 54동 206홉니다."

90년대 초까지만 해도 선생님 댁에 1년에 한두 번 여성수필가들과 인사를 다녔는데 동 호수를 확인하는 전화문의는 내 담당이었다. 선생님께선 얕은 상 하나가 덩실하니 놓여 있는 거실에서 "세 엄마!" 하고 사모님을 불러서 방석을 내오게 한 다음 상(床)가로 앉기를 권하시곤 했다.

어느 해 겨울, 거실 창밖으로 학교를 오가는 어린이들을 내다보는 것이 좋아 그곳에 사신다는 선생님 댁은 좀 추웠다. 난방시설을 고치면 어떻겠느냐고 하자, 미국에 있는 손자에게서 "여기는 눈이 많이 왔어요. 할아버지 추워서 어떡하냐." 하고 걱정하는 전화가 왔다면서 한국말을 잘하는 것을 대견해 하며 그리움을 내비치셨다.

자녀에 대한 그리움은 사모님도 마찬가지셨다. 캐나다에서 치과기공소를 경영하는 장남 세영 씨가 이곳에서 팝송 DJ, 성우로 활동하던 시절의 일화를 들려주기를 좋아하셨다. 다른 내방객이 있으면 거실에 안 나오는 것으로 알려진 사모님이시다. 내가 근무한 방송사가 아들이 일했던 곳은 아니었으나 방송 얘기가 통하는지라 우리 일행이 가면 반갑게 나오셔서, 아드님이 라디오 시트콤 『아차부인 재치부인』에서 고사리 역으로 나왔던 때의 일화를 들려주시곤 했다. 그리고 십자수로 춘향과 이 도령을 수놓은 수예품을 주셔서 함께 갔던 선배 L여사와 B문우가 아직도 갖고 있다고 모이면 얘기한다.

금아 선생님께서는 시인으로 출발하셨지만 수필에 큰 애정을 갖고 계시던 차에 1972년도에 창간된 월간 <수필문학>에 매우 우호적이셨다. 그때 출발한 신인 수필가들에겐 관심도 많이 갖고 격려의 말씀을 아끼지 않으셨다. 1972년도에 등단, 1974년에 「초록 보리밭」 1975년도엔 「항아리」, 1976년 초에 「병풍 앞에서」를 발표했던 내게도 "아름다운 서정과 한국의 전통미, 그리고 따뜻한 시선이 좋다"고 칭찬해주셨다.

70년대만 해도 선생님께선 60대셨고 수필인구가 많지 않아 시상식이라든가 수필행사에 자주 참석하셔서 후배들이 반가운 얼굴 뵙기가 어렵지 않았다. 그리고 선생님 댁에 가면 으레 수필집이나 선집에 아이 같은 순진한 글씨로 서명을 해서 나눠주셨다. 나중에 알고 보니 출판사에서 기증 받은 것이 아니라 광화문에 있는 교보문고에 가서 책을 사다 준비해 놓으시는 것이었다. 선생님의 책이야 미리 사서 읽지만 서명이 든 책이 좋아서 사양하지 않고 받아오곤 했다.

1993년도에 주신 시집 『생명』에는 이런 시가 있다.

마당에 꽃이
많이 피었구나

방에는
책들만 있구나

가을에 와서
꽃씨나 가져가야지

시 「꽃씨와 도둑」처럼 선생님은 책만 많았고 퇴직 후엔 그것도 학교에 기증한 후 너무도 소박하게 사셨다. 그런데 시 속의 도둑은 꽃을 좋아하여 가을에 꽃씨나 가져가야겠다는 여유까지 부린다. 반포 아파트의 헌 가구들과 손때 묻은 얼마 안 되는 책들, 테이프와 음반, 서영이가 갖고 놀던 인형 난영이, 그리고 잉그리드 버그만의 젊은 날의 사진 등 단출하기 이를 데 없어 가난해 보였지만 마음만은 다정하고 부자이셨다.

금아 선생님의 수필은 목소리를 높이는 사상이나 철학보다, 아름다운 정조(情調)와 생활의 서정을 청신하고 다감한 문체로 섬세하게 그려내서 친근감을 준다. 시적인 서정으로 자아를 객관적인 대상으로 삼고, 자신의 작은 체험들을 소재로 정서와 감흥을 간결체, 우유체의 문장으로 압축시킨 서정적 수필이어서, 나도 감히 수필의 말석에서 가장 닮고 싶었다.

'동서양에 걸친 폭넓은 문화 체험과 지적인 활용'으로 지성적인 특징도 지적한 이명재 평론가는 "진솔하고 개성미 깃든 자신의 삶을 간결 산뜻한 문장과 사랑으로 수놓은 마음의 산책"으로 선생의 수필을 정의했다.

선생님께서 일찍이 발표하셨던 「플루트 연주자」에서는 큰 오케스트라에서 무명의 플루트 연주자가 모습이 감춰진 채 전체의 조화를 위해 큰 기여를 하는 존재를 찬미하셨다. 그냥 스치고 말 일상에서 아름다운 기미를 잡아, 나와 우리의 삶을 간결한 문체로 함축시킨 수필로 감동을 받았고 음악을 사랑하심도 알게 되었다.

1980년대 말엔가 비발디의 플루트협주곡 「홍방울새」를 테이프에 녹음해서 드렸더니 너무도 좋아하시면서 "나는 음악 중에서 특히 2악장을 좋아합니다." 하셔서 명곡의 2악장들을 골라 녹음해드리겠다고 약속하고선 한동안 잊고 있었다. 후에 발표한 시 「제 2악장」을 보니

> 모차르트 피아노 협주곡 제2악장
>
> 베토벤 운명교향곡 제2악장
>
> 브람스 2중 협주곡 제2악장
>
> 차이코프스키 현악 4중주 제2악장
>
> 저, 안단테 칸타빌레
>
> 드보르작 『신세계로부터』의 제2악장
>
> 그리고 비올라
>
> 알토는
>
> 나의 사랑입니다.

시 안에 있는 음악의 2악장들은 두어 곡을 제외하곤 '천천히'의 안단테 악장으로 서정적인 아름다움이 녹아 있는 것들이다. 음악의 2악장 안단테의 편안한 템포로 '도둑'이 꽃을 좋아하는 여유를 가진 것처럼 보는 선생님의 유머와 아량을 존경한다. 조그맣고 아름다운 것들을 찾아내어 셈세하고도 정감어린 문체로 담아내시는 것도 닮고 싶다. 선생님은 문학세계나 일상생활에서 최고의 자리를 사양하셨다. 「만년」이라는 수필에서 "훗날 내 글을 읽는 사람이 있어 '사랑을 하고 갔구나' 하고 한숨지어 주기를 바라기도 한다. 나는 참 염치 없는 사람이다."고 하신 것을 보아도 그렇다. 문학사에 길이 남을 걸작을 써서 최고의 작가로 기억되고 싶은 욕심이 없으신 것 같았다. 바이올린보다 비올라, 소프라노보다 알토를 사랑하는 마음이 1등을 사양하겠다는 2악장의, 겸양의 마음이다.

일찍이 감성과 지성의 조화로 산뜻한 작품들을 발표하고 60대에 더 좋은 작품을 쓸 자신이 없다고 과감하게 절필하신 단호함, 또한 부럽지 않을 수 없다. 70년대 이후 급변하는 시대에 살면서 바쁘다는 말을 입버릇처럼 되뇌며 수다스러운 글을 자주 발표하는 처지로서 부끄러울 뿐이다.

선생님께서 오랜만의 침묵을 깨고 73년도 11월호 <수필문학>지에 명작 「인연」을 발표하셔서 우리 문단에 큰 수확으로, 신진 수필가에게는 큰 자극이 되었다. 63세에 발표한 「인연」은 회고적인 글이지만 낭만, 감상적으로 구성의 묘를 간직한 수작이어서 그 후로도 혹시나 하고 좋은 작품의 탄생을 기대했었다. 「인연」의 끝부분에서 "일생을 못 잊으면서도 아니 만나고 살기도 한다."는 문장으로 추억을 아름답게 하려는 의도에 깊은 공감이 갔다. 그런데 「인연」의 아사꼬 이후 상해 유학중 만난 여학생의 사진을 간직하고 우리에게 보여 주기도 하셨었다. 세일러복 차림의 여대생 증명사진은 누렇게 변색되어 있었는데 선생님의 마음은 까까머리 학생의 순수한 마음이셨다. 몇 년 전에 상해를 방문하여 만나볼(생사 여부를 확인하거나) 예정이었는데 건강 악화로 취소되었던 것으로 안다.

10여 년 전 어느 날 찾아뵈었을 때, 어린이처럼 상기된 얼굴로 둘째아들이 노부모를 위해서 아주 귀국한다고 좋아하시던 모습이 생각난다. 아마 의사아들의 효도가 2악장의 마음으로 유장(悠長)하게 사시는 데 도움이 되었을 것이다.

선생님의 타계 소식에 섭섭함과 함께 2악장들을 녹음해 드리겠다는 약속을 못 지킨 송구한 마음으로 서둘러 문상을 갔었다. 그 약속 잊어도 괜찮다는 듯이 내려다보시던 영정 사진 앞에는 그 많은 화환의 향기보다도 더 아름다운 향기가 감돌았다.

맑고 향기롭게 사셨고, 수필계의 상징, 거목. 이런 어휘를 좋아하지 않으셨지만 어느 누구라도 최고로 인정 받으셨던 선생님, 하늘나라에서도 조촐한 행복 누릴 것을 기원합니다.

(2007.)

라데츠키 행진곡을 울리기 위하여

　재미동포 문인들이 여고동창생 조옥동의 소식을 전할 때, 그 내용이 자랑스러워도 마음 한구석엔 친구 김옥동을 미국에 뺏긴 것 같아 허전했었다. 그런데 2년 전, 친구 내외와 미국 서부여행을 하며 섭섭함을 풀 수 있었다. 옥동의 남편 조 선생은 재미수필문학가협회 회장으로서 우리를 인솔했고 옥동은 여러 번 간 곳이었음에도 나를 배려해서 참가했었다. 친구와 나는 여고시절 경주 여행 이후 50년만의 동행이었다.

　친구 옥동과는 이민가기 전에도 서로 직장에 매어 있어 동창모임에도 못 나가서 단편적인 소식만 들었을 뿐 잘 만나지지가 않았었다. 결혼식에도 못 가 봤는데 조 선생의 고교동창인 우리 회사 동료가 멋있는 신랑이라 했을 때, 나도 질세라 재색이 겸비한 신부가 밑지는 결혼을 했을지도 모른다고 했었다.

　충남 서천(舒川) 태생으로 일찍이 상경한 조 선생과, 부여(扶餘) 태생으로 강을 건너 중부도시에서 중, 고교를 마친 옥동은 각각 서울대 상대 경제과, 사대 화학과에서 수학하며 청운의 꿈을 키워 부부의 연을 맺었다. 조 선생이 금강(錦江), 친구가 백마강(白馬江, 사실은 錦江의 본류, 충남 부여군 북부를 흐르는 강)을 건널 때 이들은 아스라한 수평선 너머를 동경했던지, 태평양 큰 물결을 건너 미국에서 꿈을 이루었다. 아내는 UCLA 의과대학 생리학 연구실 연구원으로, 남편은 회계사로 이민사회의 성공케이스로 부러움을 사고 있다.

옥동은 몇 년 전 미주 한국일보 신춘문예 시(詩)부문에 입상하고, 계속 <순수문학>과 <현대시조>에 시와 시조로 등단, 재차 검증을 받더니 <한국수필>에서는 수필신인상으로 등단했다. 3년 전엔 <현대시조> 2005년 '좋은 작품상'을 받고, 2년 전엔 <시를 사랑하는 사람들>에서 다시 신인상을 받는 것을 보고 역시 전교 1, 2등을 다툰 우등생의 버릇이 아직도 남았음을 확인했다. 여고 때 교내 백일장에서 입상, 대학시절 화학 전공이면서 국내 유수 신문대학생 란에 시를 발표하던 문학에의 열정을 누르고 있다가 뒤늦게 도전하는 창작정신에 감동을 했다.

제1회 재외동포문학상에선 조 선생이 수필부문, 옥동이 시 부문으로 부부가 나란히 수상을 했다. 2006년부터 재미수필문학가협회 회장직을 맡고 있는 조 선생은 수필집『새똥』으로 제11회 순수문학상 수필본상을 수상한 부부문인이어서 자랑스럽다.

내가 재능 있는 친구라고 뽐낸 것처럼 옥동은 일상의 눈에는 보이지 않고 안 들리는 존재를 감지하는 시인의 눈과 가슴으로 폭포를 거슬러 올라가는 물고기처럼 도전하여 빛나는 작품들을 엮어내고 있었다.

풀꽃은 순간으로 피어 영원을 버리고
빛은 영원을 달려온 순간이다.

망각의 수억 년 세월이 토해낸 각혈
멀리서 보면 황혼의 바다
땅과 시간을 뭉크려 빚어낸 조각들
부드러운 살빛 발갛게 살아나는
        - 중략 -
삶이란 또한 흘러가는 뜬구름 한 조각
벼랑 위에 선 순례자
무심한 구름이 되어
말없이
출렁이던 핏빛 바다를 건넌다.

　옥동의 첫 시집『여름에 온 가을엽서』에 실린「브라이스 캐넌」의 시 구절을 기억해내며, 다양한 붉은 색 계통의 첨탑 같은 아름다운 봉우리가 들어찬 브라이스 캐넌을 함께 바라보는 감개가 무량했다. 하수직으로 침하한 뾰족한 봉우리들을 경이롭게 보며 "시간적으로는 오랜만의 만남이지만 문학을 한다는 공통점 때문에 친밀감이 깊다"고 친구는 말을 꺼냈다. 브라이스 캐넌이 동화의 나라 같다는 내게, 친구는 한편에 있는 조선조 궁궐모양과 임금 앞에서 머리를 조아리는 신하 형상의 봉우리들을 설명해 주었다. 수 억 년 시간의 위대한 진실에 감격하노라 50년 동안의 세월을 가볍게 뛰어 넘었었다.

 유혜자 수필집 사막의 장미

몇 년 전부터 'LA 해변문학제'에 수필부문 연사로 내 이름이 거론되어 기뻤다는 친구는 남편이 협회장을 맡았을 때 오게 되어 자랑스럽다고 했다.

어린 시절부터 끈질기게 따라다녔던 우등생, 모범생 기질 때문에 친구의 생활은 고달픔의 연속이었다. 한 치의 오차나 실수가 없어야 하는 낮 동안의 연구원 일과 집안일, 새벽에 쓰는 친구의 시는 깊은 탐구 끝에 빚어내는 조각품 같다. 어쩌면 브라이스 캐넌의 오랜 시간에 걸쳐 빚어진 첨탑처럼 아픔과 고뇌로 깎여진 것이다. 사려 깊은 정한과 예리한 감성, 그리고 깊은 신앙으로 승화된 인생관이 오묘한 조화를 이루고 있다.

조 선생은 고향과 어머니, 가족 등 한국적 정서와 심미적인 안목으로 근본과 그리움을 찾게 하는 서정적 수필과, 객관적인 사실과 자신의 철학으로 이해를 구축하며 깨닫게 하는 두 가지 성향의 글을 다 소화하는 필력의 소유자로 열정을 넘치지 않게 조절하고 있는 듯하다. '프리웨이는 자유로울 것 같지만 내 의지대로 되는 길이 아닌 나그네길'이라는 말은 모범적, 합리적인 생활 가운데 끊임 없는 개척정신으로 폭넓게 살아온 많은 것을 함축하고 있다. 남에겐 관대하지만 자신에겐 냉정하고 엄격함이 일과 작품에 들어 있으나 자신을 낮추어 겸양할 줄 아는 미덕의 소유자인 옥동과는 천생연분임을 알 것 같다.

조 선생은 '한국어진흥재단' 이사장으로서 새로운 일을 기획 추진 중이고, 옥동도 연구원 일을 계속하고 있어 은퇴연령이 지나고도 바쁘게 일하는 부부로 알려져 있다. 절대자께서는 누구보다도 이들에게 많은 분량의 일을 하도록 사명을 주신 것 같고, 두 개의 저울로 형평을 유지시키려는 것처럼 남편이 많은 일을 하는가 하면 부인 또한 혹사에 가까운 작업으로 저울이 한쪽으로 쏠리기를 원치 않으시는 것 같다. 서로 존중, 협력하고 도우며 단란하고 복된 가정을 이루도록 해주신다.

작년연말, 조 선생께서 한국어진흥재단 일로 한국에 오셨을 때 S대를 찾아가 거의 50년 전 부인의 작품이 실린 신문을 구하려고 했다고 했다. 귀한 선물이 될 것 같아서 찾아보았다는 말에 머리가 숙여졌다. 가정과 직업을 양립시키는 일에 옥동의 남다른 노고가 있었겠지만 조 선생의 역할 분담과 이해, 협조가 가장 컸음을 짐작할 수 있었다.

이제 70을 맞은 조 선생과 또 앞둔 옥동, 이들 부부는 깊은 강처럼 출렁거릴 뿐 소리 내어 흐르지 않는다. 친구의 끊임없는 탐구심과 끈기는 평생 연구직의 진지한 자세를 유지하게 했고, 시, 시조, 수필 등 전천후 문학인으로 성공하여 제2시집 제목『내 삶의 절정을 만지고 싶다』처럼 잘 익은 저녁놀같이 인생의 후반을 곱게 물들이고 있다. '지적이며 진실을 향한 섬세한 성찰' '세상을 향한 따뜻하고 아름다운 시선' '모국어의 아름다움으로 건강하게 고향을 조명' '먼 이역에서 살면서 인간의 가장 깊은 속살에서 터져 나오는 모국어로 노래하는 감동' 등 국내 평론가 중진문인들의 평가를 받고 있다. 조 선생도 젊은 시절의 열기를 봉사로 할애하고 모국어의 올바른 보급과 발전을 위해 한국어진흥재단 일을 사명처럼 여기고 자랑스러워한다. 이들 부부가 이뤄내는 줄기찬 강줄기는 세월의 흐름 따라 묵묵히 흐르고 있다.

1941년부터 정식으로 시작된 빈 신년음악회는 이들 부부보다 한 두 살 젊은 70년 가까이 전 세계국민들에게 기쁨을 주고 있다. 으레 끝 곡으로 요한 슈트라우스 1세의 「라데츠키 행진곡」을 연주하여 청중들의 박수와 함께 즐거워하는 모습을 기억할 것이다.

빈 신년음악회가 한 해를 밝게 열고 축복해주기에 세계인들에게 인기가 있듯이 이 부부의 기념문집이 이민생활의 애환을 함께 한 이들에게 기쁨과 위로가 되고, 기나긴 인생의 굽이를 돌아 만년의 작업에 전념하는 이 부부에게 다함께 신년축하와 한 해의 행복을 축원하듯 신나고 즐거운 「라데츠키 행진곡」을 울려주고 싶다. 하나님의 가호로 건강하며 빛나는 필력을 유지하도록.

(2008.)

6

모노드라마의 주인공처럼

사람들 앞에 당신이 나갈 수 없다고 해도
여기 누구보다 소중한 우리가 있잖아요
- 중 략 -
아 하느님 살아있다는 건 아름다워
어떤 이유보다 소중해
살아있는 건 아름다워

침수 피해 소식으로 우울한 장마철, 모처럼 드러난 햇빛에 이끌려 뮤지컬 모노드라마『벽속의 요정』을 관람했다. 한국전쟁 때 빨치산을 구해준 죄로 수배중인 남편을 다락방 속에 숨겨두고 40년을 살아낸 아내와 딸의 이야기이다. 아내는 행상과 베짜기로 힘겹게 살아가면서도 벽 속에 사는 남편에게 '살아있는 건 아름답다'는 위로의 노래를 보낸다. 아버지가 죽은 줄만 아는 딸은 벽에서 들리는 말소리로 자신이 어려울 때마다 문제를 해결해 주는 요정이 그 속에 살고 있다고 알고 있다.

격동의 시대를 살아온 처지여서 그런지 남편이 없이 꿋꿋하게 가정을 지켜가는 어머니와, 숨어서 딸의 성장과정을 지켜봐야 했던 아버지의 애틋한 사랑, 엄마와 딸 등 시대의 아픔 속에서 피어나는 가족애가 가슴 뭉클하게 다가왔다.

『벽속의 요정』은 예술의전당 자유소극장 무대에서 만들어내는 얘기가 아니었다. 허구가 아닌 진짜 삶, 우리네 이웃에 있었던 이야기였다. 실제로 6·25 때 벽장에 남편이나 아들을 40년은 아니더라도 몇 달씩 숨겨두어 9·28수복 후에 자유를 찾게 한 이들이 많았다.

원작은 스페인 내전 당시의 실화를 토대로 일본인이 쓴 희곡을 다시 우리 역사와 상황에 맞게 재구성, 각색한 것이다.

알려진 대로 모노드라마는 여러 사람의 목소리를 묘사하는 작업으로 좁은 공간 안에서 여러 사람들이 활동하는 효과를 내야 한다. 그때그때 바뀌는 역할에 따라 가면을 쓰지 않고도 다른 인물로 변화하여 둘이, 혹은 셋이서 대화를 나누기도 한다. 정확하게 이해하도록 표현하되 잠깐의 변신 속에서 진실되며 삶의 비밀도 깔고 있어야 한다.

열다섯 살의 소녀로 시작하여 60살 노인 역할의 어머니로 때로는 순진하며 또는 억척스럽게 바뀌고 딸의 성장과정과 숨어 있는 남편은 물론 동네사람 등 30여 명의 인물을 창조해내는 김성녀(金星女)의 생생한 연기와 구성진 노래가 관객을 사로잡았다. 환경과 운명의 지배에서 벗어날 수 없으면서도 가족을 지켜낸 끈끈한 드라마, 장면장면은 희극성이 있으면서도 전체적으로는 비극적인 흐름을 깔고 있었다. 이 작품은 이데올로기라는 커다란 담론 속의 일례로 비극적인 가족을 묘사했는데 관객들이 가족애로만 받아들이는 것을 안타까워하는 이도 있다. 그러나 재치 있는 대사와 해학적인 춤, 노래에 빠져들면서 뭉클한 가족애로 시간가는 줄 모르게 보다가, 끝나고 나니 가슴 깊은 곳에서 이름 모를 슬픔이 치받쳐 올라왔다. 관객들의 박수가 폭포처럼 쏟아지는 가운데 장내에 불이 환하게 켜졌다.

나도 힘껏 박수를 쳐대다가 젊은 시절에 가졌던 엉뚱한 시간을 생각했다. 의욕이 있어도 능력이 못 미치고 나의 진실이 주위에 왜곡되게 전달되는 의문투성이의 삶, 그리고 자유분방하고 싶어도 책임과 구속이 힘겨워 나는 절규하는 모노드라마의 주인공이 되고 싶기도 했다. 새로운 일이 겁나고 두려우면서도 그것이 무대라면 가능할 것 같았기 때문이다. 물론 외모나 역량으로는 감당해낼 수 없는 일이었다. 단지 방송사 PD로 일하면서 배우와 성우들 가까이에서 그들이 다른 인물을 자신에 대입시켜서 연기로 발산하는 것을 부러워 한 것이다.

사람들에겐 한 마디로 규정지을 수 없는 복합적인 면이 있다. 상반되는 성격의 두 여주인공을 등장시킨 드라마로 최고의 인기로 각광받던 작가에게 선과 악이 확연하게 대립되는 성격을 그렇게 리얼하게 쓰는가 물었었다. 그의 대답은 자기 속에는 주인공 A가 갖고 있는 면과 B의 성격이 다 들어 있어서 어렵지 않다는 것이었다. 하긴 나도 많은 사람들에게 모범생처럼 보이고, 온순한 성격의 소유자로 여기게 했나보다. 그런데 상사의 부당한 처우에 맞서 반박하고, 또 모험적인 일에 도전했을 때 어디에 그런 의외성이 있었느냐고 놀란 사람도 더러는 있었던 것 같다.

몽테뉴는 그의 『수상록』에서 "우리들의 직업의 태반은 연극이다. 그 맡은 배역이 바뀔 때마다 새로운 모습이나 모양을 취하고, 새로운 존재로 변질하는 자도 있다"고 했다. 연예인으로서의 연기력은 없어도 자신이 주인공인 삶에 있어서 누구나 얼마쯤은 변신하면서 살아가리라.

명배우는 모노드라마의 모든 역할에서 아름다움을 보여줄 수 있다. 모노드라마의 주인공처럼은 아니더라도 30인의 역할 중 한 가지라도 제대로 할 수 있으면 좋겠다는 마음으로 극장 밖으로 나오니 굵은 빗줄기가 우산 속으로 들이쳤다.

(2006.)

변죽이나 울리며

커피를 마시면서 오래 전에 본 영화의 중요하지 않은 장면이 떠올라 그때의 감격과는 다른 상념에 빠지기도 한다. 순진무구한 어린이들이 겪는 전쟁의 처절한 아픔을 보여준 르네 클레망 감독의 『금지된 장난』(Jeux Interdits 1952년) 장면이다.

올드팬이라면 우선 이 영화로 유명해진 나르시스 예페스의 기타 멜로디 「로망스」가 떠오를 것이다. 독일군의 폭격으로 부모를 잃고 죽은 강아지를 안은 채 방황하던 소녀 폴렛이, 미셸 소년을 만나 시골에서 살면서 죽은 벌레나 동물들의 무덤을 만들고 꼭 십자가를 세워주던 모습이 애처로웠다. 전쟁으로 많은 사람들이 목숨을 잃어가는 비극을 암시하는 듯하던 어린이들의 천진한 행동, 이들이 정들었을 때 폴렛은 전쟁고아 수용소로 가게 되는데 '고아원행'이라는 명찰을 단 폴렛이 "미셸 미셸…" 하고 애처롭게 부르면서 사람들 사이를 헤쳐 가던 마지막 장면이 지금도 가슴에 아릿하다.

그런데 요즈음은 그 전쟁 비극의 커다란 명제나 처연한 장면보다도 극히 지엽적인 장면에 매달리게 된다. 미셸 소년이 식은 감자를 갖고 와서 폴렛에게 권하자 폴렛은 싫다면서 "우유를 탄 커피를 먹고 싶어"라고 하는 장면이 있었다. 그 상황에서 우유를 탄 커피는 그야말로 생뚱한 것이었다. 폴렛이 전쟁이 아니었다면 샹들리에가 번쩍이는 고급 저택에서 하녀가 쟁반에 받쳐다주는 우유를 마시는 호강스러운 소녀였을 것으로 짐작이 되었다.

그렇지만 전쟁고아가 가난한 농촌에서, 그것도 전시(戰時)에 벌레와 동물 무덤에 세울 십자가가 모자라 교회에 들어가 제단의 십자가를 훔치고, 남의 무덤에서 십자가를 빼오는 기이한 행동으로 해서 동네에서 추방당할 존재인데 우유를 탄 커피를 찾다니. 실로 어처구니없는 것이었다. 그래서 그 장면이 잊히지 않는지도 모르겠다.

요즈음에는 인스턴트이지만 입맛에 맞게 배합된 커피 믹스를 자주 마시는데 그 씁쓸한 기억이 떠오를 때도 있다. 스산한 날엔 이름 있는 원두커피를 내려서 맛있는 우유를 알맞게 탄 커피 한 잔을 마시기도 한다. 때로는 우유가 많이 따라져서 커피향도 우유 맛도 버리는 날이 있다. 그때마다 마음가짐을 성찰해보는 기회를 갖게 된다. 커피와 우유의 비율이 조화를 못 이루었을 때 맛이 덜한 경우의 실패보다 훨씬 중요한 마음가짐.

보이는 대로 들리는 대로만 마음이 쏠리고 움직여질 때 의지와 감정의 조화라든가, 어떤 일을 추진하려 할 때 의욕과 능력의 균형을 생각해보고 신중하게 결정해야 할 경우, 그리고 사물을 판단하는 데 있어서 편견과 이해, 욕심과 절제, 중용 등을 생각하게 된다.

영화 『금지된 장난』도 이른바 강대국이 영토를 넓혀 국력을 키우려는 과욕으로 일어난 전쟁에 대한 고발 영화였다. 지구의 곳곳에서는 전쟁으로 고통과 시련을 겪으면서 승화되는 영혼도 있었겠지만 이 영화에서는 영상이나 대사로 전쟁의 부조리를 역설하는 대신 천진한 어린이들에게 미치는 상처를 절실하게 보여주었다.

나를 비롯하여 나이 든 사람들이 젊은 날에나 가질만한 욕심으로 숨결이 가빠진 것을 볼 수 있고 이기적인 욕심을 쫓다가 허탈해 하는 것을 본다. 욕망이라는 거창한 경우가 아니더라도 과욕으로 낭패한 경우도 있다. 친구 C는 얼마 전부터 보행이 자유롭지 못하게 되었다. 나이든 경우 많이 걷는 것이 좋다는 말만 듣고 남이 40분 걸을 때 최소한 한 시간 걷기를 3년이나 계속했다. 그런데 무릎에 통증이 와서 진단해보니 너무 걸어서 무리가 왔다는 것이다.

"바다는 메울 수 있어도 인간의 욕망은 메우지 못 한다" 는 말이 있다. 욕망이 지나쳐서 한 가지를 이루어도 채워지지 않아 계속 추구하며 고달프게 사는 사람들. 곰곰 생각해 보면 나 자신도 그들 속의 일원에 지나지 않는다. 여러 갈래 욕심의 끈을 놓아버리고 한 가닥만 잡고 있다고 여기지만, 별일도 아닌 일에 바쁘고 분주하게 사는 것도 겉으로 욕심을 드러내지 않으면서 아직도 매사에 미련을 버리지 못하는 다른 모습이 아닌가 돌아보아진다. 삶이란 뜻하는 대로 이루어지지 않는 것, 어긋나는 것이 많은 것임을 조금은 터득했는데도 고달픔을 자청하는 것이다.

내 나이에 알맞은 사유와 행동, 그리고 해낼 수 있는 일, 진정으로 아름다운 생각과 남을 도울만한 사랑의 마음이 있는가. 나머지 내 인생의 중요한 일을 곰곰이 생각하기보다 우유를 알맞게 넣은 맛있는 커피와 감상에 치우칠 때가 많은 요즈음이다.

영화『금지된 장난』의 주제곡인 기타 멜로디 「로망스」를 CD플레이어에 걸며 아직도 핵심에 다가가지 않고 안일하게 변죽이나 울리며 살고 있는가 자책하게 된다.

(2007.)

밤 냄새, 밥 냄새

지난 6월 철원군청 초청으로 철원일대에 다녀왔다. 서울을 벗어나자 산골짜기마다 연녹색 뭉게구름 같은 밤꽃이 한창이어서 진한 향내가 버스 안에까지 스며왔다. 그 냄새가 좋다는 사람도 있었지만 싫다고 찌푸리는 일행을 보며 냄새만큼 영향력이 큰 것이 또 있을까 생각했었다.

그곳에 다녀온 뒤 철원(鐵原)이라면 6·25격전지, 비무장지대와 땅굴보다도 이제는 생태가 살아 있는 금학산, 물이 맑은 용화저수지, 푸른 숲과 철원평야의 오대쌀이 먼저 생각날 것 같다. 쌀이 귀하던 성장시절을 보낸 세대인지라 그곳에서 대접받은 기름이 자르르 흐르는 철원오대쌀밥은 과연 맛이 있었고 묵은 김치에 돼지고기를 듬뿍 넣어 끓인 김치찌개 맛도 벌써 그리워진다. 농협에서 나눠준 쌀봉투에 '깨끗한 물, 기름진 토양, 맑은 공기'라 쓰인 선전 문구를 보며 오염되지 않은 토양에서 우리 쌀의 고품질을 위해 노력하는 사람들의 노고와 함께, 한 사람 인생의 어릴 때부터 성장에 영향 끼치는 인정과 환경도 생각하게 된다.

밥소라에서 퍼주는 따끈따끈한 밥을/ 내가 하동지동 먹는 걸 보고/
진외당숙모가 나에게 말했다/ ─밥 때 되면 맨 날 온나

　오탁번 시인의「밥 냄새」는 쌀을 중시하고 밥이 귀하던 시절을
보낸 연배로서, 상황은 좀 다르지만 어렸을 때 서로 돕던 이웃이나
친척이 생각난다. 시인은 어릴 때 어머니 등에 업혀 이웃 진외가로
밥을 얻어먹으러 가곤 했다고 한다. 그때 풍겨오던 밥 냄새가 50여
년이 흐른 지금도 원형질인 양 그대로 살아있다고 한다.
　귀한 아들에게도 배불리 먹여줄 형편이 못 되었던 가난과, 조금
은 넉넉했던 아버지의 외가인 진외가가 이웃에 있었고, 진외당숙모
는 맛있게 밥 먹는 모습에 매일이라도 오라고 반겨주던 아름다운
정경이 눈물겹다. 툭 트인 마음, 이해와 관용, 넉넉한 뉘앙스까지 담
겨 있다. 시인은 그때의 밥 냄새에 의하여 시인의 생명현상이 행해
진 걸로 삼고 있다. 밥 냄새로 인하여 맛있게 먹을 수 있었고, 배부
른 충족감에서 무엇이든 할 수 있을 것 같은 희망과 자신감도 갖게
되었으리라.
　가난하나 어린 시절 이러한 인정과 자연의 아름다움을 접하면서
문학인의 재질을 싹틔워, 시를 쓰고 문학을 평생의 업으로 삼으며
대학교수가 될 수 있게 한 밥 냄새. 그것은 오 시인이 남보다 더 큰
노력을 하게 한 정신적인 에너지가 되었을 것이다.
　고향과는 엉뚱한 방향인데도 들꽃이 지천으로 피어 있는 초원에
쏟아지는 햇빛을 보며, 함께 손수건 돌리기 놀이를 하던 고향친구들
생각도 했었다. 바람이 기웃거리는 낡은 노동당 청사를 보면서 무서

운 인민재판보다도 숨바꼭질하던 어린 시절이 떠올랐으니 세월이 많이 흐른 탓일까. 오래 전부터 열차가 다니지 않고 주저앉아버린 열차와 키 큰 잡초가 우거진 '월정역' 역사를 지나치며 올려다 본 하늘은 아쉽게도 무심해 보일 뿐이었다. 짙푸르게 벼가 자라는 논가, 빨래가 펄럭거리는 외딴 집도 보였으나 사람들이 떠난 빈 집들도 있었다. 그 집에서 술래잡기하며 놀던 어린 영혼들은 어디에서 「밥냄새」 같은 도움과 사랑으로 잘 자라고 있을까.

사람들은 스승의 결정적인 말 한마디나 부모의 기대에 찬 말, 이웃의 영향이 정신적인 원형질이 되어 일생을 살아가는 에너지가 되기도 한다. 잘 아는 화가 J씨는 초등학교 3학년 때 담임선생님이 '좋은 화가가 될 것'이라는 칭찬 한 마디를 해주셨는데 그 뒤로 마음 속 화로에 불길이 지펴져서 늘 마음이 충만해 있었다고 한다. 어려운 일이 있을 때도 속으로 "나는 훌륭한 화가가 될 사람이니까"하며 이겨내고, 연마하여 오늘날 중진화가의 반열에 오르게 되었다.

내게는 이런 수준의 귀한 덕담 대신 놀림 비슷한 것이 각인되어 있다. 아버지 사무실의 K아저씨는 초등학생인 내게 숙제를 가르쳐주며 "공부를 열심히 해서 서울에 있는 대학에 가면 멋쟁이가 돼서 뾰죽구두를 신고 으스대며 다닐 거지?" 하며 실룩거리고 걷는 모습을 보이며 놀려댔다. 그 놀림이 그리 유쾌하지는 않았지만 자연스럽게 공부를 열심히 해야 할 것처럼 여기게 되었다. 그리고 대학생이 되자 당연히 하이힐을 신어야 하는 것으로 여겨 남보다 먼저 하이힐을 신기도 했다.

어릴 때 놀림처럼 대학에 진학은 했으나 내게 문학의 길에 들어

서게 해준 분은 고교 때 국어선생님이셨다. 교내 문예 콩크르에 입
선했을 때 "문과 대학에 가서 좋은 문인이 되라"고 권하셔서 당연하
게 문과를 지원했었다. 나는 문학이 초자연적이고 초월적인 세계를
체험하게 하지는 않지만, 작가의 예지와 노력을 통해서 독자에게 천
국과 지옥을 안겨줄 수는 있으리라고 생각한다.

자신의 내적인 충동을 글로 썼을 때 밤꽃냄새처럼 좋아하거나 싫
어하는, 반응이 엇갈리는 작품이라면 안 될 것이다. 철원오대쌀밥은
우리 일행이 다 같이 환호하며 먹었다. 「밥 냄새」 같은 희망과 축복
을 안겨주는 글을 쓰고 싶은 과욕을 부려본다. 철원오대쌀 봉투를
책상 위에 놓고.

(2008.)

철봉 넘기

　남몰래 비밀거사라도 계획한 것처럼 비장한 각오로 공원으로 향했다. 이른 새벽, 한낮엔 못 느꼈던 소나무향기가 부드러워진 새벽바람의 입김에 스쳐왔다. 여러 번 뛰어올라 철봉대에 허리가 걸쳐진 나는 망설이지 않고 단숨에 넘어버렸다. 스르르 넘어버렸다고 생각했는데 온몸에 힘이 빠지고 어둠과 적막뿐, 세상이 빙빙 도는 것이었다.

　퇴직한 지 오래인데도 마음이 불안한 날은 방송 사고를 내는 꿈을 꾼다. 제작된 방송테이프를 주조정실에 인계 안 하고 퇴근해서 비상용 음악이 방송되거나, 생방송 때 출연자가 안 와서 쩔쩔 맨다. 학창 때는 시험시간에 답이 생각 안 나서 당혹스럽던 꿈이었고, 취학 전에는 철봉에 매달렸다가 떨어지는 꿈을 자주 꾸었다.

　오랜만의 꿈이었기에 현장검증이라도 나가듯 공원으로 발걸음을 재촉했다. 해뜨기 전인데도 공원에 나온 사람들이 많다. 운동 틀 옆 의자에 앉아 얘기를 나누는 두 노인 중 한 분은 운동화를 벗고 있다. 사무엘 베게트의 연극 『고도를 기다리며』에서 방랑자 블라디미르가 에스트라공에게 구두를 벗겨달라면서 대사를 주고받던 첫 장면이 생각난다. 고목 한 그루만 서있는 길목에서 그들은 서로 질문하고 욕하고 운동하고 장난치며 '고도'라는 인물을 기다린다.

초라한 두 노인과는 달리 운동장을 걷고 있는 아이들은 어두운 밤을 지나온 것 같지 않은 해맑간 얼굴이다. 그중 서넛이 철봉대로 다가간다. 철봉에 오르는 아이들처럼 더 높이 오르려는 노력과 더 나은 것을 지향하는 이들의 의지와 노력으로 역사는 발전했으리라. 그런 의미까지 부여하지 않더라도 운동선수는 새로운 시도로 실력을 높이려 하고, 운동선수가 아닌 이들은 체력단련으로 자신의 분야에서 능률을 올리려고 운동을 할 것이다.

어렸을 때 유치원에서 철봉 넘기를 배웠다. 두 손으로 철봉대를 붙잡고 풀쩍 뛰어오른 다음에 몸을 아래로 숙이면서 빙 돌아서 원래의 상태로 돌아오는 것이다. 남들이 돌 때는 쉽고 경쾌해 보여서 금방 할 수 있을 것 같았다. 그런데 여러 차례 시도 끝에 철봉대에 올라서고도 겁이 나서 못 넘는 아이들이 많았다. 물론 나도 그 중의 하나여서 철봉을 넘어야 하는 숙제에 가슴이 조마조마했었다.

저쪽에서 대화를 나누는 노인들에 비해 일제 강점기의 좌절이나 전쟁의 고통도 덜 겪었고 아픔의 깊이도 덜할지 모른다. 그러나 나는 조그만 일이나 과제가 닥칠 때마다 의연하지 못하고 겁부터 냈고, 해가 갈수록 점점 위기의식도 짙어지는 것 같다. 『고도…』의 주인공들처럼 죽음과 허무감 사이를 끊임없이 방황한 날은 또 얼마나 많았던가.

벤치에 앉아 나뭇가지를 들여다보니 앙상한 줄만 알았던 줄기에

뾰족하게 움이 트고 있다. 겨우내 나무 아래에서 데친 것처럼 거무
죽죽하게 누워 있던 맥문동 잎새들도 벌떡 일어나 하늘을 향해 살
랑거리고 있다. 지난겨울의 차가운 바람을 이겨내면서 새잎을 피워
낼 준비와, 부단히 물기를 끌어 올렸나보다. 그리고 해마다 찬바람
을 이겨내면서 더욱 강한 나무가 되었을 것이다.

　남들은 철봉 넘기를 신나게 해낼 때 나는 극도의 외로움을 맛보
았다. 쉽게 넘은 아이들이 으스댈 때 나는 초라하기 이를 데 없었다.
가족들은 "너두 할 수 있어. 겁내지 말고 선생님이 가르쳐주시는 대
로만 해봐라." 하셨다. 다음 날 선생님은 이전보다 훨씬 부드럽게 철
봉 넘기를 가르쳐 주었다. 우리에게 철봉에 올라 꼭 잡게 한 후 선생
님이 우리 몸을 잡고 돌려주는 듯해서 사뿐히 넘을 수가 있었다. 가
족들의 믿음과 기대가 거름이 되었고, 믿음을 뿌리로 용기가 생긴
후엔 계속 철봉을 넘었었다.

　철봉 넘기를 못해낼 때 "운동선수가 될 것도 아니니 못해도 괜찮
다"고 부모님이 말할 수도 있었을 것이다. 그러나 선생님의 가르침
에 순종하게 하고 또 그 과정을 거쳐 다른 어려움도 극복하게 하려
던 것이 아니었을까. 그 고비만 넘기면 다른 일도 해낼 수 있다는
기대와 희망을 갖고 살게 해주려 했던 것이리라.

　정신적인 갈증으로 몸살을 겪을 나이도 아니면서, 열정적으로 몰
입할 명분 있는 일을 못 찾아서인지 마음은 편안치가 않다. 외적인
임무에 시달리지도 않는 처지여서 빈 마음으로 평강을 얻으려고 노
력하는 요즈음인데 꿈은 절박하기 일쑤이다.

　『고도를 기다리며』처럼 희망도 없는 기다림으로 죽음과 허무감

사이를 방황해야하는 우리 삶에 대해 초라하고 무의미한 것이라고 절망하고 싶지는 않다. 허무를 절감하는 무신론자도 아니다. 신의 은총을 약속 받고 영원한 삶을 지향하고 싶다.

나무가 이파리를 떨구고 겨울을 견딜 때 다음해 봄, 새잎으로 피어나리라는 것을 아무도 의심하지 않았다. 사람의 삶도 창조주의 눈으로 볼 때 그렇지 않을까.

두 방랑자가 본 일도 없는 '고도'가 나타나야만 구제 받을 수 있다고 생각하며 얘기를 계속하듯 우리는 무엇으로 얘기를 대신하고 희망을 가질 수 있을까.『고도…』의 주인공들에게 이야기는 살고 있다는 위안이며 삶의 도구였다. 나태하고 희망을 잃었던 이들의 가슴에 스며들어 모든 세포를 불러 일으켜줄 신비로운 이야기는 무엇일까.

실제로 철봉틀에 매달린다 해도 힘이 들고, 어쩌다 용기 내어 넘을지라도 꿈에서처럼 어지러워서 쓰러질지도 모른다. 그러나 철봉 넘기에 대한 생각만으로도 내가 가지는 두려움과 허무감을 지울 수가 있을 것 같다. 위축되어 있던 내게 겁내지 않고 철봉을 넘게 해준 선생님과 할 수 있을 때까지 기다려주었던 가족들의 믿음과 후원을 생각해본다.

늘 지켜보는 창조주의 존재를 일깨워주려는 듯, 막 떠오른 햇살이 나의 시선을 따갑게 한다.

(2006.)

성에와 딸기

밤새 내린 함박눈이 아침햇살 아래 눈부시던 은세계.

온 누리가 새롭게 꾸며진 경이로움에 둥 둥 둥 북을 울리며, 발자국 없는 길을 걸어가면 신비로운 나라에 이를 것 같은 환상을 가져본 동심도 있었고, 무언가 행운이 다가올 듯한 기대를 품었던 것도 오래 전 일이다.

흔히들 첫눈에는 소박하면서도 기원이 깃들인 소망을 걸곤 한다. 몇 십 년 전만 해도 대개 학교를 졸업하면서 친구들과 "10년 후 첫눈 오는 날에 만나자"고 약속한 사람들로 덕수궁 석조전에는 인파가 몰려들기도 했다. 크리스마스카드나 연하장에서 눈 쌓인 풍경을 보면 시골에서 보낸 아늑한 유년시절이 떠올랐고, 한밤중 소리 없이 눈이 쌓일 때 풍성한 은혜와 함께 외경심 같은 것이 생겨나서 무릎을 꿇었던 기억도 있다.

그런데 언젠가부터 눈 쌓인 풍경을 보면 새빨간 딸기가 생각난다. 그리고 병환이 깊어 오랫동안 자리에서 일어나지 못하는 어머니가 한겨울에 딸기를 먹고 싶다고 하여 눈 쌓인 들판으로 찾아나간 설화 속의 효자, 들판과 산속을 헤매던 효자가 눈 덮인 샘가에서 빨간 딸기를 발견했을 때 얼마나 신났을까. 어머니가 그걸 잡숫고 병석에서 일어났을 때의 기쁨을 생각해보게 된다. 이 설화와 함께 또 생각나는 안데르센의 동화『눈의 여왕』에도 딸기가 나온다. 악마가 만든 거울조각이 눈에 박힌 친구 카이가 분별력을 잃어 눈의 여왕 성으로 가버리자, 게르다 소녀는 온갖 역경을 거치며 카이를 찾아내는 모험심에 박진감이 느껴지는 동화이다. 고생 끝에 카이를 발견한 게르다가 카이와 함께 부르던 노래를 부르자, 카이가 울음을 터뜨리고 눈물 속에 악마의 깨진 거울 파편이 씻겨 나와 카이는 게르다를 알아보게 된다. 그들은 갇혀 있던 눈의 여왕의 성에서 나와 딸기가 열려 있는 곳에서 게르다를 데려다 줬던 순록을 만나 집으로 돌아오는 길을 알게 된다.

우리 설화에서는 지성이면 기적이 일어나고 자기희생적인 사랑, 효의 위대함, 이런 것을 느꼈고, 안데르센의 동화에서는 어렸을 때는 박진감을 느끼며 게르다가 카이를 구하기까지의 모험심과 위기를 보면서 흥미로웠다. 그러나 이제는 죄와 구원, 자기희생을 통한 헌신적 사랑, 위기와 고난 극복이 위대하게 느껴지니 만년설처럼 쌓인 적설 같은 성숙이라 할 수 있을까.

나이든 지금은 왜 우리네 설화에서는 딸기가 효의 매개가 되었고, 안데르센의 동화에서도 눈 속에 딸기가 열려 있는 곳에서 희망의 탈출을 하게 되는가. 눈이 올 때마다 가끔 의문을 가지면서도 이렇다 할 답을 생각해 내지 못하고 있다. 다만 눈 속의 딸기가 행운을 상징하는 것, 그것도 지극한 정성과 노력의 결과로 얻어진다는 당연한 사실만 확인했을 뿐이다.

안데르센은 가난한 구둣방 집 아들로 태어났으나 옛날이야기를 잘 들려주시던 할머니에게서 뛰어난 상상력을 물려받았고 아버지의 시적 재능, 그리고 어머니의 신앙심을 배우며 자랐다고 한다. 어느 날 병석에 누워 계신 아버지가 창문에 낀 성에를 보며 말했다.

"봐라 얼음아가씨가 나를 데려가려고 와있구나."

상상력으로 앞날을 내다본 아버지의 이 말이 안데르센의 머릿속에 오랫동안 남아 있어서 그는 의미 있고 환상적인 동화를 쓰려고 작정했다. 마침내 가족에게서 물려받은 뛰어난 상상력과 풍부한 감수성, 그리고 신앙심을 담아 안데르센은 치밀한 묘사로『눈의 여왕』같은 걸작을 완성할 수 있었다. 눈의 여왕 성으로 이끌려간 카이와 온갖 역경을 이겨내며 카이를 찾아 헤매는 게르다의 아름다운 이야기가 장편서사시처럼 장대하게 펼쳐져서 오랫동안 세계인의 사랑을 받아왔다. 거울 조각이 박혀서 눈에 나쁜 것이 보이거나 다르게 보여서 자신도 모르게 죄를 짓는 카이, 게르다의 헌신적 사랑과 자기희생을 통해 고난을 극복하고 구원해내는 쾌거는 큰 감동과 교훈을 준다.

내게 올바른 판단이 서지 않고 앞에 있는 것도 바르게 보이지 않거나 혹은 어떤 일들이 부정적으로 생각될 때, 내게도 악마가 만든 거울의 파편이 박힌 것은 아닐까 생각하기도 한다.

회색빛 세상을 하얀 가루로 덮고 신성한 봉우리나 아늑한 마을, 뾰족한 첨탑에도 둥그렇게 쌓일 때, 그리운 산천의 풍경과 보고 싶은 얼굴들을 떠올려보며 순수와 진실만이 쌓이던 평화로움 속에 우리가 추구하던 것은 무엇이었을까 되찾고 싶다.

사람들의 고통을 보고 다 하늘나라로 데려갈 수 없어서, 대신 하늘나라에서 하얀 눈에 날개를 달아서 보낸 조물주의 따뜻한 마음도 헤아려보고 싶은 눈 오는 밤의 동심.

창밖에는 바람 불어 눈발이 휘날려도 꼭꼭 닫은 유리창에 우리의 소망과 꿈처럼 환상적인 무늬를 놓던 성에의 감격. 가슴속에 머릿속에 아름다운 이야기를 상상해낼 성에가 유리창에 어린다면 겨울이 두렵지 않으리라.

온 누리가 눈에 덮여 망각 속에 사라진다 해도 마음속에 딸기처럼 기다려줄 성취의 열매, 행운의 열매가 있다면 두렵지 않으리라. 눈 오는 날 성에는 아직도 할 말이 많은 우리의 창가에서 떠나지 않고 창조의 세계를 열어 보여줄 것이다.

(2007.)

내레이터

영화『아웃 오브 아프리카』는 우리나라의 나이든 주부들에게 인기가 있었다. 아프리카 비경을 배경으로 인텔리 여성과 자유로운 영혼의 남성이 벌이는 멋진 로맨스, 특히 강가에서 남주인공이 여주인공의 머리를 감겨주는 장면에 감동들을 했다. 여주인공 카렌이 잘된 운율의 얘기를 풀어가서 남주인공 데니스를 감탄시키는 재능과 품위도 부러워하고

내 경우는 이런 로맨스보다도 영화의 첫머리 황혼 장면에 깔리던 여주인공의 목소리를 잊지 못한다. 이 영화는 네덜란드의 여성작가 아이 작센의 자전적인 얘기로 나이 든 주인공이 온갖 감정이 응축된 목소리로 "그 사람은 사파리에 축음기까지 가지고 왔지. 우리들의 우정은 선물로 시작되었어…"라고 회고하는 것으로 시작된다. 그 목소리에는 사파리의 애틋한 경험과 끓어 넘치던 격정에서 해방된 허전한 아픔이 녹아 있었다.

『아웃 오브 아프리카』의 경우엔 여주인공역의 메릴 스트립이 해설을 맡았으나 유명 영화에서는 드라마와 관계없는 명배우를 해설

자로 써서 극의 효과를 높이기도 한다. 영화『연인』의 경우 프랑스의 원로 명배우 잔느 모로가 해설을 맡았었고 월트 디즈니사의 어린이 영화에서 로빈 윌리엄스는 명해설로 인기를 얻은 배우이다.

알려진 대로 내레이터는 영화, 연극, 방송극에서 스토리를 알기 쉽게 풀어서 설명해주고, 동작만 있고 대사가 없는 다큐멘터리에서는 해설로 스토리를 진행해준다. 가이드 역할과, 스토리를 응축시켜서 전개하는 드라마 토막을 이어주는 고리의 역할도 하는 것이다.

나는 어렸을 때 내레이터를 부러워했다. 주인공들이 나눈 대사내용이 모호하게 여겨졌을 때 "그때 그는 웃으며 말을 했지만 속마음은 울고 있었다…" 혹은 "그는 양심과 욕심이라는 두 갈래에서 갈등하고 있다"라는 등 우리가 모르는 사람들의 심리를 알려 주었고 마지막 장면에서는 짤막한 한 마디로 긴박감을 높이는 재주도 부렸다. 나는 내레이터가 말하는 내용은 작가가 써주는 것이 아니고 그때그때 내레이터가 순간적으로 꾸며서 하는 줄 알고 신통하게만 여기고 부러워했던 것이다.

그런데 내레이터의 역할이 작가의 대본에 의한 것인 줄 안 후에도 나의 내레이터 흠모는 변하지 않았다. 방송사에 입사 후 멋진 내레이터 역을 도맡는 성우 Y씨를 부러워 한 일이 있다. 극의 흐름, 내용에 따라 음색과 호흡을 조절하고 감정을 실어서 극의 분위기를 이끌어 가는 뛰어난 감성과 연기력. 몇 번인가 Y씨가 맡았던 드라마 대본을 구해서 살짝 연습을 해보기도 했다.

Y씨가 여러 드라마에서 내레이터로 인기가 있었지만 잊히지 않는 드라마가 있다. 내용은 미혼의 청년이 연상의 유부녀와 사랑을

나누는 퇴폐적인 것이었다. 방송에 적합하지 않을 것으로 연출자나 동료들이 염려했는데 작가가 미묘한 심리적인 흐름을 해설로 처리하고 Y씨가 감칠 맛있게 연기하여 아직도 아름다운 사랑으로 기억되고 있다.

인간사이의 관계도 이런 내레이터가 있다면 싸움도 반목도 없을 것이라는 엉뚱한 생각을 해본다. 생소한 사이를 친밀하게 해주고 적응하게 해주는 내레이터. 내레이터는 연기자면서 청취자, 시청자 관객을 이어주는 다리의 역할을 한다.

사람과 사람과의 관계만 이어주는 것이 아니라 자연과 인간에게 숨어 있는 비밀도 풀어내서 의미 있게 만나게 하는 역할을 하는 것도 많다. 얼핏 생각해 보면 너르고 너른 인간사를 집약시켜 해석해주고 인생을 바람직하게 여기게 하는 철학과 같은 학문이 내레이터로 여겨진다. 그러나 모든 것의 의문을 풀어주는 다른 학문들도 사람들의 내레이터가 아닌가. 그리고 뛰어난 내레이터는 각종 종교에서 목회자나 지도자들이 인간과 신과의 사이를 돈독하게 하고 바람직하게 살게 하는 경우일 것이다.

어느 특정 직업인이나 개인의 경우가 아니고 모든 예술작품은 학문처럼 자연과 인간의 내레이터라고 하고 싶다. 그것도 학문보다 부드럽고 아름답게 내레이터의 역할을 해낸다고 볼 수 있다. 이를테면 한 장의 그림이, 한 편의 소설이 인간사를 쉽게 해석해서 보여주는 것이다.

나도 수필인으로서 작품을 쓰고 있으니 연기자로서의 내레이터는 아니지만 인생 내레이터로서의 역할은 주어진 셈이라고 할까. 수

필이 내 인생의 자화상이지만 내가 살아온 내용이나 마음가짐보다
더 멋지게 전달하고 싶은 내레이터 역할은 사양하고 싶다. 그러나
남과 이어진 인간관계에서 감칠 맛나고 의욕이 솟구칠 만한 값진
내용만 간추려서 다리가 되는 내레이터 역할을 하고 싶다.

급변하는 세태에서 너무나 엉뚱하고 생소한 일들이 다반사로 벌
어지는 가운데 잘 정리해서 감동을 주고 싶다. 힘든 처지에서도 아
름답고 바른 길을 가려는 이에게 지름길을 귀띔해 줄 수 있다면 얼
마나 좋을까. 가치 있는 일을 기억에 남겨주는 내레이터가 되고 싶
은 과욕도 떨쳐버릴 수가 없다.

(2003.)

사람에게만 주어진 덤

새벽에 눈을 뜨자 창밖에선 산에 다녀오는 사람들의 수런거리는 소리가 들려온다. 약수터에서 물을 마시고 아침체조를 끝내고 내려오는 사람들의 즐거운 분위기가 전해온다.

방송 PD시절에 바쁘기로 소문난 H선생을 섭외하면 새벽 7시에 나와서 녹음을 했다. H씨는 일찍이 스튜디오에 와서 7시에 간신히 대어가는 나를 함빡 웃는 얼굴로 맞아주곤 했다. 사회적으로도 명망 있던 그는 새벽 6시부터 직장업무를 시작하는 9시 사이가 자기에게 주어진 덤이어서 방송출연과 원고 쓰는 일로 이미 베스트셀러도 대여섯 권이라고 싱글벙글했다.

새벽에 산에 가서 약수를 마시고 운동하고 내려오는 이들도 두 시간을 덤으로 더 받은 것이라 즐거워하는 것일까. 나도 자리를 털고 일어나 밖으로 향한다. 문밖으로 나오니 새벽바람이 상쾌하기 그지없다. 상쾌함이야말로 새벽에 얹힌 덤이 아닐까.

내게 있어서 덤이란 네 살 후의 생명이다. 부모님은 어린 딸이 고열로 의식불명이 되어 깨어나지 못하자 위로하러 온 친척들에게

"제명이 이것뿐인데 어떻게 하겠어요." 하며 속으론 애를 끓이면서도 겉으론 담담했다고 한다. 의사도 가망 없다고 포기했는데 지금껏 살고 있으니 덤이 더 큰 인생이다. 며칠 만에 깨어나 말도 차츰 회복하고 청각도 되찾았는데 시력이 손상을 입어 좀 더 잘 보려고 찡그리다 보니 나도 모르게 남에게 편편치 않은 인상을 주었던가 보다. 예쁘지도 않은데다 접근하기 힘든 사람으로 취급되는 것도 의식하지 못하고 산 세월이 얼마였던가.

그것이 개인적인 문제였다면 또 하나 의식하지 못하는 덤, 바람이 있었다. 고독과 바람은 피할 수 없는 존재로 여겼으나 언젠가부터 세찬 바람에 몸을 움츠리면서 바람이 잠자기를 기다리며 인내와 지혜를 배우고, 쉴 사이 없이 움직이는 바람이 잠자는 사이의 여백을 누릴 수가 있었다. 그 여백을 상상으로 채우며 덤으로 얻어지는 글쓰기를 꿈꾸었다.

하늘과 땅 사이가 너무 넓어서 허전하다는 소월의 시구처럼 마음의 빈자리를 메우기 위하여 직장인들이 주말이면 산을 찾아가고, 강가로 수석을 찾아 배낭을 메고 나선다. 직장 선배 K씨는 주말마다 수석을 찾아 방방곡곡을 누비더니 정년 후엔 그 방면의 일인자가 되어 퇴직 후 오히려 품위를 유지하며 화려하게 살고 있다.

이들 덤은 대형마트나 백화점에서 세일 때 상품 한 개를 사면 하나를 더 주는 덤처럼 몸통과 똑같은 값어치인데 거저 얻어진 것이 아니다. 남과 똑같이 받은 시간을 피나는 노력으로 활용하여 몸통보다 더 큰 덤을 인생 후반기에 누리고 있다. 그래서 더욱 가치 있는 덤일 것이다.

나는 노력을 쏟는 대신 결과에 불평할 때가 많다. 대형 사고에서 용케 살았거나, 중병을 이겨낸 이들에게는 "덤으로 살고 있으니 좋은 일을 많이 하라."고 권하면서, 내 자신이 덤으로 얻은 생명임을 잊을 때가 많다.

성실한 생활과 밝은 웃음으로 홍복을 누리며 사는 것은 부러운 일이다. 웃음이 건강에 좋고 삶을 연장시킨다는 의학 소식이 많이 알려져 있다. 하루에 쉼 없이 삼십초를 웃게 될 때 이틀의 생명이 연장된다고 한다.

다른 동물들과 달리 웃음은 인간만 덤으로 받은 선물이다. 자신에게도 좋을 뿐만 아니라 보는 이들에게도 기쁨을 주는 덤, 웃으며 사는 걸로 또 하나 새로운 덤을 얻고 싶은 욕심이다.

(2008.)

구수하고 시원한 된장국과 생태찌개

어느 명사가 일류음식점에 손님들을 초대하고 "보잘 것 없는 음식으로 모셔서 죄송합니다만 많이 드십시오."했다. 그 말을 들은 음식점 주인이 "지금 한 말 취소하십시오. 우리 집 음식은 시내에서 가장 맛있다고 소문난 집입니다."고 항의했다 한다.

내가 소개하고자 하는 신선한 배추 넣은 된장국과 생태찌개도 맛은 좋지만 평범한 음식이다. 그러나 '보잘 것 없는 음식'이라고 폄하하면 아마 그 음식점 주인도 화를 낼 것이 분명하다.

정동, 러시아공사관 건물 한쪽이 남아 있는 광장에서 신문로로 나오는 골목에 야트막한 한식집이 있었다. 점심시간이면 샐러리맨들로 꽉 차서 문 바깥에서 줄을 서서 기다리는 경우가 많았다. 그때는 고층빌딩이 가려 있지 않아서 멀리 보이는 인왕산의 미끈한 바위와 그 둘레의 나무빛깔에서 사계의 변화를 가늠하며 기다리기도 했다.

먹는 것이 활력이 되고 기쁨으로 승화하는 것 같았고, 편식하던 어렸을 때의 습관이 고쳐진 것에 대한 나대로의 대견함을 느끼기도 했다.

어렸을 때, 우리 집은 커다란 장독대에 항아리마다 고추장, 간장, 된장이 꽉 차 있었고, 온갖 젓갈도 익고 있었다. 어머니의 표현대로 '입이 짧아서'였는지 된장, 고추장 같은 재래음식은 입에 대지도 않고 계란찜, 일제 어묵, 오징어, 멸치조림, 깻잎조림 등이 없으면 밥상을 본척만척했었다. 쇠고기, 돼지고기도 싫어했고, 생선이 흔한 지역에 살았건만 기름기 없고 담백한 생태만 먹었다.

어느 날엔가 동네 아주머니들이 우리 집에서 된장, 고추장을 맛보고 달다면서 내게 이런 맛있는 것을 매일 먹으니 얼마나 좋으냐고 하며 조금씩 얻어갔다. 그들이 간 뒤 한번 먹어보고픈 마음이 일었다. 집안 어른들이 권할 때는 외면했었는데 남들이 맛있게 먹는 현장에서 나도 비로소 그 맛들과 친해질 수 있었다.

그 뒤로는 찬밥을 물에 말아 굴비를 쭉쭉 찢어먹는 맛과, 새콤한 깍두기 국물에 밥을 비벼 먹고, 뜨거운 밥에 날 달걀을 깨어 넣고 일본간장으로 비벼먹는 등 색다른 미각도 즐기게 되었다. 집을 떠나 객지에서 학교를 다니는 동안 기피하고 혐오하던 식품들과도 차차 화해하게 되었다. 그리고 대학에 들어가서 소설가 김광식 교수의 단편 중 신입사원을 뽑는 대목에서 강한 충격을 받았다. 두 명을 놓고 최종심을 하는데, 임원이 함께 식사를 하며 맛있게 보기 좋게 식사하는 사람을 뽑는 장면이었다. 그 뒤로 나는 의식적으로 편식을 고치고 식사를 맛있게 하려고 노력했었다.

직장생활 거의 20년 만에, 그러니까 지금으로부터 21년 전, 나는 정말 싫증나지 않고 구수한 배추 된장국과 시원한 생태찌개 등이

입에 맞는 한식집 '안성또순이집'을 발견했던 것이다. 신세대 후배들이 함께 가면 별로 맛있는 줄 모르겠다고 하다가도, 몇 년 지나면 그 참 맛을 알게 되던 집이다.

지금은 교통 좋은 광화문 교보빌딩 뒤로 이사해서 딸이 솜씨를 전수 받아 운영하지만 맛은 변함이 없다. 시내에 나가면 자주 들르는데 깔끔하고 맛있는 반찬 때문에 과식하게 되어 주저하기도 한다. 여느 한식집처럼 낙지볶음, 오징어볶음, 북어양념구이, 간장게장, 동그랑땡 외에 깔끔한 개성 보쌈김치도 맛있지만 우거지 된장과 생태찌개를 시킨다. 숨음배추보다 약간 큰, 푸르게 데친 배추를 넣어서 끓이기 때문에 우거지 된장으로 부르는데 실상 이 배추는 큰 배추의 겉대를 떼어낸 우거지가 아니라 겉절이 해먹을 만큼 연하고 싱싱한 배추를 쓴다. 곱게 빻은 멸치가루를 노랗게 잘 익은 된장에 넣어 주물러 놨던 것에 물을 붓고 끓이다가 데친 배추, 잘게 썬 유부와 기름기 없는 쇠고기를 조금 넣는다. 얇은 양은 냄비에 오래 끓이지 않은 것을 상에 내놓는다. 배추에 들어 있는 비타민류는 국으로 끓여도 파괴되지 않고 비교적 남는다는 것을 생각하며 아삭아삭한 배춧잎을 건져먹고 여느 된장처럼 짜지 않은 국물도 듬뿍 떠먹는다.

일식집 매운탕처럼 텁텁하지 않고 맑고 시원한 맛이 이 집 생태찌개의 자랑. 생태는 상등품을 구하기 위해 전담직원이 새벽 두시에 수산시장에 나간다. 새우 등 부 재료도 반드시 신선한 것만 쓰고 국물은 조미한 육수 대신 맑은 생수에 크지 않게 썬 무를 넣고 끓인 후 갖은 양념을 한다. 큰 냄비에 어느만큼 끓여서 나오기 때문에 식탁에서는 식지 않을 정도의 불을 켜두고 내장이나 알, 새우 등 기호

대로 나눠 먹으며 가족끼리, 친구끼리 정을 돈독히 할 수 있다.

이따금, 생태 눈알이 눈에 좋다고 권하던 어른들의 배려가 생각나 나도 모르게 눈물이 흘러 당황하기도 한다. 같이 간 친구가 맵지 않고 시원한 국물에 웬 눈물인가 의아해 할까봐.

(2006.)

프로정신보다도

50년 전 영화 『로마의 휴일』(Roman Holiday 1953, 미국)은 지금 봐도 감각이 떨어지지 않는다. 유명한 영화여서 나이 든 세대들은 거의 다 알만한 추억의 영화이다. 바쁜 스케줄과 제약에서 뛰쳐나왔던 유럽의 공주와 특종을 쫓던 기자의 아름답고 짧은 사랑이야기.

어렸을 때 극장에서 처음 봤을 때는 애틋한 이별이 안타까워 영화가 끝난 후에도 선뜻 자리에서 일어설 수가 없었다. 그런데 며칠 전 케이블 텔레비전에서 보면서 세월의 바람에 무디어져서인지 이야기의 골격보다 엉뚱한 장면에 집착이 갔다. 이를테면 영화 속에 등장하는 각종 직업인의 치열한 프로정신이 돋보이는 것이었다.

남 주인공 브레들리 기자(그레고리 펙 扮)는 가로의 벤치에서 잠든 여성(오드리 햅번 扮)을 집에 데려오는데 예리한 감각으로 그녀가 귀한 신분임을 알아챈다. 특종을 쓰려는 그는 사진기자를 불러 공주와 함께 로마를 관광하며 일거수일투족을 찍게 한다. 사진기자 어빙 역시 공주가 눈치 채지 않게 결정적인 장면을 놓칠세라 날렵하게 움직인다. 또 한 사람, 낮에 앤 공주의 머리를 잘라줬던 미용사도 눈물겹다. 파티장에서 공주와 신나게 춤을 추다가 빗을 꺼내서 공주의 이마에 내려진 머리를 갈라 빗어주는 등 자기가 만든 스타일을 보기 좋게 유지해 주려는 직업정신의 투철함을 보여준다.

20년 전, 방송사 동료들과 로마에 가서 영화의 배경이 되었던 곳에 들를 때마다 감회가 깊었었다. 그런데 신기한 것은 보는 것마다 직종에 따라 다른 반응을 보이는 점이었다. 트레비 분수를 지켜보던 쇼 담당자는 "야! 여름특집 쇼를 여기서 찍으면 좋겠다"고 하면서 분수 앞을 떠날 생각을 안 했고, '진실의 입' 앞에서 교양프로그램 담당자는 그 모형을 만들어 소품으로 쓰고 싶다며 스케치를 했다. 음악 담당 PD는 들르는 성당마다 미술품 감상보다 그 성당의 합창 CD를 사기에 바빴다.

이런 정도야 프로로서 취향의 차이라고 할 수 있으리라. 그런데 일에 대한 일념으로 중독이 되어 개인적으로 손해 본 동료도 있다. 30여 년 전, 수사드라마의 연출자였던 노총각 H는 친지의 소개로 선을 봤는데 친지가 먼저 가며 "둘이서 자리를 옮겨 얘기를 하라"하고 사라졌다. 마침 가까이 조용한 분위기의 절이 있어서 그곳으로 갔다고 한다. 퇴근 후여서 금세 날이 어둑해져 을씨년스럽고 어색했는데, 처음 만난 사나이가 친절하게 대화를 거는 대신 주변을 두리번거리더니 "수사반장 찍으면 좋은 신이 되겠군." 했다고 한다. 방송사에서 보면 프로그램에 대한 충심에 상을 줘야겠지만 선본 여성 측에선 일밖에 모르는 벽창호라는 게 퇴짜이유였다던가.

위와 같은 일 중독증자도 있지만 누구나 자신이 하는 일이 항상 즐거운 것만은 아니리라. 직업은 노동으로 대가를 받는 것이기에 싫증도 나기 쉽고 나아가서는 좀 더 의미 있는 일을 해서 인간다운 삶을 이뤄보겠다고 하는 경우도 상상해볼 수 있다. 그리고 가능한 한 작은 양의 일을 맡아서 피곤하지 않게 자유 시간을 즐기고픈 마음도 있을 것이다.

특히 많은 사람들을 위한 일로 수시로 대상이 바뀌는 일에 종사하는 이들은 천층만층의 사람들을 대하기 때문에 여간해서 좋은 반응을 얻기 어려울 것이다.

몸이 불편해서 병원에 갔을 때 눈길 한번 안 주고 바쁘게 왔다 갔다 하는 의사나 간호사를 냉정하게 느낀 때가 있으리라. 오래 병원에 입원했던 사람들은 자신의 나쁜 상황으로 기대고 싶었던지라 사무적으로 대하는 의료인들을 섭섭하게 여기기도 한다.

나도 오래 전, 의식불명의 선친을 옆에 두고 입원수속을 밟는 동안 처절하게 외로운 적이 있었다. 깨어날 수 있을까. 회복될 가망이 있을 지의 불안함으로 한쪽에서 의사와 간호사의 발소리만을 얼마나 기다리고 있었는지 모른다. 행여나 희망적인 한 마디를 들을 수 있을까 해서였다.

프로정신으로 자기 일을 성실하게 하며 거기에 사랑이 담겨 있을 때의 감동은 영원히 잊히지 않는다. 선친이 입원 중 그야말로 천사 한 분을 만났었다. 나이는 20대 후반쯤으로 외모도 곱상한 간호사였다. 혈압을 체크하고 체온을 재고 약을 바르는 손길이 따뜻하고 정성이 담겨 있었다. "쉰 넷이시면 한창이시네요. 회복되시겠죠" 자신이 비번인 날 다른 이의 서투른 치료로 생긴 상처를 아프지 않게 닦아주려 애쓰고 위로를 아끼지 않았다.

환자에게만 친절한 것이 아니라 환자가족에게도 친절한 배려를 했다. 그 성실한 태도에 문병을 왔던 친척 한 분은 며느리를 삼고 싶다고 했었다. 그러나 선친의 증세는 여드레 만에 회복불가능의 진단으로 귀가조치가 내려졌었다. 그녀는 구급차에 환자를 안전하게 옮기도록 끝까지 돌보고 우리가 병원을 떠나올 때 "나으셨으면 좋았을 텐데…" 하며 말끝을 잊지 못하고 눈물까지 흘렸다.

퇴원 후 몇 시간 만에 운명한 부친의 장례를 마치자마자 서울의 직장에 오느라, 고마운 마음을 전하지 못한 채 몇 십 년이 지났지만 그 사랑은 잊히지 않는다.

건강과 생명을 책임지는 이들이야말로 히포크라테스 선서가 아니더라도 따뜻함이 요구된다. 염증과 빠른 암세포 번식을 막기 위해 절제해야 하는 결단의 순간에는 냉정함이 필요할 것이다. 환자들을 한결같이 가족처럼 대하여 친밀해지는 것, 그리고 특정인에게 사적으로 우대하는 것이 프로정신에 위배될 텐데도 친절하고 따뜻함을 원한다.

오래 전 천사 같던 그 간호사는 선친과 우리 가족에게만 친근했었는지, 다른 사람에게도 한결같이 오래도록 성실하게 대했는지는 알 수 없다. 혹시 개인적으로 자기 부친과 비슷한 연배여서 남의 일 같지 않게 여겼는지도 모를 일이다.

영화『로마의 휴일』에서 기자는 특종을 쓰려고 한 장면도 놓치지 않으려 했으나 순수한 공주와 하루를 함께 보내면서 사랑이 싹터 그 기사는 쓰지 않기로 했다. 비록 맺어질 수 없는 사랑이지만 프로정신보다도 사랑이 앞선 것이었다. 프로정신보다도 환자를 극진히 보살폈던 그 간호사는 사랑이 넉넉한 사람이었으리라.

　지금은 예순이 가까울 그 여인에게 "평안과 힘을 주세요." 하고 기도한다.

(2005.)

푸른 잎새와 낙엽 사이

묵은 책을 정리하는데 누렇게 바랜 대학 교과서에서 이파리들이 떨어져 나왔다. 두 개는 부스러져 버리고 손가락을 펼치고 있는 듯한 단풍잎새와 빛 바랜 은행잎새 한 장만이 모양새가 남아있다.

그 잎새를 보니 떡갈나무 이파리와 굴참나무낙엽이 쌓인 광릉 숲 속에서 부르던 「대니 보이」와 「바나나 보트 송」이 들려오는 듯하다. 나처럼 3학년 초에 편입해온 사람들로 우리 과는 재적생이 100명이 넘었다. 얼굴도 모르고 남학생과 여학생끼리 인사조차 안하고 지내는 사람도 있었는데 졸업반 가을, 광릉으로 간 야유회에서 노래를 매개로 조금 터놓아 개성을 엿볼 수가 있었다.

키 큰 잣나무가 하늘을 찌르고 참나무 이파리가 방석처럼 쌓인 숲 속은 100명이 넘는 우리가 둘러앉기에 좁지가 않았다. 처음엔 노래 잘하기로 소문난 복학생 H가 당시 인기 높던 해리 벨라폰테의 데이오로 시작되는 「바나나 보트 송」을 부르자 전체가 후렴구를 합창하는 소리로 숲이 울렸다. 이어서 여학생들이 「대니 보이」를 불렀고, 미처 끝나기도 전에 한쪽에서 누가 시작했는지 "오늘도 걷는다

만은 정처 없는 이 발길…”로 시작되는 가요가 나오면서 근엄해 보
이던 이나 무뚝뚝하던 이들도 다같이 일어서서 목줄을 세우며 노래
를 불렀다. 열정으로 들끓던 이파리나 고통과 통곡의 삶, 가슴 아린
추억으로 물들었던 이파리의 낙엽들을 밟으면서도 자신들의 신록
의 한철을 보낼 계획이나 꿈은 생각지 못하고 마냥 노래에 취했었
다.

그때 나이 20대 초반 인생의 봄의 어귀에 들어섰던 우리는 푹신
한 낙엽이 밑거름 되어 피어난 나무의 잎새만 찬양했고 가을이나
겨울의 끝을 생각할 겨를도 없었다. 살면서 곤란하고 힘겨운 일이
있을 때 숲처럼 푹신하게 받아줄 것이 없어서 외로울 줄도 예측하
지 못했었다.

동급생들이 노래와 술에 취하여 분위기가 질펀해졌을 때 여학생
몇몇이서 무리에서 살짝 빠져 나왔다. 숲길의 많은 나무 잎새들의
찬란한 색깔, 아기자기한 나무들이 둘러싼 평화로운 동산을 지나니
언덕 위의 한 단풍나무는 화려하다 못해 넘어가는 햇살 앞에서 환
한 등불을 켜고 있는 듯했다. 그때 우리 뒤를 살금살금 따라오는 남
학생 몇 사람이 있었다. 평소에는 서먹하던 사이였는데 색깔 고운
나무들과 파란 하늘을 올려다보며 얘기를 나누노라 시간 가는 줄을
몰랐다.

그때 나눈 얘기 중 사랑과 우정, 어느 것이 중요한가가 주요화제
였다. 반에서 알려질 정도로 사귀던 급우들이 있었다. 그런데 여자
친구가 변심해서 남자의 친구인 다른 급우에게 접근해서 그 남자가
고민 중이라는 것이었다. 그때 누군가가 우정을 택해야 한다고 역설

했다. 잎새는 늘 푸르를 수 있지만 뜨겁게 타서 단풍 든 잎새는 이내 떨어지고 마는 것처럼 애정은 시간이 지나면 식을 수 있고 우정은 늘 푸른 잎새처럼 일생을 좌우하는 것이라고 제법 그럴듯한 말을 했었다.

나중에는 제일 예쁜 단풍 잎새 줍기를 했다. 그때 주운 이파리를 모아 품평을 하고 가위, 바위, 보로 차례로 나눠가졌던 것을 책갈피에 끼워둔 채 오랜 세월이 지난 것이다.

나이가 들면서 낙엽을 보면 진지한 삶의 앙금과 홀로 감당하는 삶의 고통이 읽어지는 것 같다. 그때 화제의 주인공이었던 급우들은 주변의 따가운 시선 때문이었는지 어느 쪽으로도 맺어지지 않고 헤어졌다고 한다. 그들은 낙엽을 보며 아쉬운 이별을 생각할까. 가고 오는 것, 시작과 끝, 잎으로 나뭇가지에 머무는 동안은 희망과 꿈을 가질 수 있는 청춘이고 아름다운 공존인 것을.

해가 산너머로 떨어지고 붉은 노을의 잔영(殘影)이 능선에 걸쳐 있을 때 우린 돌아오며 차안에서 사랑노래를 소리쳐 불렀다. 그때의 화두는 취직과 사랑이었다. 사랑은 어떤 얼굴일까. 무한히 깊고 높은 하늘, 은행잎 하나가 떨어져 내려올 때 외로운 마음이 잦아들었었다. 그 이파리 속에 자신이 마음에 품고 있는 이의 얼굴을 떠올리거나 그 노란 빛깔에서 충만함을 느낀 이도 있었으리라.

기독교 신자들은 죽으면 하나님 품으로 돌아간다는 희망과 기대를 가지고 있다. 저마다의 삶과 땀, 그리고 추억이 묻어있는 낙엽들, 그 가운데는 열정과 사랑, 용서, 그리고 미움의 응어리를 표현 못한 채 시들어 떨어진 것들도 있으리라. 그들은 썩어서 제 밑동으로 돌아가 새 잎을 틔워내는데 자양분이 될 것이라는 사실을 기쁘게 받아들일까.

광릉에서 따로 만나 얘기를 나눈 친구 중 일부는 몇 년에 한번쯤이라도 안부를 묻고 지내다가 흐지부지되어버렸다. 국어 교사로, 사업으로, 대학교수, 또는 주부로 길이 갈려서인지 지속이 안 되었다. 그런데 얼마 전 한 명이 유명을 달리했다는 소식을 뒤늦게 들었다. 2년 전쯤 안부와 함께 '건강에 유의하라'는 뜬금없는 시외전화를 받았었다.

20대 초반, 광릉에서 금빛 같은 단풍 잎새를 주우며 화려한 단풍 빛깔에 마음을 담아 건네려던 친구도 있었고 미처 진솔한 말 한 마디 전하지 못하고 총총 떠나버렸던 이도 있었을 것이다. 너무 뜨거워 성숙하지 못하고 시들은 것도 있을 것이고 순조롭게 발전하여 희열처럼 선명한 빛깔의 단풍이 되기도 했으리라. 환경과 여건에 대응하는 인간의 모습이 각각 침전되는 빛깔.

나무에서 떨어지는 낙엽에도 끈질기게 살아가는 이의 모습과 함께 추억의 빛깔들이 어른거리는 가을, 잎맥을 타고 흘러내리는 푸르른 생명의 빛깔을 자랑하는 잎새 같던 지난날의 우리는 이미 몇몇이 낙엽 되어 묻히기도 했다. 그렇지만 푸르던 잎새에서 황금빛과 주홍으로 자랑스럽게 물들어가고 있는 이가 더 많을 것이다. 삶의 앙금과 멋으로 은유가 되는 낙엽의 계절이 깊어가고 있다.

(2006.)

철이 지난 바닷가

해수욕 철이 지난 바닷가를 찾았다.

해질 무렵의 바닷가를 거니노라니 먼 빛으로 푸르게 보이던 맑은 물이 잔 파도를 찰싹거려서 정겨운 시냇물 같다. 여름내 흥겹던 열광의 발자국들이 지워진 바닷가. 투명한 제 모습이 드러나도록 잔 파도가 바닥을 조심스럽게 훔쳐내는 듯하다. 물기가 잦아든 모래 벌엔 작은 게들이 쏜살같이 달리고 이미 구멍을 뚫고 들어간 놈들이 밀어 올린 모래구슬들로 모래 벌은 화려한 구슬무늬를 이뤘다.

게들이 밀어 올린 모래구슬이 여기(餘技)로 빚어낸 것처럼 여유 있게 보인다. 삶이라는 무거운 짐을 지고 끊임없이 도전하는 사람들에게 쉽게 살라하는 것 같다. 사람은 최선을 다할 때 고통의 깊이만큼 밝아지고 구슬이 아닌 열매가 모아질까.

예전의 철 지난 바닷가는 한적했는데 지금은 그렇지가 않다. 가까이 큰 숙박시설이 있어서인지 어느 회사 연수팀 젊은이들이 구령에 맞춰 뛰어가고 있고, 산책하는 커플들의 느슨한 걸음걸이가 이어져서 적막하지가 않다. 처음 왔을 때는 없던 작은 유람선과 사람들이 타고 내리는 간이선착시설까지 갖춰져 있다. 해안 가까이 모래 벌에 선착시설이 박혀 있었는데 저녁 먹고 나와 보니 바다 한가운데로 옮겨져 있다. 옮긴 것인지, 그 동안 물이 많이 들어왔는지. 물도 들어왔고 자리도 옮긴 것 같아 위치를 확인하려는데 가까이 모래 벌에는 어울리지 않는 투박한 지프차가 한 대 서 있다.

사람들이나 조용히 거닐어야 할 자리에 세차를 하려고 세워놓았을까. 고장이 난 걸까. 자동차 주인은 소금물에 부속품이 나빠질 것도 생각을 못했는지 마음에 걸려서 자꾸만 돌아보는데, 멀리 수평선 쪽에서 희끗한 것이 눈길을 잡아끈다. 고깃배인가, 유람선일까.

일상적인 쳇바퀴에서 벗어나 멀리 수평선에 넘나드는 배를 한가롭게 바라보는 것으로도 생활의 무거운 짐이 벗겨진 듯 홀가분하다. 바다처럼 넓은 시선으로 자신의 모습을 되돌아보고 싶다. 한 순간도 같지 않은 바다처럼 새 모습의 나를 만나고 싶다. 수평선에서 천천히 움직이는 하얀 배를 보며 '나는 누구인가 어디서 와서 어디로 가는가' 생각하는데 멀리서 어느새 밝혀진 등대가 깜빡거리는 것이 보인다. 등대 불을 껐다 켰다 하는 것은 넓은 바다에서 배가 계속 켜 있는 불을 보고 가다가 방향을 잘못 잡게 될까봐서라는 말이 생각난다. 내게도 길을 잃을까봐 인도해준 깜빡이는 등대가 있었던가.

평소에 무심하게 무감각하게 보냈다면 한 순간도 같은 모습이지 않는 바다 물결에서 새로운 감동을 느끼고도 싶다. 여름 바다가 사람을 들뜨게 하고 완성되지 않은 감성을 소용돌이치게 한다면 가을 바다는 차분한 이성을 되찾아준다. 태초부터 넘실대는 바다의 충만한 가슴속엔 희로애락이 잠겨있으면서 바람이 불지 않으면 좀처럼 내색을 하지 않는다. 대신 바람이 일으키는 잔물결이 우리 가슴 깊숙이 가라앉아 있던 생각의 응어리들을 일으켜 솟아오르게 한다.

바다가 비워낸 모래 펄을 보며 마음을 비운다는 말에 무심할 수가 없다. 충만과 비워낸다는 것은 상통하는 의미가 아닐까. 끝없는 욕심으로 혼돈 속에서 어느 것이 의욕이고 쓸데없는 욕심인지 미욱하여 선별되지 않을 때가 많다. 모래 벌에 흩어진 조개껍질 중에서 남보다 오묘한 것을 찾아낸 기쁨과 뿌듯함을 아직도 떨쳐버리지 못할 만큼 어리석기도 하다. 그런 것도 마음 비우지 못한 욕심일까.

홍윤숙 시인이 「빈자리」라는 시에서 "내가 너희를 빚어 세상에 보냈을 때/ 너희 안에 남 모르는 빈자리 하나 마련하였거니/ 바로 내가 돌아가 너희를 채워줄 나의 집이니라." 한 신앙시의 의미를 곰곰이 생각해 보아야 할 때이다.

밀물은 가장 멀리 나갔던 물이나 연안에서 맴돌던 물도 한꺼번에 밀고 들어오리라. 잃어버린 마음은 찾을 줄 모르고 가진 것만 잃지 않으려고 안간힘 쓰지는 않았는지 밀물을 보며 생각해본다.

바다에 파도가 사라지지 않듯이 사람들의 욕심도 줄이기 어렵다고 생각하노라니 송림에서 불어오는 바람이 향그럽다. 또 여름이면 많은 인파들이 이 모래 펄을 열기로 달구고 오염시킬까 두려운 마음인데 모래펄에 서 있던 자동차가 몸체가 무거운 듯이 투박한 소리를 내며 움직이고 있다. 가만히 보니 간이 선착장에 물이 잠기고 유람선을 자동차가 끌고 나오는 것이었다. 고요한 바닷가에 철(鐵), 아니 자동차가 달릴 때 모래펄의 생물들은 얼마나 놀랄까. 하루에도 여러 차례 자동차, 아니 철이 지나는 바닷가가 어떻게 될 것인가.

바다가 사라질 수 없는 한 저렇게 사람을 위한 기구들을 끌어들여 부드러운 바다 밑바닥은 화석처럼 굳어지지 않을까. 자동차가 지나는 철 지난 바닷가를 떠나는 마음이 편안치가 않다.

(2005.)

제자리회전과

비가 주룩주룩 내리는 오후, 기분도 눅눅해지는 것 같아 행진곡 CD를 틀어놓았다. 「충성을 다하라」, 「승리의 깃발 아래로」의 경쾌한 음악이 지나가자 내가 좋아했던 「자유의 종」이 이어진다. 여학교 때 목적도 불투명하고 도대체 무슨 의미가 있는지 극히 싫어했던 행진 연습이라는 것이 있었다. 사실은 오후 두 시간째 수업이 끝나고 전교생들이 나와서 줄 맞춰 걸어 운동장 몇 바퀴 돌면 끝나는 것이었는데도 귀찮아서 툴툴거렸다. 그나마 음악이 경쾌하고 운동장에서 시원한 바람을 쏘이는 것이 좋은 때도 있었다.

행진곡이 「충성을 다하라」, 「승리의 깃발 아래로」, 「워싱턴 포스트」 등으로 대개 전쟁냄새가 나서 우리가 군인인가 하고 불평도 했었다. 그래도 유연하게 시작하여 중간에 수자폰과 나팔 소리 사이에 청량한 벨 소리가 들어 있던 「자유의 종」을 좋아했다. 언제나 같은 순서로 틀어놓고 같은 분량의 행진 시간이었던 만큼 언제나 끝 곡은 이 「자유의 종」이어서 행진이 끝나는 것을 아쉬워한 때도 있었다.

그런데 행진 중에 제자리걸음이라는 것이 있었다. 앞으로 나가는 것이 행진인데 이따금 제자리걸음으로 줄을 맞추게도 하고 정신을 가다듬게 하는데 그것이 앞으로 성큼성큼 걸어가는 것보다 답답했다. 친구 Y와 이때만은 작은 소리로 잡담도 나누며 킬킬거리다가 체육선생님께 꾸중들은 일도 있어서 나는 그 제자리걸음이 싫었다.

내가 여학교 때 싫어한 그 제자리걸음 때문에 크게 낭패를 본 것은 방송사에 입사해서였다. 초년병이었던 60년대 말에는 우리 가요보다 팝송을 많이 방송했다. 음질이 깨끗한 CD가 나오기 전이어서 LP판을 사용했다. 그런데 자주 방송되는 곡이 있는 음반은 으레 긁히고 흠이 많아서 생방송중이거나 제작 녹음중 잡음이 많거나 제자리 회전하는 음반 때문에 낭패를 당한 PD가 많았다.

방송사에서 자주 대한 단어가 스크래치(Scratch)였다. 직접 겪은 PD나 레코드실 담당자가 재킷에 있는 그 곡목을 그어놓고 스크래치라고 써서 방송 사고를 피하게 했지만, 멀쩡해 보여도 계속 제자리에서 도는 음반을 만나기도 했다. 그 중 오래도록 기억에 남는 음악이 킹 크림슨(King Crimson)의 에피탑(Epitaph)이었다. 우수가 담겨 있고 인생의 정체를 생각하게 하는 듯한 이 노래를 많이 신청해 왔었다. 다른 노래들이 4분 안팎이었던데 비해 이 곡은 8분이 넘어서 긴 곡이 필요할 때 마지막 노래로 자주 썼었다.

하루는 생방송 중 잠깐 스튜디오에서 나왔다가 들어가니 그 노래가 절반쯤 지난 자리에서 제자리 회전을 하고 있었다. 초년병 엔지니어여서 재빨리 레코드 바늘을 들어서 앞부분에 놓는 대처를 못해서 같은 부분이 제자리걸음을 했으니 간단한 주의각서를 써야 했다. 그 노래의 분위기만 어렴풋이 짐작하고 있던 차에 거듭 되풀이되는 부분의 가사를 들어보니 "Confusion will be my epitaph"(혼란이 나의 묘비명이 될 것입니다)였다. '혼란이 나의 묘비명이 될 것'이라는데 생각이 매달리다가 전체 가사를 영어에 능통한 선배를 통해서 알아보니 매우 철학적이었다. 특히 "모든 사람들이 악몽과 꿈으로 분열될 때 아무도 월계관을 쓰지 못할 것입니다"는 가사는 나를 자유롭지 못하게 했다.

그때는 사람의 목숨은 정해져 있지 않아 얼마를 살는지 알 수 없고 그나마 비참하고 고뇌로 엉켜 있고 태어나면 죽음을 피할 길이 없어 늙으면 오는 죽음을 모두 두려워 한다는 말에 동의하면서도 나한테서는 멀기만 한 문제였다. 나 자신에 대한 이해도 부족하고 삶의 목적이 무엇인지도 모른 채 어떻게 사는 것이 정당한 삶인가. 죽음과 가난, 그리고 고통과 시련이 있어도 격정과 투지로 불타는 인생이 값진 것으로만 생각하고 있었다. 직장일로 바쁘게 지내면서 '악몽과 꿈으로 분열'되지 않으려면 어떻게 할 것인가. 한 동안은 숙고했으나 뚜렷한 답이라는 것을 얻으려 하지도 않았다.

최근 지인들이 갑자기 타계하는 것을 보면서 삶을 어떻게 마감해야 할 것인가 문득 생각이 미칠 때가 있다. 뚜렷한 꿈이나 어떤 신념이 없이 흘러가 버린 시간 앞에서 허무해지면 이따금 'Epitaph'를 듣는다. 지금은 CD여서 제자리회전을 하지 않지만 새삼스럽게 "Confusion will be my epitaph"이라는 구절이 귓가에서 맴도는 것 같다. "혼란이 나의 묘비명이 될 것이다."라는 말에 동의할 것인가.

아니다. 최선을 다해 행진곡에 맞추듯 쾌활한 발걸음을 내디디며 살고 싶다.

여학교 때는 제자리걸음을 싫어했지만, 죽음으로부터 자유로울 수 없는 나이가 가까워지자 할 수 있으면 제자리걸음이나 하며 살고 싶기도 하다.

(2007.)

당신도 부재중인가요

퇴직 후 얼마동안은 집에 있는 날이 많아서 바깥의 소리에 신경을 많이 썼다. 그 중에도 우리 아파트 같은 라인의 두 집에서 키우는 애완견들이 주인 없는 빈집에서 낑낑거리고 신음하다가 짖어대는 소리가 거슬렸다. 3층집의 강아지는 세 살까지 다른 집에서 키우던 것을 데려왔고 다른 집은 어미에게서 젖 먹던 것을 떼어와서 길렀다. 3층집의 강아지는 전 주인이 그리워서인지 계속 칭얼거리는 듯했고, 새끼 때부터 기른 한 집의 강아지는 피붙이보다 더한 사랑으로 안고 쓰다듬던 주인이 집에 없어서일까. 자기네 집 앞이 아니고 아파트의 현관에만 누가 들어서도 낌새를 채고 짖어댔다. 사람끼리의 만남처럼 개와 사람의 만남에도 어떤 인연이 있는 모양이다. 두 강아지는 어쩌다가 낮에 집을 비우는 주인들을 만났을까. 사람처럼 출근할 때 남편이 들려준 '사랑해' 한 마디를 생각하며 종일토록 행복감에 젖을 수 없는 강아지들이 아닌가.

처음에는 개들이 도둑을 지키는 본능에서 짖어대는 줄 알았다. 그런데 의지했던 주인들이 집을 나가고 나면 쓸쓸해져서 칭얼대는

듯했다. 집을 옮겨온 한 집의 강아지는 먼저 주인이 함께 산책해주
던 풋풋한 풀밭과 싱싱한 흙냄새가 아쉬워서일까, 아니면 공원의 광
장을 달리고 싶은 것일까.

강아지들에게 지나간 일을 세세히 기억하는 능력이 있는지 모르
지만 나는 강아지 소리를 들으며 지나간 시간을 반추하기도 했다.
냇물에서 바위틈으로 숨던 송사리를 잡으려던 유년시절부터 능력
이 모자랐던 직장시절까지. 직장생활에 얽매어 있을 때는 내 의지대
로 스스로 계획하며 살 수 없는 것이 아쉬워 강아지들처럼 낑낑거
리며 자유가 없다고 불평을 했다. 그런데 매인 데 없이 자유로워지
니까 불평하던 시절이 좋았다고 생각되었다. 크게 한 고개를 넘어온
다음에는 어떤 삶이 주어질지 씩씩한 마음보다 두려움이 앞서기도
했었다. 생각과 발상의 전환을 하지 않는다면 무능하고 무기력한 세
월만 기다리는 것이 아닐까 와락 겁이 나기도 했었다.

이런 생각을 쫓으려고 한때는 동네 산이나 공원에서 산책을 했다.
공원에는 애완견과 함께 시간을 보내는 이들도 있었다. 그들을 보며
빈집에서 낑낑거리는 강아지들은 집안에서 용변을 안 보는 훈련을
시켜놔서 용변을 보고 싶은 신호인가 짐작도 해보았다. 미국에서 살
다온 친구의 얘기로는 한낮에 남의 집 애완견을 돌봐주는 직업인이
있다 한다. 직장에 나가거나 노쇠한 주인의 개들을 맡아 용변도 보
게 하고 산책도 시켜준다는 것이다.

같은 지붕을 이고 여러 세대가 사는 아파트가 내게 맞는 집인가
하는 초기의 의문은 잊은 지 오래지만, 나처럼 강아지들도 주인과
집이 자신에게 어울리지 않는다는 불만일까. 공간이 불편하다기 보

다 좀더 따뜻한 가족과 함께 긴밀한 관계를 이루고 싶을 것으로 여겨진다.

어쩌면 개들이 짖는 것은 자신을 외부에 열어놓는 것인지도 모른다. 짖으면서 자신의 실존에 대한 것을 알려주고 사랑을 독차지하고 싶은 자신에 대한 주인의 무관심에 항의하고, 아니면 자신이 아직도 짖을 줄 안다고 틈틈이 연습하며 과시하는 것 같다.

우리에게 비극이란 무관심인 것 같다. 개들도 자기의 실존을 과시하며 주인과 이웃들의 관심과 사랑을 갈구한다. 개를 키우는 한 집은 학원에 나가는 학생과 일자리를 구하고 있는 청년 형제가 살고 있다. 그들에게도 강아지가 주인을 기다리느라 문가에서 바깥의 소리에 귀를 기울이듯이, 마음을 열고 자신의 소망에 적극적으로 다가가기를 권하고 싶다. 물론 인터넷으로 정보를 전하고 받겠지만 이웃에도 자신의 존재, 실력을 알리고 인정을 나누지 않는 것이 안타깝다. 누군가 세계에서 가장 강한 힘은 함께 나누는 진실한 관계의 힘이라고 한 말을 들려주고 싶다.

더위를 식히려고 공원에 나갔던 여름날, 벤치에 앉아서 시원하게 내뿜는 분수에 취해 있는데 잎새 넓은 나뭇가지 사이로 매미 한 마리가 기어오르는 것을 보았다. 한 마리의 매미가 굼벵이로 18년인가의 세월을 보내고 한 여름 2주 동안을 살고 노래한다는 생각이 떠올랐다. 문득 나와 매미와의 만남이 소중하듯이, 층(層)이야 다르지만 한 지붕 밑에 사는 강아지야말로 귀한 만남이 아닌가. 애처로운 소리도 인정에 대한 갈증이 심한 것이었음을 깨닫는 순간 그들이 측은해지는 것이었다. 그런 생각을 한 뒤엔 강아지 짖는 소리가 조용해지면 한편 궁금해진다. 지쳐서 잠들었을까. 그렇잖으면 그들이 분수를 알고 조용히 하는 것일까. 혼자만의 시간은 의미가 없고 살아 있는 시간은 주인과 함께 하는 시간뿐이라는 생각을 바꾸고 침묵하고 있는지.

사람들도 혼자 견디는 훈련이 어느 정도 되어 가는 추세이다. 외부의 세계와 통로가 단절된 섬이라는 공간에 살지 않더라도 마주치는 고독, 아니 사람들과 어울려 살면서도 자의식의 무게 때문에 혼자일 수밖에 없는 현대인들도 잠긴 집안에 갇힌 강아지처럼 남에게 다가갈 수 없게 보이지 않는 문에 갇힌 처지가 아닐까.

퇴직한 지도 몇 년이 지났다. 그해 대낮에 짖어대던 강아지들은 인생의 전환점에 붕 떠 있던 내게 분수를 일깨워주기도 했다. 십 수 년째 살고 있어도 공중에 떠 있는 어정쩡함을 느끼며 대낮의 내 집이 낯설던 것과도 화해한 지 오래이다. 그해 만난 매미는 또한 내게 어느 날 느닷없이 내던져진 존재가 아님을 생각하게 했다. 만나지는 것들과 상황과도 좋은 관계로 끊임없이 변화, 발전하고 싶은 것이 아직도 남아있는 욕심이다.

이러한 것이 등불 주위를 맴도는 하루살이의 부질없음과 같을지도 모른다. 그러나 부질없는 것도 포기한다면 내 영혼의 집은 빈 것이 아닌가.

(2004.)

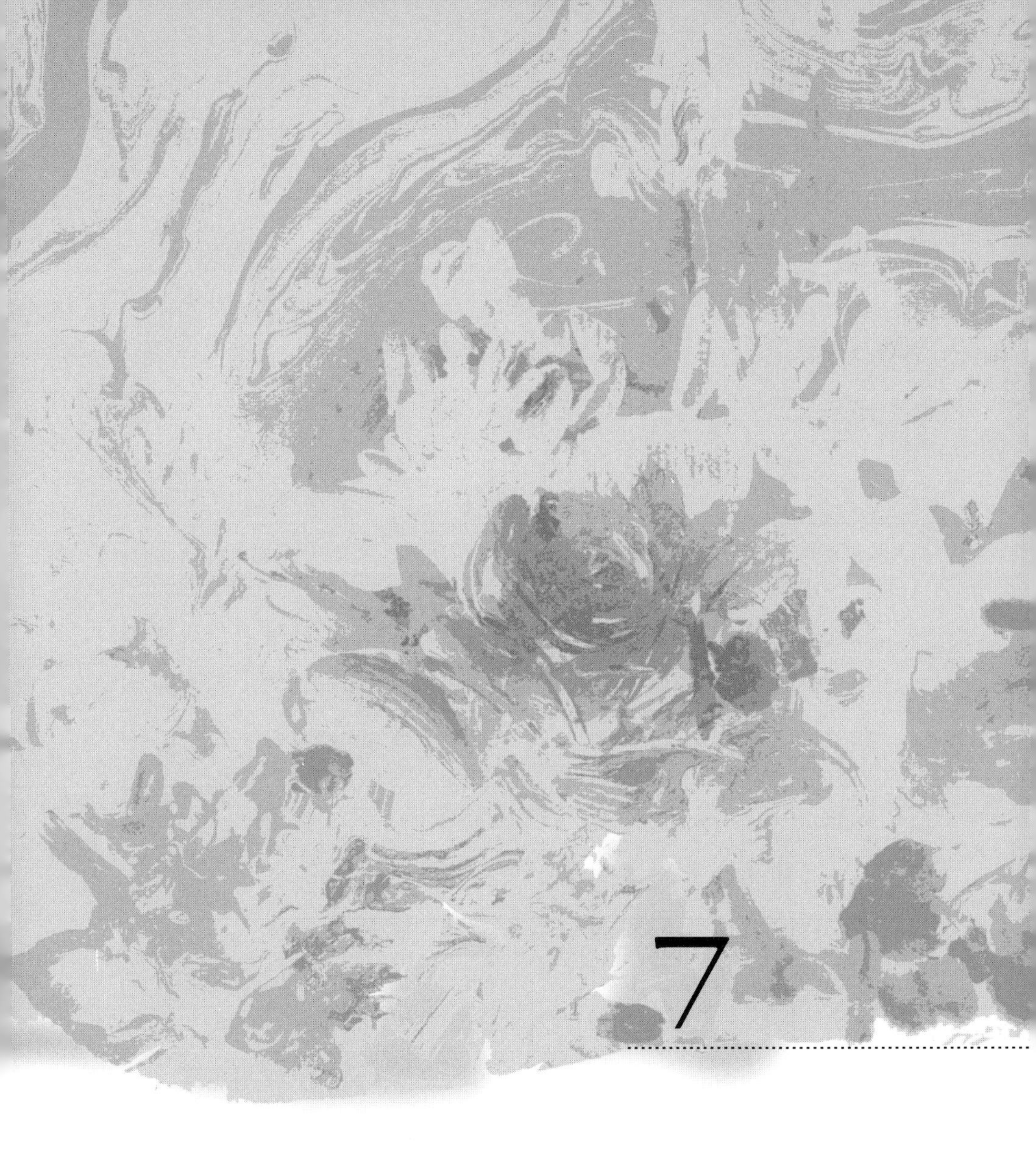

7

억새와 갈대

가을의 정취를 소박하게 풍겨주는 것으로 억새와 갈대만한 것이 있을까. 산자락과 들에서 살랑거리는 억새와 물가에서 흔들리는 갈대. 우리나라 수려한 산야의 어느 곳에서나 독특한 풍광에 정감 있는 배경이 되어주지만, 제주도 산굼부리의 새하얗고 키 큰 억새와 강화도, 순천만의 넓은 갈대밭에서 본 풍경은 사계절 동안 우리 가슴에서 살랑거린다.

소슬한 바람 부는 들판이나, 동구 밖 산모퉁이에서 나부끼는 하얀 깃털억새에서 한 해의 소임을 끝낸 여유를 보고 자신의 허둥거리는 품새가 부끄럽다. 단풍잎처럼 찬란하지는 않아도 은은하게 배경이 되어주는 억새. 아무도 돌봐주지 않는 산비탈이나 밭두둑, 길섶에서 한가하기만 하다. 갈대는 바람 부는 끝없는 수평선상 어느 곳을 향해선지 아득한 행군을 준비하고 있는 것 같다.

억새는 생명력이 강하고 억세다. 들풀이라고 낫질을 하려고 움켜쥐면 센 뼈대와 이파리에 있는 딴딴하고 날카로운 잔 톱니에 손을 벤다. 강가 깎아지른 벼랑에 서있는 억새, 강한 바람에 숨이 차는 듯

서걱이면서 쓰러지는가 싶다가도 바람이 지치면 다시 일어서는 억
새이다. 옛날에는 찬바람이 불면 억새의 씨를 털어 이불솜을 삼았
다. 억새 이불 속은 가난한 이들을 훈훈하게 덮어주었고 지붕도 이
어 썼다.

지붕으로 이용한 것은 갈대도 마찬가지. 쓰임새는 갈대가 더 많
다. 말린 줄기로 바구니 등 살림용구를 만들고 갈꽃은 소금에 절여
서 끓는 물에 넣었다가 말려서 부드럽고 질긴 빗자루를 만들어 썼
다. 여름날에 시원하게 쓴 삿자리와 갈대발. 가난한 이들은 말려서
땔감으로도 썼다. 그뿐만 아니라 뿌리는 염색제로 썼는데 항 알레르
기와 방충효과가 있다.

억새와 갈대의 모양새와 생태, 섭리가 다르듯이 인간세계에서도
특징과 쓰임새가 다른 다양한 모습을 볼 수 있다.

억새와 갈대는 향수를 불러 일으켜서 세월의 벽을 뚫고 아름다운
과거의 풍경 속에 젖어들게 한다. 쓰레기 매립장이 들어서기 전의
난지도에는 갈대가 무성했고, 맑은 물에서 물고기를 잡고 놀았었다
는 이야기는 전설이 아니다. 가을 밤 억새가 하얀 솜털로 온기를 여
미고 있을 때 언덕아래에서 들려오던 다듬이질 소리. 호젓한 외딴집
불켜진 방에서 간간이 들려오던 할아버지의 기침소리. 유년의 들판
과 달밤 강강술래의 긴 여운도 들려주는 추억 속의 고향을 펼쳐준
다.

그러나 마냥 서정적인 존재가 아니라고 고개를 살래살래 흔들어
댈 억새와 갈대. 그들은 역사적 상황에 대응하는 기질로도 비유된
다. 기가 살아 있어서 저항을 상징하고 강인한 억새. 갈대도 서민적

인 민초의 기질이다. 여름 소낙비와 세찬 바람을 견딘 후, 눈부신 이삭으로 가을 하늘아래 장엄하게 우뚝 선다.

태고적부터 고향마을엔 푸른 소나무가 지키고 있지만 억새와 갈대는 멀찌감치서 서민들처럼 바람에 흔들리며 휘어져도 꺾이지 않는 자존을 지킨다. 고달픈 삶에 고개를 흔들어대어 먼데서도 신선한 숨결을 느끼게 한다. 그리고 다른 화사한 꽃처럼 예쁘거나 향기도 없이 수수한 억새와 갈대이삭은 있는 듯 없는 듯 생색내지 않고 보이지 않게 베푸는 따뜻함을 연상하게 한다.

억새와 갈대는 이처럼 우리 일상의 쓰임새와 함께 좋은 이미지를 끼쳐주는데 인색하지 않다. 사람의 품성이나 자세, 성향에도 곧잘 비유되고 상징으로도 삼는다. 참으로 오랜 세월 산하에서 부는 바람을 맞으며 지치거나 스러지지 않고 견디는 인내심과 끈질긴 성향의 사람들을 억새풀로 상징을 삼아오지 않았던가. 갈대는 물속에 뿌리를 박고 자라서 소리 없이 드러내지 않고 좋은 역할을 해낸다. 물속의 오염물을 흡수하여 정화시켜서 게라든가 조개, 우렁 등 생명의 보금자리로 가꿔준다. 최근엔 중금속, 오염물질이 유입되는 곳에 갈대를 심어 오수(汚水)의 정화로 생태를 복원해주고, 농업용수로 쓰게 한다. 까다롭기로 유명한 흑두루미의 월동지도 만들어준다. 소리 없이 남에게 이로움을 주는 갈대밭 같은 이가 아쉬운 세태이다.

갈대밭의 강물은 천천히 흐르고 있었다. 강심(江心)의 물을 빠르게 흐르게 하고 갈대들은 천천히 자신의 그림자도 들여다보며, 앞과 옆 볼 것은 모두 보고 저들끼리 부딪치는 소리 하나도 놓치지 않으려는 듯이 여유 있게 강물을 머금고 놓아주지 않으려는 듯했다.

갈대밭 옆에서 50여 년 전 이웃 할아버지 댁의 비극을 떠올렸다. 6·25 때, 대학생 아들을 몇 달 동안이나 공산세력의 눈을 피해 다락에 숨긴 할아버지의 일이다. 기다리고 기다리던 9·28 수복의 기쁜 소식을 들었다. 그러나 그는 며칠을 못 참고 벽처럼 도배지로 봉해 뒀던 다락문을 열어 젖혔다. 기다렸다는 듯이 숨어서 동태를 지켜보던 끈질긴 이들은 갈대밭으로 내달음 치던 젊은이를 득달같이 쫓아 갔다. 때마침 불어댄 강한 바람에 갈대는 서걱이면서 쓰러지고 다시 일어서기를 거듭하면서 끝내 젊은이의 여윈 몸을 숨겨주지 않았다.

석양에 물든 갈대 숲, 금강(錦江)가의 낙조에 흐느끼는 갈대들은 그곳이 역사의 현장이었음을 비밀로 하지 않았다. 그러나 이제는 흐느낌을 걸러낸 맑고 맑은 소리로 철새들에게 세레나데를 연주하고 있었다.

뼈아픈 역사의 현장이기도 하지만 억새와 갈대는 우주라는 넓은 가슴을 지니고 있다.

너르고 너른 갈대밭 옆에서, 먼 곳에서 배경뿐만이 아니라 우리 가슴에 자리잡은 파스칼의 '생각하는 갈대'의 의미를 되뇌어 보게 된다.

(2004.)

숲은 서두르지 않는다

숲속의 아침은 위에서 내려다보면 이파리들이 잔 파도를 일으키며 온다. 특히 여름 숲은 '신이 심은 것 가운데 가장 좋은 것이 숲'이란 말이 실감날 만큼 울창하다. 아침햇살 아래 싱싱한 이파리의 팔락거림이 잔망스럽기 그지없다. 밑으로 내려오면서 돌아보면 잘 다듬은 신전의 기둥처럼 웅장하고 기품 있는 나무둥치.

여름 숲은 세상을 향해 북을 두드리지 않아도 사람들의 발자국이 가까이 다가오는 소리에 가슴 설레지 않으랴. 그윽하면서도 생동력 있는 너른 품을 마련하고 바람 한 떼가 소나기를 몰고 오더라도 의연하기만 하다.

숲길을 거의 내려오니 간밤에 살짝 비가 내려서 풀내음이 짙게 다가온다. 시든 산죽(山竹) 이파리에도 영롱한 이슬이 맺혀 있다. 키 큰 나무 밑이라 햇빛을 못 보아 죽은 줄 알았는데, 산죽은 여름잠을 자고 겨울에 깨어나서 활동한다는 사실을 어제야 알게 되었다.

한밤중엔 잠자는 숲에서 자장가 가락으로 노래하던 작은 물줄기가 산의 입구에서는 제법 넓은 개울물로 흐른다. 육안으로 잘 보이지 않는 나무들의 그림자가 초록으로 흘러간다. 여름 숲은 작은 여백도 허락지 않고 빈 곳이 생길 세라 촘촘하게 단장을 하지만 골짜기, 개울물이 혈관처럼 흐르기에 답답하지가 않다.

지치고 불안한 사람들은 숲의 입구에 다다르면 맑은 새소리에 귀가 밝아지고 나무를 스쳐오는 바람에 번민의 땀을 씻으며, 시원한 물소리에 가슴속의 열기도 알맞게 조절할 수 있으리라. 도시에서 빠른 속도에 발맞추다 지친 사람들이 등짐을 벗어버리고, 개울가에서 산모롱이에 피어난 참나리에 눈 맞춤하며 숲이 이뤄내는 교향곡에 귀를 기울여도 좋다.

사람들은 게으름을 피우면서도 불안해 하지만 숲은 평정심을 잃지 않는다. 숲의 깊이에서는 초조와 긴장이 있을지라도 두려움을 내보이지 않는다. 계절에 따라 순서와 절차에 맞춰 피어나고 자라고, 스러지는 섭리에 따르려는 순종의 미덕이 있기에 숲은 의연하다. 허구의 삶이 아닌 진실한 삶을 항상 은밀하게 준비하기에 절대로 서두르지 않는다.

(2007.)

숲속의 2중주

덕유산 자연휴양림에 올라가는 길은 구불구불했다. 자동차가 한 굽이를 돌면 산등성이가 막아서고 또 한 굽이를 돌면 산자락이 다가왔다. 산이 막아도 가슴이 트이는 것은 울창한 짙푸름 때문이다. 서울 남산에서 돌을 던지면 김씨나 이씨가 맞는다는 얘기가 생각나서 차창 밖으로 올라온 길을 내려다봐도 동네가 보이지 않는다. 몇 년 전 오스트리아에 갔을 때 비엔나 숲에서도 시가지가 내려다보이지 않았다. 숲이 시내 한가운데 있지 않고 비엔나 시의 서남쪽에서 동북쪽으로 걸쳐 있기 때문이었다.

휴양림은 먼데서 보아도 편안해 보인다. 사람들을 쉬게 하려고 산림청에서 잘 가꾼 나무들, 그 나무들도 편안하게 휴양을 하나보다. 휴양관 입구에 들어서니 근처에 작은 구상나무가 마중 나와 도열한 듯 서있고 키 큰 낙엽송사이에서 이따금 새가 지저귀었다. 저만치서 물 흐르는 소리도 반갑다.

산책로를 따라 올라가노라니 수줍은 듯 몸을 꼬는 물푸레나무와 조형적으로 층이 진 층층나무의 자태가 일품이다. 하얀 헛꽃이 만발한 산딸나무는 이파리를 방석처럼 깔고 잘 보이는 위쪽에 하얀 꽃처럼 피어있어 이채롭다. 산책로 주변의 큰 나무들에 하얀 글씨판이 붙어있는데 나무이름을 제목으로 한 시이다. 읽어보려는데 일행들이 식사하러 가자고 재촉한다.

식사 후 자연사랑 문학제 무대 쪽으로 가노라니 트럼펫 등 밴드 음악소리가 들려온다. 무주애악 회원들의 축하연주로 축제는 시작됐다. 나무를 혈육처럼 아끼는 조연한 차장의 "나무에게 하루만이라도 말을 하게 해주고 싶다."는 애기와 시낭송을 들으며 곁에 있는 잣나무들도 말을 하게 하면 바람 앞에 푸르른 목소리로 시를 읽지 않을까.

아마 비엔나 숲의 나무들이 하루만 걸을 수 있다면 경쾌한 왈츠를 추지 않을까. 오스트리아 정부는 제2차 대전의 고난 속에서 침체해 있던 국민들에게 왈츠의 매력에 빠지도록 했다고 한다. 국민들에게 위안이 되고 사기를 높이면서 다른 유럽국가들 같은 왕정 타도 물결을 피해가게 한 흥겨운 왈츠. 요한 슈트라우스 2세는 춤 반주에 지나지 않던 왈츠를 음악만으로도 감상할 수 있는 예술작품으로 격상시켰다. 그 중에도 비엔나 시민들이 사랑하는 '비엔나 숲'을 제재로 아름다운 왈츠를 만들었다.

오스트리아는 옛날부터 도시계획에 비엔나 숲은 건드리지 않고 오로지 보존하고 가꾸기에 힘쓴다고 한다. 요한 슈트라우스 2세의 음악 「비엔나 숲의 이야기」 서주에 나오는 신비롭고 그윽한 분위기는 비엔나 숲보다도 덕유산 자연휴양림에서 느껴진다. 맑은 시내, 반짝이는 새의 날개도 키 작은 야생초와 싱싱한 나무들의 어깨에서 쉬지 않으랴.

그러나 비엔나 숲길을 산책하며 예술혼을 가꾼 사람들이 많다는 사실이 부럽다. 하인리겐슈타트 골짜기에서는 베토벤이 귓병의 고통과 투쟁하여 환희에 이르렀고, 슈베르트는 숲의 바람과 새소리에 악상을 떠올렸다. 브람스도 은밀한 꿈의 통로로 삼았고 문인, 철학가 등도 그 숲길을 산책하며 사상과 예술을 키웠다. 나는 비엔나 숲길을 걸으며 별로 절경이 아닌데도 그곳의 예술가들이 의미를 붙여 작품화하여 자기네 국민들과 세계인들에게 사랑 받게 했다고 여겼었다. 찬란하고 막강했던 왕조와 예술가들의 숲, 역사와 전통에 힘을 받아 그 속에서 이루었던 일들을 아름다운 정서로 간직하게 했다.

전나무 사이로 올려다본 하늘, 반짝하는 별빛을 보며 저 나무들에서 이는 신바람이 무기력한 사람들을 신명나게 하고 작은 꿈도 확대시킬 것을 기원한다. 숲의 어느 구석에 내일에 피어날 씨앗이 숨어있듯이 우리나라 미래의 세계를 열어 갈 의미 있는 삶이 여기 저기서 가꾸어지길 기원한다. 이 숲의 역사도 깊어지면 예술가, 사상가들을 키워낼 수 있지 않을까.

슈트라우스가 음악으로 묘사한 「비엔나 숲의 이야기」는 그 숲의 맑은 시내, 새들의 합창, 숲의 요정들의 우아한 춤 등 정밀한 필치로 신비롭고 아름다움을 그려 듣는 이의 가슴속에 영원히 살아 있다.

나는 별빛이 돋아나는 하늘을 올려다보며 숲 속의 2중주를 듣는다. 「비엔나 숲의 이야기」와 '덕유산 자연휴양림' 바람이 이뤄내는 2중주를.

(2004.)

떡갈나무의 유언

광릉수목원의 입구에서 안으로 들어가는 길에는 잎 넓은 갈참나무의 낙엽들이 발밑에서 우리를 반겼다. 나무이름을 잘 모르는 나는 잎새 하나를 주워서 안내를 맡은 이 박사에게 보이며 물었다. "이게 혹시 떡갈나무 잎새가요?" "아뇨. 그건 갈참나뭅니다. 참나무에는 여섯 가지 종류가 있는데요." 하고 설명을 계속하려는 이 박사에게 일행들이 다른 질문을 퍼붓는다.

좋은 나무는 좋은 사람처럼 만나지 않고 생각만 해도 싱그럽고 든든하다는 소신이지만, 문학의 집 주선으로 좋은 나무들이 사는 숲 방문의 일행이 되어 앞장서서 찾아갔다. 입동이 지나서인지 빨갛고 샛노란 단풍들은 거의 잎새들을 거두었고 누렇거나 갈색 단풍들도 그 빛깔이 이울고 있었다.

나는 일행들의 뒤를 따라가며 인디언의 체로키 부족과 나무와의 사이에 있었던 아름다운 얘기를 떠올렸다. 체로키 부족 중에 세상 만물을 깊이 이해하는 '갈색매'라는 이름의 노인이 있었는데 그는 나무의 생각까지 느낄 수 있었다. 갈색매는 어느 날 산에서 사는 떡갈나무들이 두려워서 떨고 있는 걸 느끼고 잠을 못 이루었다. 그 나무들은 모양이 무척 아름다웠고 짐승들의 먹이를 대주는 감나무와 히코리, 밤나무들이 자기네들 틈에서 어울려 살도록 자리를 내줄 만큼 너그러웠다. 떡갈나무들은 그 너그러운 덕성으로 하나의 영혼을 갖게 되었고, 그 영혼은 크고 강해졌다.

갈색매 노인은 뭔가 좋지 않은 일이 닥치리라는 것을 예감하고 밤에도 나무들 주위를 거닐곤 했다. 과연 어느 날 저녁, 백인 벌목꾼들이 떡갈나무 숲에서 베어낼 나무마다 표시를 하는 광경을 보았다. 그리고 차가 다닐 수 있게 도로를 닦는 것까지도. 갈색매는 체로키 부족에게 이 사실을 알려서 떡갈나무들을 위기에서 구해주기로 했다. 체로키 부족은 작업하던 백인들이 돌아간 밤에 산으로 몰려가 도로를 차가 다닐 수 없도록 파헤쳤고 깊은 구덩이들을 파놓았다. 날이 새면 백인들은 망가진 도로들을 복구했다. 며칠 동안 같은 일로 고생한 백인들은 총을 든 경비를 세워 밤에 도로를 지키게 했다. 이런 생각을 이어가고 있는데 뒤떨어진 일행들에게 어서 전시관에 들어오라는 전갈이다.

전시관에서 떡갈나무의 표본과 잎새들을 보니 다시 체로키 부족의 얘기가 생각났다. 밤새 백인 벌목꾼들이 만들어 놓은 길을 망가뜨리자 총을 든 경비들을 세워서 지키게 했는데도 경비들의 눈이 닿지 않는 곳의 도로를 엉망으로 만들던 체로키 사람들도 지쳐버렸다. 그런데 백인 벌목꾼들이 도로를 고치고 있는데 갑자기 거대한 떡갈나무 한 그루가 백인들이 몰고 온 차 위로 쓰러져 버렸다. 그 바람에 노새 두 마리까지 깔려 죽고 차는 완전히 파손되었다. 그 떡갈나무는 아직 싱싱하고 건장해서 전혀 쓰러질 이유가 없었는데 그렇게 되었다고 한다. 드디어 벌목꾼들은 도로를 내는 일을 포기하고 가버렸고 떡갈나무들은 다른 떡갈나무들을 구하기 위해 자기 목숨을 바친 그 떡갈나무를 기리는 노래를 불렀다.

체로키 부족처럼 그렇게 나무와 친근하지는 않더라도 나이가 들어가면서 나무에 친근감이 든다. 나무 곁에 서면 늘 이야기를 주고받지 않더라도 그의 잎새와 둥치에 우리들의 이야기가 늘 살아있을 것처럼 여겨진다. 그래서 어쩌다 마주치더라도 낯설지 않게 조용한 미소로 맞아줄 것만 같다.

전시관을 나오니 숲길에 햇살이 비쳐든다. 늘푸른 나무는 한 겨울에도 푸르름을 잃지 않아서 좋다고 생각했는데 이제는 잎새를 다 떨구고 겨울준비를 마친 나무가 한결 늠연해 보였다. 싸늘한 바람결에 하늘의 무게를 이기지 못하여 몇 이파리 안 남은 잎새마저 떨궈내는 나무들.

체로키 마을의 떡갈나무는 자신이 쓰러져 죽음으로써 다른 나무들의 목숨을 구했는데 어떤 유언을 남겼을까. 떡갈나무 잎새를 주우려고 숲길로 들어섰다. 유언 아닌, 새벽이슬에 남은 별빛처럼 작고 눈부신 예지가 햇빛 쏟아지는 숲길에서 찾아질까하여 숲길에 들어선 것이다.

(2002.)

성숙한 얼굴

이윽고 우리는 가라앉을 것이다. 차디찬 어두움 속으로,
너무나도 짧은 우리의 여름날, 그 강력한 밝음이여 안녕히
던져지고 있는 모닥불 타는 소리를 나는 벌써 듣는다.
이윽고 겨울 그것이 내 존재에 돌아오리니, (… 하략 …)

보들레르의 시 「가을의 노래」를 읊조리던 친구가 있었다. 불꽃처럼 강렬한 삶으로 주위 사람들을 황당하게 하더니 20년 전 호주로 떠난 뒤 재작년에야 간단한 편지 한 장을 보내왔다. 그리고 지금 받은 두 번째 편지는 제법 길다. 짧은 인사 뒤에 구수한 시래기국이 먹고 싶고 말캉한 감이 생각난다는 등 그녀답지 않은 내용으로 시작된다.

나는 의아해서 편지를 읽다가 창문을 열고 아파트 화단 한쪽에서 싱싱하게 익어가고 있는 감의 얼굴을 내려다본다. 아직은 푸르름뿐으로 완숙의 기간이 남아있음을 알려준다. 다른 과일처럼 정성으로 돌보아주지 않아도 정갈한 성숙을 혼자서 이루어가고 있는 존재가 새삼 대견하다. 친구도 성격은 당당하지만 이국인들 속에서 목표를

이루기까지 얼마나 외로웠을까.

감이라면 어렸을 때 거짓말로 나를 달래시던 외할머니가 생각난다. 이웃집 담 너머로 가지가 휘어질 정도로 감이 탐스럽게 많이 열렸다. 그런데도 할머니는 한자리에서 여러 개 먹으려던 나를 한사코 말렸다. 제사 지낼 때 쓸 것 남겨야 하기 때문에 안 된다면서 하루에 한두 개밖에 못 먹게 하셨다.

한꺼번에 많이 먹으면 변비로 고생할까봐 배려한 것임을 성장해서 알았듯이, 이국의 친구도 세월이 지나서 감의 진가를 알게 되었을까. 친구는 오묘한 모양이거나 초콜릿 같은 달콤한 것, 향취 있는 과일을 좋아했다. 자극이 없는 감 같은 것은 거들떠보지도 않았었다. 주변에 많이 있어서 귀하게 여기지 않았는지도 모른다.

편지 뒤편에는, 자신이 있는 곳도 네 계절이 있지만 지금 가을인데도 별로 선선하지 않고 겨울도 우리네 늦가을 같다는 계절타령이다. 여고시절 수학여행가면서 한 쪽 볼이 빨개진 사과를 보고 환호하던 그런 감격을 느낄 수 없다고 한다. 주홍빛 감이 매달린 감나무 사이로 올려다 본 가을 하늘만큼 아름다운 빛깔은 없을 거라면서 향수 젖은 사연이 계속된다.

이제 그녀는 가을 하늘의 넓이와 깊이만큼 성숙한 인생의 의미를 터득하고 있는지 모르겠다. 나이가 들면서 화려하고 진한 향기의 꽃보다 작은 풀꽃의 생명력이 경이롭고, 사소해 보이는 것 속에 온갖 묘미가 숨어 있음을 눈치 챌 만큼 변했을까.

초가집 추녀 밑에서 초겨울 짧은 햇살에 말려진 곶감이라도 보내야겠다. 얼면서 녹고 마르면서 떫음도 걸러내고 당도를 간직한 우리네 성숙한 얼굴이 이것과 같지 않겠느냐는 답신과 함께.

(2005.)

하얀 고무신

산길을 걷는다. 초입에서는 야생초들의 향기가 발밑으로 스미더니 숲으로 들어오니 잣나무 향기가 길 아래로 은은하게 깔린다. 답답하던 가슴속이 온갖 나무들의 향기로 뚫리는 듯한데 골짜기의 계곡 물소리가 한결 후련하게 해준다. 물푸레나무 등 작은 이파리의 나무들이 우거진 곳에 이르니 어떤 소리가 감지된다. 저쪽에서 들려오는 듯하여 다가가면 다시 멀어지는데, 바람이 숲에서 숨을 크게 들이마시다가 다시 내뿜는 소리인지. 이래서 숲에는 전설과 설화가 생기나보다.

골짜기 물에 손을 적시고 올려다보니 저편 등성이의 소나무들 몇 그루가 모두 한 방향으로 굽어져 있고 그 밑에는 하얀 바위가 하나 있다. 시골 친척 댁에 갔을 때 야산에 올라가면 볼 수 있던 바위, 섭섭이 어머니가 앉아 있던 바위와 비슷한 모양새다.

6·25전쟁 때 전쟁에 나간 동네 젊은이들이 몇 달 후 모두 살아서 돌아왔는데, 섭섭이네 아버지는 전사자 명단에도 안 들어 있고 휴전협정 후에도 소식이 없었다. 섭섭이 어머니는 남편을 기다리다가 언

젠가부터 산에 오르는 버릇이 생겼다. 건너편에 있는 언덕을 바라보며 눈물짓던 모습이 생각난다.

가슴에 그리움을 묻고 사는 사람이면 언제라도 그리움의 대상을 만나고 싶어 할 것이다. 그러나 애절하게 기다려도 만남의 기회란 하늘의 도움이 있어야 하나보다. 삼국유사에는 나뭇가지가 굽혀지는 도움으로 그리운 사람끼리 만나게 해준 이야기가 있다. 신라 흥덕왕 때 친한 사이였던 관기(觀機)와 도성(道成)이 포산(包山 지금의 비슬산)에 숨어살며 수도를 했는데, 관기는 산의 남쪽 봉우리에 암자를 지어 살고 도성은 북쪽 봉우리의 바위굴에 거처했다. 양쪽의 거리는 10리나 되었는데 그들은 가끔 만나서 수도의 어려움을 달랬다. 헤어질 때 언제 다시 만나자는 약속을 하지 않아도 하늘과 바람의 도움으로 만날 수가 있었다. 산속 나무들이 두 스님의 마음을 알고 전해줬기 때문이다. 도성이 관기를 만나고 싶어 하면 산의 나무들이 모두 관기가 있는 남쪽을 향하여 구부러져 마치 서로 맞이하는 것 같아서 관기가 그것을 보고 도성에게로 갔다. 관기가 도성을 만나고 싶어 하면 나무들이 도성이 있는 쪽으로 움직여줬다고 한다.

저마다 관기와 도성처럼 자연의 도움을 받을 수가 없는 처지에서는 한없는 그리움을 안고 슬픔이 묻어나는 행로를 걸으며 바람이 부는 방향을 헤아려야 할 것이다. 목표를 다른 것에 두고 그리움을 그것을 이루는 원동력으로 삼아야 하리라.

섭섭이 어머니는 남편이 돌아오면 성공한 자녀들을 만나게 해주려고 새벽부터 일어나 밤늦게 까지, 논밭 농사와 남의 집일로 억척스레 살림을 일구었다. 남편의 고향을 지키고 자녀들을 위한 일이라

면 남보다 앞서고 자신은 돌아보지 않은 채 기다림의 세월을 보냈
다. 주변에서 기다리지 말고 자신을 돌보라고 해도 마음의 격랑을
잠재우며 온유한 성정으로 이웃에도 사랑을 베풀고, 자녀들을 성공
시키려는 성실한 생활만 지속해서 동네 사람들의 인심도 얻었다.

"처음에는 혹시라도 영감이 고갯길을 넘어오는가 보려고 산에 갔
지."

그녀가 맘속에 그리움을 잠재우지 못할 때는 가까운 산으로 발길
을 돌렸던 것이다. 숲에는 그리움 같은 것을 잊게 하는 작은 생명들
의 손짓이 있었다. 작은 풀이나 생명들이 서로를 도우며 사랑하고
더불어 살아가고 있는 것에 위안을 느끼고, 자연과 생명을 사랑하며
나름대로의 미래를 꿈꿀 수 있었을 것이다.

"가슴이 답답할 때는 시원한 바람 부는 산으로 가지. 나중엔 튼튼
한 아름드리나무가 든든한 가족같이 여겨지더군."

산길을 따라나서는 아이들에게 풀꽃도 따주며 재미있는 이야기
도 해주던 섭섭이 어머니는 묻지도 않았는데 이런 말을 들려주었었
다. 그리움의 세월이 몇 굽이를 돌아 남편과 함께 전쟁에 나갔다 돌
아왔던 동네 남정네들이 하나 둘 세상을 떠나자 기다리는 애달픔도
없이 편하게 지나는 것 같았던 섭섭이 어머니. 큰아들은 도회지에서
살고 착한 작은 며느리와 함께 사는 할머니의 낙은 바빴던 젊은 시
절보다 자주 산에 갈 수 있는 것이었다.

일과 책임에서 자유로워진 기쁨, 숲속에 자라나는 온갖 풀과 나
무들의 생동감과 원기를 느끼는 일, 삼국유사의 관기와 도성에게처
럼 하늘과 바람이 남편과 만나는 기쁨을 마련해 주지는 못했지만

산의 생물들과 기맥을 같이 하며 강해지는 이치를 깨달았던 것 같다. 그리고 그윽한 산 속에서 작은 목소리로 기원해도 이뤄지는 은밀한 기쁨도 누리지 않았을까.

산에 올라 정신과 육신을 맡기고 단련했던 선인들처럼 산과 숲으로 이끈 바람. 숲속의 바람은 문득 흘러가는 세월의 그림자를 보여주고 그림자 속에 자신이 살아온 발자취를 헤아려 보게 하지 않았을까. 바람은 끊임없이 역동하지만 그저 가만히 바라보며 나무와 일체감을 느끼고 살면서 마음만은 그리운 사람에게 향하여 동양적 전통의 우주, 남편에 대한 순수한 마음을 지키게 하였던 것이다.

언젠가 돌아올 남편을 위해 사놓았던 하얀 고무신, 한 번도 신어 본 적이 없는 하얀 고무신을 이따금 닦으면서 마음의 바람을 잠재우고 자신이 걸어갈 길과 남편의 길 닦음도 꾀했으리라.

섭섭이네 어머니는 그리움을 달래려고 산에 올랐지만, 나는 무작정 가까운 산에 오르며 지친 영혼을 위해 한 줄기 희망 같은 바람을 만나고 싶다.

누군가 다 닳은 신발을 끌고
세계의 끝을 걸어가고 있다.
발바닥에 밟히는
모래소리 들린다.
세계의 끝에서 죽지 아니하고
또 걸어가면서　(하략)

미당(未堂) 시인의 「칡꽃 위에 뻐꾸기 울 때」를 읊조리며 어디론가 가야만 하는, 지칠 줄 모르는 지향점인 영원을 헤아리기에 마음이 바빠진다. 지칠 줄 모르는 바람이 이끄는 대로 따라갈 때 신을 하얀 고무신이라도 있는가.

(2008.)

낙과의 꿈

　간밤에 내린 비로 설 익어서 떨어진 복숭아가 땅바닥에 뒹굴고 있다. 열매를 잘 익히려면 솎아내야 하는데 도회의 아파트 단지에서 그런 배려도 못 받고 자라서 안타깝다.

　어렸을 때 과수원집 친구가 있었다. 그 친구와 나는 은밀한 꿈으로 통하는 사이였다. 친구는 자기네 과수원에 대학등록금용 복숭아나무가 있다고 자랑했고, 나는 대학등록금을 마련할 닭을 할머니가 키워준다고 자랑했다. 뒤란 빈터의 닭장에서 맨드라미 같은 벼슬이 돋은 장닭 한 마리와 노르스름한 깃털의 암탉 여섯 마리가 푸드득거렸다. 닭장 문을 열어주면 쏜살같이 뛰쳐나와 높은 울타리 위로 뛰어오를 때면 내 몸에서 날개라도 돋는 듯 신이 났다.

　닭이 우리 집에 온 지 석 달이나 지났을까. 6·25전쟁으로 가족들이 아끼던 가구와 물건을 그냥 두고 허둥지둥 피란보따리를 꾸리노라 뒤란에 있는 닭은 거들떠보지도 않고 피란지로 떠나야 했다. 며칠 지나지 않아 ㄱ읍은 폭격을 당해 30리나 떨어진 피난지에서도 보일 만큼 불길이 일렁거렸다. 아까운 집과 친구들의 안부보다도 먼저 불길 앞에서 당황할 닭이 안쓰러웠다.

요즈음엔 입시 과열로 대학입학이 어려워서 자녀가 중학교도 졸업하기 전에 외국으로 보내기도 하지만, 당시엔 경제적인 사정으로 고등교육을 시키지 못하는 집이 많았다. 과수원집 딸인 친구와 나는 대학에 들어갈 수 있는 형편만으로 이미 성공의 약속이나 받은 것처럼 좋아했었다. 그러나 과수원의 친구는 6·25때 아버지가 돌아가셔서 학교도 그만 두고 우리 읍내에서 30리나 떨어진 과수원에서 꼼짝도 안 해서 소식이 끊겼다.

60년대까지만 해도 농촌에서 대학을 졸업시키려면 논을 팔고 농사일을 도와주던 소까지 팔아야 했다. 그래서 대학을 상아탑 아닌 우골탑(牛骨塔)이라고도 했다. 대학이란 학업의 한 단계에 불과하고 직업인이나 사회인으로 나서는 여러 관문 가운데 하나일 뿐인데 우리 부모들은 모든 기대를 걸고 있는 것이다.

나는 복숭아를 보면 과수원 친구가 생각났지만 겨우 소식만 들을 뿐이었다. 맏딸인 그 친구는 어머니를 도와 억척스럽게 과수원을 일구노라 자신은 학업을 포기했다. 동생들 뒷바라지에 전념하다가 늦은 나이에 역시 과수원하는 이웃과 결혼하여 농사도 짓고 가축을 기른다고 했다. 돼지, 닭 파동이 나거나 태풍이 불면 피해는 없는지 걱정도 했다.

오랫동안 소식을 끊었던 친구에게서 연락이 온 것은 10여 년 전이다. 대학졸업식장에서 사각모와 가운 차림으로 아들과 함께 찍은 사진을 편지와 함께 보내왔다. 자신은 설익은 과일로 떨어져 일찍이 꿈을 접었지만 자식을 일류대학에 보내어 졸업시키기까지의 사연을 적었다. '봄은 기다리는 자에게만 온다'고 과수원에서 봄이 올 때마다 희망과 설렘으로 맞고 먹구름이 몰려와도 꽃피는 날과 열매 맺기를 기다리면서 보낸 세월이 40년이라 했다. 분홍 복숭아꽃 피는 동산에서 미풍 한 자락에 슬픔 잠재우고 봉긋한 열매에 설레다가 열매가 감미롭게 익을 때 자신의 갈망을 갈앉혔다고 했다.

사진 속의 아들은 햇살과 바람을 받아 잘 익은 과일처럼 건강하고 신실해 보였다. 친구는 과일에 봉지를 씌울 때도 기도하는 마음으로 씌워야 태깔도 곱게 잘 크고, 골고루 익히기 위해 과일의 방향도 조심스럽게 볕 쪽으로 돌려놓아 고급품을 만든다고 했다.

과일에도 정성을 쏟는데 자녀에게는 오죽했으랴. 남다른 한 가지가 잊히지 않는다. 중·고등학교 6년 동안 아들이 한 학년씩 올라간 새 학기에는 아무리 바빠도 서울에 올라와서 아들의 손을 꼭 잡고 일류대학교를 방문하여 '이 학교가 네가 다닐 학교'라고 다짐을 했다는 것이다.

나는 그 친구의 어머니가 자녀들 교육에 공들이던 것을 기억한다. 밤이면 호롱불을 환하게 켜놓고 어린 자녀들을 공부하게 하고 자신도 길쌈을 하거나 바느질을 했다. 비록 친구가 꿈은 접었지만 고단한 삶 속에서 가족 간의 애정이 긴밀했기에 아름다운 추억이 많아 외롭지 않았으리라고 짐작했다. 새싹을 틔우던 어린 날을 생각하며 고단한 세월의 슬픔을 잊고 아들을 통해서 이뤄질 꿈을 갖고 사는 일이 소망스럽다는 것을 터득했으리라.

나는 사각모와 가운차림의 사진을 생각하고 그 친구가 다시 어떤 각오로 살고 있는지 궁금하다.

영국의 수필가 찰스 램은 대학교육을 못 받은 것을 아쉬워했다. 『엘리아 수필선집』으로 명성이 높아진 뒤 정신이상인 누나와 함께 평소에 가고 싶었던 케임브리지 대학의 단과대학을 차례로 찾아다니며 학풍에 젖어보려 했다. 그리고 대학생 가운을 입고 케임브리지 시가를 산책하고 있는 자신을 상상하며 소네트를 발표하기도 했다고 한다.

친구도 자신은 낙과로서 뜻을 못 이뤘지만 계속적인 아들의 성공을 바라고 자신의 적막한 노후를 위해서 어떤 일을 하고 있을지 궁금해진다. 이제는 대학이 인생의 목표가 아니고 잘 살 수 있는 일을 터득하는 것이 중요하다고 한 편지사연을 기억하고 있기 때문이다.

지성과 양식을 얻고 젊음을 구가할 수 있는 대학. 그러나 남들이 학식을 얻는 동안 친구는 흙의 정기를 가득 채우고 자연의 이치와 순리를 깨달았으리라. 자녀들이 서울에서 부양하겠다는 설득을 뿌리치고 가슴에 수액처럼 녹아 흐르는 인정으로 이웃을 살피고 있다. 고향 지킴이로 도회에서 고달프게 사는 이들에게 고단하면 연어처럼 되돌아오게 하는 모천을 마련해주고 싶은지도 모르겠다.

(2004.)

어그러짐의 미학

연푸른 이파리의 향긋한 내음이 그윽한 4월의 산, 산 벚꽃의 연분홍 자락이 자리 잡은 양지바른 산등성이를 올려다보다가 골짜기를 내려다보니 키 작은 잡목사이에서 철쭉꽃이 고개를 내밀고 있다. 이쯤에서 찾아보리라 하고 발 빠르게 지나치는 등산객들을 바라보며 양지쪽에 주저앉았노라니 지난 일이 떠오른다.

대학시절 새 학기에 북한산으로 소풍을 갔었다. 지금은 이름도 잊은 과 친구와 함께 뒤처져서 일행을 놓치고 몇 시간을 산에서 헤맸다. 처음 모였던 곳으로 몇 번이나 되돌아갔었는데 우리를 찾으러 내려왔던 급우들과 번번이 어긋났던 것이다. 막막하고 답답해서 시내 쪽을 내려다보면 아득히 함성이 울려오는 듯했다.

직장초년 시절, 방송 프로그램 업무배당 때 내심 기대가 컸었다. 당시는 국내에 TV보급이 얼마 안 되어서 라디오 프로그램에 저명한 문인과 명사를 초대하는 것이 제법 있었다. 그들을 출연시켜서 가르침과 도움을 얻을 기대를 하고 있던 나는 명사는커녕 원고도 PD 자신이 작성하고 음악을 찾아야 하는 번거로운 프로그램을 맡게 되었다. 게다가 일요일 새벽 방송이라 프로그램의 존재도 모르는 동료도 많았었다.

어망홍리(漁網鴻離)라는 말이 생각난다. 물고기를 쳐놓은 그물에 큰 새가 걸린다는 뜻으로, 구하는 것이 아닌 딴 것을 얻을 때 쓰는 말이다. 지나온 길을 돌아볼 때, 자신의 능력도 모른 채 추구하다가 소기의 성과도 얻지 못하고 보내버린 시간이 많았다. 내 딴엔 노력하다가 바쁘게 살면서 지내왔으나, 지나온 시절을 되돌아보면 이렇다 하게 남긴 것, 해놓은 것이 없는 것 같다. 살아오면서 중간 중간 터무니없는 것을 바라고 있다는 것은 왜 깨닫지 못했을까.

그러나 시간이 지나고 보니 의도하지는 않았으나 뜻밖의 소득이나 깨달음을 얻기도 하였다. 산 속을 헤맬 때 그 아름답고 큰 가슴을 누릴 수 있었다. 햇볕 앞에 나무들이 당당히 서서 길목을 내어주던 산의 입구, 계곡에서 흘러내리던 생동감이 느껴지던 물소리. 산의 중턱에서 마음껏 숲의 정기를 가슴으로 받아들이며 나뭇가지 틈으로 보이는 하늘빛의 오묘함도 발견할 수 있었다. 잘 자란 나무들은 숨쉴만한 적당한 공간이 있어 햇빛과 바람이 잘 드나드는 곳에 있었다. 그리고 지친 영혼을 어루만져주던 숲 속의 바람. 숨가쁜 우리 삶에도 사색의 여유가 있어야 사랑의 그늘을 베풀 수 있으리라는 것을 깨달을 수 있었다.

방송 PD로서 명사들에게 대화의 주제를 정해주며 방향을 유도하고, 프로그램이 끝나면 수평적인 인간관계를 유지하는 선배나 동료들을 부러워 했었다. 그때 나는 문학과는 거리가 먼 가벼운 사색적인 내용의 원고작성으로 쩔쩔매면서도 문학과 멀어졌던 자신을 돌아볼 수 있었다. 그리고 원고의 분위기와 어울리는 선곡을 위하여 평소에 좋아하던 클래식 음악을 레코드실에서 맘껏 들으며 친숙해졌다.

오늘도 많다던 쑥이 보이지 않는 산의 입구에서 내려가며 그늘에서 마디게 자란 냉이를 몇 포기 캐어야겠다. 지난 세월 놓쳤던 일들과 어그러짐의 미학을 생각하며 걸어가는 내 머리 위로 산비둘기가 빠르게 지나간다.

(2006.)

바람의 고삐

    눈 덮인 능선 위의 햇살마저 사라진 겨울의 끝자락, 집으로 돌아오는 우리들의 볼은 발갛게 얼어 있었다. 방학 때나 만나는 사촌들은 낮 동안 지치게 놀고도 밤이면 화롯가에 둘러앉았다. 달빛이 하얀 영창도 두꺼운 방장으로 가려버린 아랫목에서 뜨겁고 신기한 얘기 내기를 하다가 화로는 윗목으로 밀쳐버리고 스르르 잠이 들곤 했다. 윗목의 질화로 불이 사위어 가는 동안 아랫목에서 아이들의 겨울잠은 달기만 했었다.

    얼마나 시간이 흘렀을까. 어깨 위로 으스스 느껴지는 한기에 잠이 깼을 때의 고요함. 간밤에 이불도 못 펴고 잠들었는데 어른들이 제대로 눕혀주셨고, 방바닥은 어느새 식어버렸다. 이불을 머리 위로 뒤집어쓰려는데 쏴르르 들려오는 바람소리. 대숲을 훑고 지나가는 바람소리를 들으며 간밤에 사르륵 내려서 청대 위에 얹힌 눈도 털어 가겠구나 하고 아쉬웠었다.

    도대체 바람은 어디로부터 와서 어디로 가는 걸까. 간밤에 나눈 얘기 속의 바다까지도 가는 걸까. 옛날 당나라로 가던 신라 사람들이 심한 풍랑으로 어느 섬에 닿아 바람이 멈추기를 빌던 중, 우두머리의 꿈에 노인이 나타나 활 잘 쏘는 이를 두고 가면 바람을 재워준다고 했다. 섬에 남은 활 잘 쏘는 이에게 노인이 나타나 자기는 용왕인데 왕족을 해치려는 늙은 중을 죽여주면 예쁜 딸과 고향에 돌아가게 해주겠다고 했다. 청년이 호숫가에 나타난 늙은 중을 화살로 맞히는 순간 여우로 변해 쓰러지고 노인은 연꽃 한 송이를 주며 품고 가서 고향에서 꺼내보라는 것이었다.

바람을 잠재우고 공주를 연꽃으로 변형시키는 노인의 재주가 신기했고, 낮에 본 헛간 둥우리의 알을 품고 있는 암탉이 그 단단한 알을 어떤 힘으로 병아리가 되게 할까. 노인의 초월적인 힘과 알이 병아리가 되게 하는 신비의 정체를 생각하노라 잠이 달아나 버렸다. 곤히 자는 사촌들의 숨소리만 들리는 귓가에 마당 저쪽 끝에서부터 다가오는 발자국 소리. 발자국 소리뿐만 아니라 마당으로 무언가 끌리는 소리도 함께였다. 우리 방 가까이 오더니 걸음을 멈추고 무언가 바닥에 요란스럽게 내려놓는 것이었다. 도둑일까? 무서워서 숨을 죽이고 있는데 더 이상 다른 곳으로 이동할 셈도 아닌 모양이었다.

꼼짝없이 방문 쪽만 바라보고 있으려니 오금이 저려왔다. 옆자리의 사촌을 깨워보려 했지만 엄두가 나지 않았다. 이윽고 밖에서는 탁탁 나뭇가지 부러뜨리는 소리 같은 것이 들려오다가 조용해지더니 순간 문틈으로 연기가 스며드는 것 같았다. 아, 솔가지 타는 소리와 매캐하게 스며오는 송진 냄새. 누군가 군불을 지펴주고 있었다. 몇 시나 되었을까. 궁금하던 중 목청을 뽑아 힘있게 울어대는 장닭의 소리가 상쾌했지만 등이 훈훈해져서 나도 모르게 잠이 들었다. 창살로 폴폴 몰려오던 새소리에 눈을 떠보니 바깥은 부옇게 밝아오고 마당 안은 술렁거렸다.

어린 날의 정경은 한적한 시골이거나 번잡한 도회이거나 꿈길처럼 아늑한 것으로만 여겨지는 것은 나만의 편견일까. 몹시 추웠던 벌판에서 높이높이 연을 올리던 이웃집 오빠가 무척 부러웠고 팽이치기를 잘해서 차례 차례로 상대를 물리치고 뽐내던 식이의 기세는 얼마나 등등했던가.

논두렁 한쪽에 남은 빙판에서 미끄럼을 타며 건너편에서 띄워 올리는 높은 연에 감탄을 보내고 집으로 돌아왔을 때, 겨우내 봉해두었던 할아버지 방의 분합문이 열려 있고 묵향이 풍겨 나왔다.

어느새 입춘대길, 건양다경의 글씨를 써놓으시고 우리에게도 써보게 하셨다.

입춘이 며칠 남았으니 글씨를 연습해 써서 입춘 날에 어린이의 글씨를 기둥에 붙이라고 하셨다. 지금 생각해 보면 거동이 불편한 노환으로 겨울을 무사히 나고 또 한 번 봄을 맞는 감회였는지. 아니면 자신은 오래 살지 못할지라도 가족과 후손, 그리고 겨레와 나라의 번영과 발전을 염원하셨는지 모른다.

기둥과 대문에는 귀신 쫓고, 밝은 일, 경사로운 일을 불러모으는 글씨로 축원하면서 기다리던 봄, 밤새 물레잣기와 길쌈으로 긴 밤을 밝히는 골방, 새끼 꼬기와 가마니 짜기로 바깥의 찬바람쯤은 아랑곳하지 않던 농촌 사람의 근면과 성실이 가득했던 사랑방, 그것은 귀한 농촌의 역사였다.

　그야말로 자연과 인간의 교감이 흙에서 초가에서 이뤄지던 날들, 바람은 청대 위에 얹힌 눈도 나무도 우리가 소유할 수 없게 하고 계절조차 우리 것으로 삼는 것을 거부했다. 사람들의 가슴속에 구멍을 뚫어 놓고 시리고 아픔도 늘어나게 하는 바람. 그러나 계절이 지나면 변화된 산자락에서 들판에서 요술을 부리는 이야기의 주인공처럼 경이롭게 작용했음을 짐작할 수 있었다.

　바람은 어느 누구의 고삐에 의해서 조절되는 것일까.

　바람으로 식어버린 꼬마손님들의 방에 이웃집 아저씨가 살짝 와서 군불을 지피게 한 것은 어느 바람의 조종이었을까. 무심코 새벽에 눈뜨면 지상의 숨소리에 그리움을 풀어놓고 달아나는 것도 바람인 것을.

　우리에게 계절 속에 잠깐 머무를 것만을 허락해주는 바람. 이제 다가올 계절에는 바스락거리는 봄의 미세한 동작도 놓치지 않도록 계절의 고삐를 늦춰줄 수는 없을까. 달리는 바람이여.

(2005.)

보는 것, 사는 것 그리고 글 쓰는 것

김열규

(국문학자, 민속학자, 문학평론가, 서강대 명예교수)

1) 관찰, 성찰 그리고 통찰

깐깐하고 꼼꼼하다. 촘촘하고 빼곡하다. 오밀조밀하고 옹골차다. 찰지고도 끈질기다. 그러면서 자상하고도 소상하다.

이것은 유혜자의 수필과 맞대면하면서 얻어낼 가장 강한 첫인상이다. 작고 큰 사물, 좁고 넓은 세계, 심지어 그렇고 그럴 수도 있는 어느 객체를 그것들의 숨겨진 정체가 드러나기까지, 유혜자님이 아니면 못 보아낼 것이 마침내 구현되기까지, 이모저모로, 요리조리로, 묻고 또 묻고 찾고 또 찾고 캐고 따지면서 집요하게 탐색(探索)을 계속하다 보니, 깐깐할 수밖에 없고 꼼꼼할 수밖에 없다. 다부지고 질기고 하는 것은 그의 문체의 개성이자, 그의 수필의 특성이다.

그의 글을 정말이지 맞선 보는 사람과도 같은 눈길로 읽게 되는 것은 이 때문이다.

"우리는 무언가 변화가 없으면 견디지 못한다. 새로운 것, 창조적인 삶을 바라기도 한다. 일상적 삶이 답답하면 더욱 그렇다. 일상적 삶이 돌아가지 않고 거대한 늪처럼 침체해 있을 때, 여행은 새로운 공간을 찾아보려는 열망에서 비롯된다. 우리 삶의 형태는 별다름이 없으리라. 그리고 바라는 실상도 거창한 이념이나 가치에 있는 것이 아니고 사소하지만 소중한 일상적 삶의 규범을 따름에 있다. 삶의 골격은 비슷비슷하나 피부, 즉 삶의 질을 이루는 데는 개인차가 있을 것이다. 삶의 질을 가꿈에 있어서 반드시 경제적인 것에 좌우되지는 않는다. 짐작할 수 없는 미지의 세계로의 발걸음, 독창적인 취미나 사고의 전환으로 가꿔가는 살결이 있을 것이다. 짐작할 수 없는 미지의 세계에서 나그네가 되어 얻어지는 수중한 추억이나 은밀한 기쁨은 윤기 나는 살결을 유지하게 할 것이다.”

— 「숨은 별 찾아내기」

인용된 글의 종국적인 문제점은 여행 바로 그 하나다. 그것의 동기며 발단, 구실과 의미를 짚어내고 찍어내고 긁어내고 있다. 그러면서 묻고 또 묻고 캐고 또 캐고 있다. 집요하다. 문제 점 하나를 조명하면서 거기 몰려 들 시선은 적잖이 다양하다. 그러자니 글이 전체로는 깐깐하고 꼼꼼할 수밖에 없다. 표현이 좀 나쁜 게 용서된다면, 물고 늘어지고 또 늘어져서는 까탈 부리듯 주제를 다루고 있다. 글 그 자체의 곰바지런하기가 바로 영락없는 ‘꽁 생원’ 이다.

그런 인상을 받으면서 평자는 그의 시선을 따져 본다. 그 눈길을 가늠해 본다. 그래서 얻게 되는 생각은 그가 세상의 외관을 볼 때는 현미경이고, 세상의 속내를 들여다 볼 때는 내시경이라는 바로 그 점이다. 물론 멀리를 볼 때는 천체 망원경이다.

그의 관찰은 성찰이 되고 마침내는 통찰이 된다. 무엇인가의 외관을 눈여겨 찬찬히 살피는 관찰은 머리로 캐고 따지는 육중한 성찰이 되고 그러다가 끝내는 그 무엇인가의 눈에 보이지는 않는 내면을 발굴하는 치밀한 통찰이 된다.

그래서 유혜자는 '보는 수필가'다.

자신을 '부와이양', 곧 '보는 사람'이라고 뽐내곤 하던, 프랑스의 천재 시인 랭보가 절로 연상된다. 글 쓰는 일은 생각하기에 앞서 먼저 보고 살피고 해야 하는 일이란 것을 이 수필가는 은근하게 경구(警句)나 잠언(箴言) 이르듯 시사하고 있다. 아니 그 잠언은 삶이란 것이 애당초 보는 일을 앞세우고 있다는 것까지도 함축하고 있을 것 같다.

그래서 그의 글은 스케치하듯이 객체를 그려 낸다. 그나마 시각이 입체적이다. 총괄적이다. 안과 밖, 위와 아래, 좌와 우, 그리고 앞과 뒤, 어느 각도 하나 놓침이 없이 객체는 묘사되고 있다. 이모저모, 여러 모로 사물들이 베껴지고 촬영된다. 그의 글 쓰는 눈길 앞에서 세상은 문득 세밀하고 암시성 짙은 정물화가 된다. 극세공품이 된다. 그래서도 그의 작품은 깐깐하고 꼼꼼하다. 끈질기다.

2) 감각의 눈이 약해서 강해진 사색의 눈

한데 이 모든 것은 그의 눈에서 비롯한다. 초등학교 다닐 무렵부터 유혜자는 눈이 좋질 못했다.

눈먼 아버지를 섬기는 청이의 삶은 나와 무관하지만 이따금 눈이 나빠서 고독과 절망에 빠졌을 때에 심봉사 부녀에 대한 연민의 정이 살아나곤 했다. 나 역시 눈이 나빠서 불행한 시절을 보냈기 때문이다. 교실 맨 앞자리에 앉아서도 칠판 글씨를 못 볼 정도의 시력이어서 미망과 혼돈의 유년 시절을 보내야 했다. 초등학교 6학년 때 안경을 써서 0.5정도의 시력을 갖게 된 것이 내겐 행복 이상의 충격이었다. 그러나 해를 거듭하면서 0.5 정도의 시력으로도 식별하지 못할 일들이 너무 많아 불평하다가 콘택트렌즈로 보완 받아 몇 년 동안은 행복한 세월을 보냈다고 할까. 그것도 오래 가지 못했다. 눈의 쓰라림으로 콘택트렌즈의 도움을 받을 수 없게 되어 시력이 덜 나오는 안경을 다시 쓰게 되자 나는 어두운 구렁텅이로 내던져지는 느낌이었다.

버스 번호와 글씨를 잘 못 보고 차를 타서 엉뚱한 곳으로 가는 바람에 당황하기도 했고 외국영화의 자막이 안 보여서 배우들의 큰 동작만 보고 섬세한 연기와 미묘한 심리의 흐름을 파악할 수가 없었다. 이런 것은 사치에 속하는 불평이다. 방송 프로듀서로 일할 때 스튜디오 안에서 연기하는 성우나 MC의 표정이 잘 안 보여서 연출을 하며 열등감에 사로잡힐 때가 많았다.　　　　　　　　　　　　　　　　　　　　　－「아련한 슬픔으로」

인용이 좀 길어진 것은 이게 바로 유혜자의 전체 생애에 걸친 자서전을 축약해 놓은 것과 추호도 다를 바 없기 때문이다. 오죽하면 스스로를 심청의 아버지에 견주었을까? 하는 생각마저 들게 되어 있는, 이 자서전은 바로 '눈의 자서전'이기도 하다는 사실에 유념하고 싶다. 눈이 그의 자서전의 줄거리를 엮어 낸 주역이고 주인공이다. 눈 따라서 그의 '자전(自傳)적 서사(敍事)'는 이룩되어 간 것이다.

그것은 요즘 많이 쓰는 말로 하자면 '눈의 내러티브(Narrative)'라고 해도 좋을 것 같다.

한데 유혜자의 시각은 감각으로만 끝나 있지는 않다. 그에게 불행하게도 감각적인 시각의 불완전과 결격 사유가 있었기에 오히려 심리와 사색과 사유의 시력을 증폭시킨 것은 틀림없는 일이다. 물리적인 시력이 약한 만큼 정신적 관찰력이, '마음의 눈'의 시력이 오히려 더 커져 갈 수 있었다. 그러기에 유혜자의 자서전은 '역전극의 자서전'이고 아울러서 '역설 또는 반어의 자서전'이다. 그것이 수필작가로서 유혜자가 갖고 있고 누리고 있는 가장 중요한 덕목이자 개성이다.

이 점은 작가 자신이 잘 알고 있고 자각하고 있다.

나의 핸디캡으로 인한 불편, 고통을 잘 견디어내서 슬기롭게 극복하는 일만이 과제였다.

나는 어렴풋이 시계의 사물들을 감지했기 때문에 나머지는 맘껏 상상으로 봉헌했다. 그리고 행운의 망상으로 이어지기도 했다. 그것은 곧 현실성이 없는 공상의 세상임을 깨닫곤 했지만 공상에 빠졌을 때만은 행복하기도 했다. 이것은 유년 시대에만 누릴 수 있는 철없는 일이었다. 허황한 상상 대신 풍부한 직감과 상상력으로 남의 웃음 뒤에 숨겨진 내적 표현을 읽을 수 있었더라면 얼마나 좋았을까. 이성과 직관, 그리고 성실한 사색으로 알찬 필력의 소유자가 될 수 있었을 텐데.

- 「아련한 슬픔으로」

그가 바라고 실천했던 것은 결코 유년시절에만 국한된 것은 아니
다. 그 유년시절의 재질과 기능은 성인이 되고 방송국 PD가 되고
수필작가가 된 뒤에도 계속되었다. 그가 '직감, 직관, 이성 그리고 사
색에다 상상력'까지, 두루 갖춘 시각의 수필가라는 것을 그의 작품
은 보여주고 있다. 이 모든 감성과 지능이 그에게는 또 다른 눈이었
던 것이다.

3) 별 찾기

벌써 20년은 더 지난 무렵의 일이다. 수필 쓰는 사람들의 모임에
서 유혜자를 처음 만났을 때, 다름 아닌 그의 눈길에서 또는 눈짓에
서 강한 첫 인상을 받았었다. 서로 대화를 주고받는 동안에도 그의
눈길은 바로 '응시' 그것이었다. 그 눈살은 초점을 진하게 갖추고는
일직선으로 화살처럼 날아드는 것 같이 느껴졌다.

물론 그 때는 그 특이한 눈길에 무슨 사연이 깃들여 있다고는 생
각하지 못했다. 그러다가 얼마 뒤, 그의 글을 읽게 되면서 비로소 내
면의 곡절을 알게 되었다. 그러고서야 가까스로 '응시' 바로 그것이
그의 시각이라는 것 그리고 그 응시가 투시(透視)로 통하고 사색으로
통한다는 것도 아울러서 보아내게 된 것이다. 그의 눈은 단적으로
사념(思念)이고 또한 사유(思惟)다. 그가 보는 일은 '알아보는 일'이다.
보는 것과 앎은 맞통해 있다. 그리고는 마침내 삶을 사는 것과도
맞먹고 있다.

봄바람이 머무른 곳에 새 싹이 움트고 자라듯 예술가의 열정이 응집된

시선은 아름다운 예술의 꽃을 피워 유구한 영혼의 세계를 넘나들게 할 것
이다. (…중략…) 본다는 것, 전망해 본다는 것은 얼마나 중요한가. 실재하
는 것, 생성하고 성장하며 어떻게 스러지는지, 존재와 상황을 파악하는 시
선 속에는 희망과 동경이 기원도 들어 있으리라.
　　　　　　　　　　　　　　　　　　　　　　－「시선이 머무는 곳」

이건 남의 얘기가 아니다. 유혜자 자기 자신을 두고 하는 말이기
도 하다. 그의 인생관에 곁들인 예술관과 세계관 그리고 수필 창작
론이 이 짧은 말 속에 응축되어 있다. 수정구슬처럼 결정(結晶)이 되
어 있다.

그가 가령, 어느 조각 작품이나 동상을 볼 때, 그 전체 조형성보
다는 그 눈길에 초점이 모아진다. 그 작품의 눈이 그가 관심을 두는
바로 '조형성'일지도 모른다.

서울 세종로에 높이 세워져 있는 이순신 장군 동상의 시선이 아래를 향
하고 있다. 동상을 제작한 K씨의 유족들이, 높이 세워지게 되어 있던 동상
이어서 지나가는 시민들을 향한 시선으로 만든 것이라고 밝혔다.
　　　　　　　　　　　　　　　　　　　　　　－「시선이 머무는 곳」

한데 이와 같은 유혜자의 시선은 또 다른 동상에서 더 한층 빛나
고 있다.

화강암의 높은 좌대 위 의좌에 비스듬히 기대 앉아 있는 청동 동상의

슈만은 왼 손으로 턱을 괴고 있다. (…중략…) 그리고 아래쪽을 향한 듯한 그의 시선은 어디로 향한 것인지. 시선이 닿은 곳이나 사람도 그 시선에서 자유로울 수가 없으리라는 생각으로 좌상을 올려다봐도 시선이 어디를 향했는지 짐작이 안 되었다. 고뇌 끝에 체념으로 허공을 바라보는 시선이 아니고 막연하게 먼 지평선으로 허망하게 보내는 시선도 아니어서 다행이었다.

-「시선이 머무는 곳」

로댕의 '생각하는 사람'의 패러디를 만들자면, 유혜자가 음미하고 감상하는 조각은 단적으로 '보는 사람'이라고 말해도 좋을 것이다. 그에게서 보는 일은 단적으로 사색이고 탐색이다. 눈이 대뇌와 함께 사고하고 생각한다.

이 같은 그의 남다른 눈은 '별 찾기'로 집약된다.

안과에서 일 년에 한 번씩 시야 검사를 한다. 시야검사는 눈을 움직이지 않고 볼 수 있는 범위를 검사하는 것으로, 최근에 컴퓨터 프로그램화된 자동시야 검사로 편리하게 검사할 수 있다. 거기 앞면에 이마와 턱을 바싹 붙인 후 작은 렌즈를 통해 들여다보면 은하계같이 뿌연 화면의 가장자리 쪽에서부터 반짝 별이 나타난다. 이 별이 돋는 순간 재빨리 손에 쥔 신호기의 버튼을 누른다. 눈의 초점을 모으고 바깥, 안쪽에서 나타나는 별 하나라도 놓칠세라 눈에선 뜨거운 눈물이 흘러 내려도 닦을 새 없이 버튼을 눌러야 한다. 별을 식별해냈어도 버튼을 안 누르면 검사표에 표시되지 않기 때문이다.

-「숨은 별 찾아내기」

여행 떠나고 싶은 충동과 작가 스스로 연관 짓고 있는 이 별 찾기의 상징성은 유혜자에게는 매우 요긴하고 또 크다. 그에게서 여행은 이 글의 서두에서 인용된 글이 이미 보여주고 있듯이, 신세계에 대해서 자기 개발을 하면서 미지를 찾아내는 탐색이다. 그에게서 여행과 지적인 탐색은 추호도 다름없다. 그것은 그가 살아가는 과정에 그냥 그대로 반영되고 그 결과가 한편의 수필로 나타나는 것인데, 이 모든 것은 어둠 속에서 별빛을 찾아내는 바로 그 시력검사의 연장선상에 자리하고 있다. 그는 평소에도 세상을 두고, 인생을 두고 또는 사물을 두고 시력검사를 하고 있다.

눈이 밝은 나머지 우리들은 몇 개의 특별난 것이나 몇 가지의 관심거리가 아니고는 무심코 보아 넘기기 마련이다. 그래서 대충 보고 대충 대충 살아가는 비중이 커지기 마련이다. 우리들은 세상을 스쳐 보기 마련이다. 한데 유혜자의 일상적인 시력검사는 우리들의 눈이 스쳐서 지나간 것에 제동을 건다. 그리고는 의미를 캐고 뜻을 짚어 낸다. 시력이 약한 것에서 반사적으로 큰 이득을 그는 챙기고 있다. 무엇이나 그냥 보아 넘기는 법이 없기 때문이다.

베토벤은 그의 9번 교향곡의 초연을 직접 지휘했다. 공연이 끝나자마자, 청중은 우뢰와 같이 환호했다. 교향악단 단원의 한 사람이 베토벤에게 돌아보라고 손짓했다. 돌아선 악성(樂聖)은 그때서야 그 환호며 손뼉 치기를 알게 되는데, 이미 귀머거리가 된 그는 듣고 안 게 아니다. 눈으로 보고서야 겨우 알게 된 것이다. '듣는 기능을 상실한 위대한 음악가'라는 역설에 비겨서 우리는 시력이 약한 나머지, 보는 게 마땅찮아서 비로소 남보다 더하게 사물과 세계의 속이며 안을 보게 된 수필가를 평가해도 좋을 것이다.

수필가 유혜자는 시력이 약하기에 예사 남들에게는 안 보이는 것을 비로소 찾아내고 탐색해 낸 것이기에 그에게서는 수필 쓰기는 '퀘스트', 곧 뭣인가 모르는 것을 새로이 발견하는 작업이 된 것이다. 그럴 때, 시각은 촉각과 청각 그리고 후각을 더불어서 찾기에 나서는 것이다. 그러면서 이 감각들은 사색이 되고 사념이 되어서 별 찾기의 대단원을 불러 온다.

해서 수필가, 유혜자에게서는 '암중모색'은 적극적이고 능동적이고 드디어는 긍정적인 의미를 갖게 되는 것이다. 어둔 세상, 암담한 세계에서 밝혀낸 별빛이 되어서 그 작품들은 빛나고 있다. 우리들의 어둠에 가린 의식, 암담한 지각을 밝힐 별빛으로 그의 작품은 반짝이고 있다. 우리들은 누구나 그의 글을 읽으면서 별빛 찾기의 기쁨을 함께 누리게 될 것이다.